세상의
그 무엇이라도
될 수 있다면

촌놈 **우상호**의 감성 에세이

세상의
그 무엇이라도
될 수 있다면

초판 1쇄 발행 ㅣ 2016년 10월 17일

지 은 이 ㅣ 우상호
펴 낸 곳 ㅣ 시아컨텐츠
책임편집 ㅣ 정경숙
편   집 ㅣ 양하비
디 자 인 ㅣ 김인수

출판등록 ㅣ 제313-2010-35호

ISBN 978-89-8144-344-3 (03810)

촌놈 우상호의 감성 에세이

세상의
그 무엇이라도
될 수 있다면

시아컨텐츠

차례

그래도…우리는…살고 있습니다

폭우가 휩쓸고 간 들판에 벼들이 누워 있습니다. 그 한쪽에서 검게 그을린 농부들이 땀 흘리며 벼들을 일으켜 세우고 있습니다. 모내기도 기계로 할 수 있고 추수도 기계로 할 수 있지만, 힘 빠져 쓰러져 있는 벼를 일으켜 세우려면 정성스러운 손길이 필요합니다. 사람도 이와 다르지 않겠지요.

한 사람의 인생을 들여다보면, 어떻게 해서 현재의 위치에 오게 되었는지 신기할 때가 많이 있습니다. 그만큼 한 사람의 진로가 계획대로 되지 않는다는 것을 의미합니다. 한 순간의 선택이 인생의 행로를 크게 변화시키는 경우가 많은데, 대개 80년대 대학생활을 한 사람들에게는 이런 경우가 많습니다.

저도 그런 경우입니다. 저는 어린 시절부터 시인이 되고 싶었습니다. 이야기책을 좋아해서 손에서 책 놓을 줄 몰랐던 저는, 초등학교 시절부터 백일장이나 글짓기 대회에서 여러 번 상을 탔습니다. 그러다보니 제법 글을 잘 쓴다는 국어 선생님의 칭찬도 받게 되고, 그런 칭찬은 시인이 되겠다는 막연한 결심이 되어 국문과를 지원하게 되었습니다.

연세문학회에 가입한 후, 1, 2학년 내내 문학회 활동을 하면서 점차 시에 눈뜨게 되었는데요. 지금은 모두 시인, 소설가가 되었지만, 지금은 고인이 된 기형도 시인, 소설가 성석제, 원재길 선배 등이 좋은 스승이 되어 주었고, 공지영은 문학회 동료로 많은 토론의 상대가 되기도 했습니다.

당시에는 제가 일정한 과정을 거쳐 시인의 길을 걸을 것이라는 데 크게 이견이 없을 정도로 인정을 받았던 것 같습니다. 나중에 오월 문학상, 윤동주문학상을 수상함으로서 이런 예측을 입증하기도 했으니까요.

그러나 80년대의 대학 상황이 저를 막다른 길로 내몰았고, 저는 성난 짐승처럼 내달리지 않을 수 없었습니다.

고난이라면 고난이라고 할 수 있는 격변의 시절을 보내며, 저는 언제나 영혼이 자유로울 수 있는 세상을 꿈꾸며 살아왔는데요. 가치관의 대립과 세대 갈등이 다양한 형태로 나타나는 현재의 사회적 상황을 보면서 우리 세대를 정치적 코드로만 읽고 있는 다른 세대들에게 우리를 보여 줄 수 있는 가장 좋은 방법은 논리적으로 정리하지 않고, 있는 그대로를 보여주는 것이라는 생각이 들었습니다.

이 책은 또한 우리 동세대에게 하고 싶은 이야기를 담고 있습니다. 사회에 나와 직업을 갖고 이제는 점점 중견으로 커 나가고 있는 사람들, 결혼도 하고 아이도 낳고, 나이는 들어가는데, 혹시 우리가 그토록 비판했던 나쁜 의미의 기성세대로 변질되고 있는 것은 아닌지 같이 경계해 보자는 뜻도 담겨 있습니다.

자신이 변했는지 변하지 않았는지를 가장 잘 판단할 수 있는 것은 순수의 시절로 돌아가 보는 것입니다. 자신의 모든 것을 걸고 사회의 변화를 위해 헌신했던 기억은 우리의 현재를 가늠해 주는 바로미터가 될 수 있습니다.

저는 동 세대들이 이 글을 통해서 자신의 기억들로 잠시 되돌아가 볼 것을 기대합니다. 그것들이 다소는 아픈 기억일지라도 자신의 현실적 삶을 반성하고 재충전하는 데 도움이 되었으면 합니다.

또한 후세대들이 전 세대를 이해하는데 있어 이 책이 조금이라도 도움이 된다면 글을 쓴 보람이 있겠습니다.

촌놈 우상호

모든 출발은 그토록 오래 남는 것일까?

01

사람이 있는 풍경

백마역
그 어디쯤에
두고 온 것들

대학 생활을 돌아보면서 백마를 빼놓을 수가 없다. 뭐라고 할까? 피안의 세계를 꿈꾸고 현실에서 그것을 만들어 보려고 했던 그런 곳이었다고나 할까?

1981년 어느 날 문학회 동료 몇 명이 백마를 가자고 했다. 난생처음 듣는 지명이라 의아했다.

"그게 어딘데?"

"경기도 일산 가기 전. 따라와 보면 알아."

우리는 신촌 기차역에서 경의선 표를 끊었다.

친구 녀석이 달리는 기차 안에서 설명을 시작했다.

경의선을 타고 무작정 떠나서 문산에 갔는데, 별로 갈 데가 없어서 다시 돌아오는 기차를 탔다는 것이다. 일산역을 지나 백마역으로 접어들면서 기차가 속도를 줄이길래 무심코 바깥을 내다보니 언뜻 이상한 팻말이 보였다고 한다.

그래서 또 무작정 내려서 기찻길을 5분쯤 거슬러 올라갔더니 한자로 화사랑이라고 쓰여 있는 집을 발견했단다. 들어가 보니 제법 괜찮은 장소였다는 것이다.

나는 녀석의 기행담이 썩 마음에 들었다. 기차를 타고 가다가 왠지 마음이 끌려서 무작정 내렸는데 제법 괜찮은 곳을 발견했다? 어디 황석영의 소설쯤에나 나오는 대목이 아닌가! 하긴 우습게 생각하면 전설의 고향일 수도 있었다. 소복 입은 묘령의 아가씨만 있다면 말이다.

우리는 기차의 화물칸 바깥으로 발을 내놓고 앉아서 멀리 펼쳐진 들판을 바라보고 있었다. 덜컹거리는 기차에서 바라보는 들녘의 느낌이 좋았다. 30분쯤 지나서 백마역에 도착했다. 역이라고는 하지만 아주 작은 시골 간이역이었다. 역사 쪽으로 나가면 표를 받는 역무원이 있었지만, 그냥 논길로 바로 빠져나가는 사람들은 플랫폼 끝쪽에 있는 집표함에 표를 던져놓고 가면 그만인 한적한 풍경이었다.

철길을 따라서 걷는 길은 사람들의 발길 따라 만들어진 오솔길이었는데 멀리 여행 온 느낌이 들어서 상쾌했다.

"야, 이거 술맛 나겠는데."

화사랑이라는 팻말은 나무에 새겨져 있었는데 자세히 봐야 눈에 띌 정도로 작았다. 1층짜리 아담한 집이었는데, 왼쪽으로는 시골 가게 같은 유리문이 있어서 간단한 메뉴가 선팅되어 있었고, 오른쪽으로는 둔탁한 나무로 된 나무문이 있었다. 말하자면 화사랑이라는 팻말은 오른쪽 나무문 입구에 세워져 있었다.

당시만 해도 손님이 없어서 동네 주민들이 막걸리를 마시러 오곤 했는데, 그들은 왼쪽 문을 사용했고, 우리 같은 이방인들은 오른쪽 나무문을 사용한 것이다.

호기심으로 문을 열고 들어간 나는 숨이 탁 막히고 말았다. 아름드리 우람한 통나무가 통째로 탁자였고, 그 중간 가지쯤 되어 보이는 통나무가 의자였다. 바닥에는 작은 자갈들을 되는 대로 깔아 놓았는데, 벽에는 드럼통을 잘라서 설치한 벽난로가 있었다. 벽에는 들에서 꺾어 온 들꽃들, 억새풀들이 자연스럽게 장식되어 있었고, 군데군데 그린 지 얼마 안 돼 보이는 그림이 걸려 있었다. 전체적으로 약간 어두운 실내 분위기에서 통나무 탁자 위의 초가 유난히 밝게 빛나고 있었다. 음악은 현악 4중주 같은 클래식이었는데 전체적인 분위기와 아주 잘 어울렸다.

지저분한 서클룸, 음침한 캠퍼스 다방, 더러운 벽지의 선술집 등에 익숙해 있던 나로서는 너무도 신선한 분위기였다. 특히 자연스러움을 그대로 살린 아담한 분위기에 나는 완전히 매료되고 말았다.

"어? 학생 또 왔네?"

생머리를 단아하게 뒤로 묶은 아주머니가 재떨이를 가져와서는 친구에게 말을 걸었다.

"예. 문학회 친구를 끌고 왔죠."

"뭐, 잘 왔어요. 필요한 것 있으면 갖다 먹어요. 음악도 듣고 싶은 것 골라 듣고."

파전에 막걸리를 먹기 시작했는데 이미 분위기에 취한 상태라 맛이 없을 리가 없었다. 아주머니의 오빠가 그림을 전공한 화가인데 화사랑은 그 동료들이 자주 어울리는 장소였다. 또 우리같이 우연히 들렀다가 알게 된 사람들 몇 명이 단골로 오는 장소이기도 했다.

화사랑에서 모든 손님은 자유였다. 라면도 끓여 먹을 수 있고 커

피도 마음대로 타 먹을 수 있었다. 음악도 골라서 들을 수 있었고, 잠시 들판을 산책하고 와도 자리를 치우는 법이 없었다. 나중에 자기가 먹은 것을 알아서 계산해서 아주머니에게 드리면 그만이었다.

다음 날부터 우리는 일주일에 몇 번씩 백마로 향했는데 나중에는 문학회 회원 전체가 백마에서 만날 정도가 되었다. 그러다 보니 다른 단골손님들도 자연스럽게 사귈 수 있었다. 대개 문학이나 음악, 그림을 좋아하는 사람들이어서 함께 막걸리를 마시다 보면 금방 동화됐다. 때때로 아주머니까지 합석해서 노래를 부르거나 시를 낭송했다.

화사랑의 화장실은 바깥에 있었는데 멀리 들판으로 노을이 지는 장면과 만나기도 했다. 그러면 볼일 보는 것도 잊은 채 몇십 분인가를 넋을 잃고 들판을 바라보며 서 있었다. 철길 바로 옆집이라 한 시간에 상하행선 기차가 한 번씩 지나가는데, 비 오는 날 기차 지나가는 소리를 듣는 것도 좋았다.

아주머니가 문학을 좋아하시는 분이어서 우리는 백마에서 이벤트를 조직했다. 당시 교류하던 연대, 고대, 이대 문학회 합동으로 시낭송회를 화사랑에서 하기로 한 것이다. 아주머니가 비용의 반을 내기로 하고 나머지 반은 각 대학에서 똑같이 분담하기로 했다.

비가 억수같이 오던 여름날이었는데, 좁은 화사랑에 젊은 문학 지망생들이 가득 앉아서는 한 사람 한 사람이 시를 낭송할 때마다 진지하게 경청하는 모습이 그렇게 아름다울 수가 없었다. 다른 단골손님들도 모두 와서 같이 어울렸다. 시 낭송을 하는 데 비는 내리지, 술이 안 들어갈 리가 없었다. 엄청나게 많은 술을 마시고 돌아가면서 노래를 부르다가는 합창을 하기도 했다. 흡사 옛 그리스의 축제

같은 분위기였다.

그냥 이대로 집에 돌아갈 수 없다고 고집을 부리는 사람들이 많아서, 화사랑에서 10분쯤 떨어진 아주머니 집으로 몰려갔다. 아주머니 집이라고는 하지만, 그것은 소유권이 그렇다는 것이고, 다 쓰러져 가는 폐가였다. 아주머니는 화사랑의 내실에서 두 딸과 함께 살았고, 그 폐가는 그냥 빈집을 구입해 놓은 것이라 사람이 살지 않았다.

억수같이 퍼붓는 비를 그대로 맞으며 젊은 대학생들 30여 명이 폐가로 들어갔는데, 그거야말로 전설의 고향이었다. 거미줄이 온 집에 무성하고, 성한 문짝이 거의 없는데다가, 방에는 먼지가 1센티씩 쌓여 있었다. 대충 청소를 한 후, 술 취한 친구들부터 방으로 들여놓고는 마루에 앉아서 다시 술판을 시작했다. 쓰러져 가는 폐가에서의 2차였다.

"야, 이 사이비 시인아!"

"뭐라고?"

"감수성만으로 시를 쓰는 시대는 지났단 말이야."

"너 말 다했어?"

"더 이상 시를 가지고 사기 치지 마!"

"너, 이리 나와!"

"이거 못 놔?"

한편에서는 술 취한 사람들끼리 언성을 높이다가 밭에서 주먹질을 하고, 또 다른 한편에서는 여성 문학도들끼리 서로 껴안고 울었다. 이런 것에 개의치 않는 일단의 패거리들은 술을 마시며 노래를 불렀으니, 다행히 천둥번개와 더불어 엄청난 빗소리가 있었기에

망정이지 그렇지 않았으면 동네 주민들이 다 몰려나왔을 것이다.

백마를 찾는 사람들이 제법 많아지기 시작했다. 자기만 알고 있는 은밀한 장소를 친구에게 보여 줄 때의 짜릿함, 그래서 그 친구가 놀라는 모습을 볼 때의 그 쾌감을 위해, 사람들은 한두 명씩 친구들을 데려왔다. 그 참에 화사랑은 시나브로 명소가 되었다.

백마는 여러 면에서 내게 이상적인 곳이었다. 1982년 가을, 휴학하고 나서 혼란스러웠던 나는 백마의 냉촌마을에 있던 바로 그 아주머니의 폐가로 짐을 옮겼다. 아르바이트를 하면서 자취를 시작한 것이다.

그리고 시골서 올라와 자취나 하숙을 하던 문학회 동료들과 후배들을 설득해서 백마로 이사 오도록 했다. 당시 내 목표는 문학 마을을 만드는 것이었다. 한마디로 이상촌을 건설하자는 것이었다.

당시 아주머니의 폐가는 220만 원 정도 한다고 했다. 한 명당 20만 원씩, 열 명만 모으면 그 집을 살 수 있었다. 한 명씩 옮겨 오기 시작해서 여덟 명까지 이사 왔을 때 내 징집영장이 날아오는 바람에 결국 이 계획은 수포로 돌아갔다.

기차를 타고 신촌을 오가는 그 시간이 내게는 가장 행복한 시간이었다. 아침에 기차를 타면 맞은편에서 해가 떠오르고, 저녁에 돌아오는 길에는 온 들녘이 노을로 물들었다. 떠오르는 해를 바라보며 신촌으로, 저물어가는 해를 바라보며 백마로 향하는 것이었다. 백마는 내 피안의 장소였다.

화물칸 밖으로 다리를 내놓고 앉아 있으면 노랗게 익어 가는 벼들이 내 가슴에 포근하게 다가왔다. 추수를 끝낸 빈 들녘은 그것대로 방황하던 내 마음을 안정시켜 주었다. 화사랑에서 라면을 끓여 먹고 집으로 걸어가는 밤길은 내 최고의 시간이었다.

철길 따라서 무성하게 피어 있는 달맞이꽃들이 활짝 꽃망울을 열고, 멀리 농가에서는 희미하게 불빛이 새어 나오는데, 선선한 가을바람이 머리카락을 스치고 지나갔다. 둥그런 달과 별은 머리 바로 위에 있는 것처럼 선명했다. 그럴 때면 나는 혼자서 노래를 부르다 괜한 외로움에 빠져들었다.

얼마나 기다리다 꽃이 됐나
밝은 달빛 아래 홀로 피어
쓸쓸히 쓸쓸히 시들어 가는
그 이름 달맞이꽃

그러나 찾는 사람들이 기하급수적으로 늘면서 백마는 점점 변했다. 조용한 시골 마을이었던 화사랑 주변이 점점 유흥가로 바뀌기 시작했다. 비슷한 술집들이 하나둘 생겨났다. 내가 군대에서 휴가 나왔을 때는 그 골목이 완전히 술집들로 가득 찼고, 주말에 기차에서 내려서 화사랑까지 가는 길이 시간마다 수백 명의 사람들로 미어질 정도였다.

화사랑 아주머니의 가족 간에도 불화가 생겼다. 화가인 아주머니의 오빠가 결혼하면서 직접 화사랑을 운영하겠다고 나섰고, 할 수 없이 아주머니는 근처에 썩은 사과라는 이름의 주점을 열었다. 우리는 썩은 사과를 드나들었지만, 어쩔 수 없이 점점 상업화하는 백마로부터 멀어졌다. 우리가 사람들에게 백마를 소개한 것이 몇 년 후에 이런 결과를 낳을 줄은 꿈에도 생각을 못했다.

"요즘 애들이 잘 안 온다. 나도 이런 분위기는 왠지 싫어."

"그래도 장사는 잘 되니까 괜찮네요."

"옛날 너희들이 시 낭송회 하고 그럴 때가 나는 더 좋았다."

군대를 제대하고 찾아갔을 때 백마 아주머니가 하신 말씀이었다. 나도 그 말씀에 공감했다. 화사랑에도 불이 나서 수리했다고 했다. 어떤 친구들은 벌 받았다고 좋아했지만 사실 벌 받을 일이 또 뭐가 있는가?

그러나 백마는 점점 타락했다. 여관도 들어서고 강간 사건도 생겼다. 기차에 뛰어들어 자살하는 사람도 있었고, 술 마시다 싸우는 사람들도 늘어 갔다. 동네 주민들 중에는 아예 농사를 접고 학생들을 상대로 포장마차를 여는 분들도 늘었다. 그분들끼리 자리싸움이 생기다 보니 동네 주민들끼리도 사이가 나빠졌다. 나는 백마가 소돔이 되었다고 생각하면서 씁쓸해했다.

아주머니는 떠날 계획을 세웠다. 그곳에서 한 10분 정도 걸어가야 하는 외떨어진 곳에다 새로운 공간을 만들겠다고 했다. 나는 대찬성을 했다. 그리고 비교적 넓은 집이 지어졌다. 그리고 이름을 숲속의 섬이라고 정했다. 아마 1986년쯤 되었을 것이다. 그때는 내가 본격적으로 학생 운동에 뛰어들었던 때라 백마에 거의 가지 못했다.

학생회장을 하고 감옥에 갔다가 나왔을 때였다. 혼자서 옛 생각을 하면서 신촌역에서 경의선을 타고 백마역에서 내렸다. 아무 생각 없이 철길을 따라 걷다가, 화사랑이 있을 법한 철길 건널목쯤에 이르렀을 때 나는 깜짝 놀라고 말았다. 백마가 사라져 버린 것이다. 거대한 불도저와 중장비들이 야산까지 밀어 버린 채 온통 새빨간 흙이 뒤덮인 평원을 만들고 있었다. 끝이 보이지 않는 붉은 흙의 평원이었다. 논도 밭도 산도, 내가 살던 냉촌마을도, 마을 뒷산의 밤나무도 모두 사라져 버렸다. 타락의 도시 소돔도 사라져 버렸다. 그 자리에 일산 신도시를 만든다고 했다.

'새로운 도시를 만들고 있다고?'

나는 서둘러 철길을 걸었다. 10분쯤 지나서 숲 속으로 몇백 미터를 걸어가 보니, 숲 속의 섬은 그냥 그대로 남아 있었다. 어떻게 이런 일이 있을 수 있을까 신기했다. 모든 것이 사라져 버렸는데, 처음 백마에 있었던 그 집만이, 다른 모든 집들이 허물어진 그 건너편에 여전히 남아 있었던 것이다. 모든 출발은 그토록 오래 남는 것일까?

나는 그날, 예전 그대로인 아주머니 앞에 앉아서 취하도록 막걸리를 마셨다. 다시 옛날 백마에 온 것 같았다. 처음 나무문을 열고 들어서며 호흡을 멈췄던 그날처럼, 들꽃과 억새풀의 향기에 취해서 벽난로에 장작을 던져 넣던 그때처럼, 시 낭송회를 한 후 비를 맞으며 폐가로 향했던 그 시절처럼 술에 취해 대학시절을 떠올렸다.

20대의 시작과
나라는 존재의
외로움

나는 가족들의 간절한 바람을 뒤로 하고 연세 대학교 국문과를 택했다. 물론 원서는 상대에도 냈지만 면접 당일 내 발길은 국문과로 향했다. 여기서 포기하면 영영 문학과 멀어질 것 같았다. 가족들은 실망했지만, 고교 시절 내내 나를 괴롭혔던 문제 하나는 이렇게 종지부를 찍었다. 돌이켜 보면 나의 20대는 이러한 결단의 연속이기도 했다.

합격은 했으나 역시 문제는 입학 등록금이었다. 큰형이 포기했고 누나와 작은형이 그러했던 것처럼, 나도 거의 포기 상태였다. 어머니는 할 수 없이 친척들에게 도움을 청했다. 인천에 계신 두 작은 아버지 댁에서 도움을 주셨고, 용현동에서 식당을 하시던 고모님이 도와주셨다. 어머니가 준비하신 돈과 이렇게 모아 주신 돈을 합해 간신히 등록할 수 있었다.

이런 조건에서 입학을 해서 그런지 나는 주눅이 들어 있었다. 입학식장을 가득 채운 학생과 학부모들 모두가 나와는 신분이 다른 사람들 같았다. 철원에서 올라와 처음 서울 학교로 전학 왔을 때와 비슷한 기분이었다. 집안에 대학 간 사람이 없으니 누구에게 물어볼 수도 없었다.

작은형이 전문대학 다닐 때 입었던 대학 교복을 입고 입학식장에 갔다. 하지만 대학 교복을 입고 입학식장에 온 사람은 100명에 한두 명꼴이었다. 아아, 여기서도 나는 촌놈이었다. 누나 코트를 줄여입고 서울 학교 교실에 섰을 때와 비슷한 느낌이었다. 그러나 가슴에 충만한 해방감만큼은 어쩔 수 없었다. 어쨌든 나는 대학생이 된 것이다.

대학가의 봄은 신선하다. 나무에 움이 트면서 푸른빛이 교정에 돌기 시작하고 새들도 부산스럽게 움직인다. 잔디들이 파랗게 몸을 비틀며 일어설 때쯤 해서는 제법 성급한 봄꽃들이 붉은빛과 노란빛을 드러내기 시작한다. 학생들의 옷 색깔도 화사해지고, 오랜만에 만난 친구들끼리 환호성을 지르며 껴안는다.

1980년대 초반의 대학가에서 재학생과 신입생은 확연히 달랐다. 여학생들은 아직 고등학생 시절의 단발머리가 채 바뀌지 않았고, 남학생들도 짧은 머리가 아직 자리를 못 잡고 있었기 때문이다. 당시 대학생들은 대체로 장발을 했는데, 귀밑까지 덮은 덥수룩한 장발의 선배들은 짧은 머리의 신입생이 두리번거리며 교정을 오가는 모습 속에서 봄을 느꼈다.

나는 입학하자마자 연세 문학회에 가입했는데, 선배들은 문학을 하겠다는 녀석이 당대 작가들의 글을 읽지 않는다는 것은 있을 수 없다는 원칙이 확고했다. 따라서 신간 문학잡지나 시집, 소설집을 안 본 후배들은 인정받기가 어려웠다.

선배들과의 만남은 술로 시작해서 술로 끝났다. 그들은 논쟁을 벌이느라 수업을 빼먹기도 했고, 급기야 술집으로 직행해서 논쟁을 이어 가기도 했다. 물론 어떤 경우는 술을 먹기 위해서 쓸데없는 말장난을 하는 경우도 있었다.

당시 연세대 앞은 지금처럼 번화한 유흥가가 아니었고, 말 그대로 대학가의 모습을 지니고 있었다. 주택가에서는 하숙이나 자취를 할 수 있었다. 상점이나 술집은 큰길가와 첫 번째 골목 안에만 있었는데, 골목 안 술집이나 음식점은 허름하기 짝이 없었다. 그런 모습은 1990년대 초반까지도 이어졌는데, 지금 같은 대학가 풍경은 1990년대 중반부터 갖추기 시작한 걸로 기억한다.

중국집으로는 신촌반점, 백진주, 초원각 정도가 있었고, 다방은 그 유명한 독수리 다방, 복지 다방, 캠퍼스 다방, 그리고 나중에 생긴 상아탑 다방, 티롱 다방이 있었다. 서점은 홍익 서점, 일신 서점, 오늘의 책, 알서림, 연세 서점 등이 있었고, 선술집은 역사와 전통을 자랑하는 훼드라, 보은집, 청실홍실, 일성집, 팔복집, 그리고 시장 골목의 순댓국집, 감자탕집, 나중에 생긴 독수리 포장마차, 백두갈비, 우리집 등이 연대생들의 사랑을 받았다.

돼지갈빗집은 만미집, 고바우집, 형제갈비 등을 자주 이용했는데, 중국집이나 선술집은 없어지거나 이전한 집들이 많은 데 비해 돼지갈비 집들이 여전히 그 자리에 있는 것을 보면, 경쟁력 측면에서는 역시 돼지갈비를 따를 만한 것이 없는 모양이다.

문학회 신입생 환영회는 백진주라는 중국집에서 했는데, 다른 방도 신입생 환영회로 시끌벅적했다. 짜장, 짬뽕, 우동 중에서 개인

별로 먹고 싶은 음식을 주문하고 네 사람당 한 그릇 꼴로 짬뽕 국물을 주문한다. 그리고 몇십 병의 소주가 들어온다. 음식이 들어오기 전에 플라스틱 소주잔에 한 잔씩 술을 따르고 건배를 한다.

"먼저 신입 회원들을 환영합니다. 어쩌고저쩌고, 건배!"

그러면 대개 신입생들은 대충 입만 대고 다시 내려놓는다. 이럴 때 선배들이 개입한다.

"요즘 신입 회원들이 빠져 가지고 말이야. 선배들은 다 마셨는데 입도 안 대는 놈들은 뭐야?"

그러면 황급하게 다시 잔을 들고 쭉 마시고 만다. 단무지와 양파를 우적우적 씹다 보면 역한 느낌이 들지만, 이것도 몇 차례 하고 나면 몸이 따뜻해지면서 적응을 하게 된다. 이렇게 몇 번 건배를 하고 나면 서서히 음식이 들어오기 시작한다. 한창 나이의 신입생들에게 짜장면 한 그릇은 아쉽다.

술도 꽤 얼큰하게 먹고 여흥도 끝나갈 시간이 되면, 서서히 중국집 직원들의 재촉이 이어진다. 안주는 초저녁에 떨어지기 마련이어서 생으로 소주를 마시는 셈이었다.

"이제 문 닫을 시간이에요."

"예, 예. 금방 끝낼게요."

그러나 서두르는 기색은 전혀 없다.

"가만 있자, 남은 녀석이 몇 명이냐? 자, 지금부터 진짜 신고식을 시작하겠다. 모두 기상!"

적당히 취한 우리는 이제 별로 긴장감도 없다. 슬슬 입가에 웃음이 돌기도 한다.

"모두 신발 한 짝씩을 벗는다. 실시!"

이건 또 뭔가?

"자, 환영의 의미로 술을 따르겠다. 모두 한 번에 다 마시도록. 모름지기 문학이란 이런 것이다 하는 것을 마음에 새기면서, 선배들이 이토록 나를 사랑하는구나 하는 것을 절실히 느끼도록."

아, 이럴 줄 알았으면 운동화를 빨아 신고 올 것을, 냄새나는 운동화에 술을 부어 주는 선배가 야속했다. 멋모르고 같이 일어섰던 여학생은 혼비백산해서 얼른 다른 물컵을 집어 들었는데, 선배들이 양해해 주었다. 어떤 녀석은 자기가 다른 사람보다 발이 크니까 그 점을 고려해 달라고 했다가 오히려 더 많이 마셔야 했다.

한 녀석씩 신발에 담긴 술을 다 들이킬 때마다 선배들은 박수를 쳤다. 두세 녀석은 그 자리에서 쓰러지거나 화장실로 실려 갔고, 나는 쓰러지지 않고 간신히 버틸 수는 있었지만 이미 의식은 비몽사몽이었다.

결국 선배들은 의식을 잃은 우리를 부축해서 학교 앞 봉화 여인숙으로 옮겼는데, 아침에 일어나 보니 계단과 방 입구에 토한 자국들이 줄지어 있었다. 선배들은 우리를 옮겨 놓고 또 한잔을 더 했다니 완전히 기가 죽을 수밖에 없었다.

"최종적으로 남은 녀석이 몇 명이지?"

"다섯."

"쯧쯧, 흉작이구먼."

"글쎄 말이야. 작년에는 아홉 명은 남았는데."

그들은 그렇게 알 수 없는 존재의 외로움을 우리를 통해 확인하려고 했다.

■■■
'젊은 날의 초상'을
그리다

그 시절에는 왜 그렇게 술을 마셨을까? 비 오는 날 술집 골방에 앉아서 안주도 없이 술을 마시다 보면 서로가 그런 말들을 했다. 우리는 막다른 골목에 와 있는 사람들 같다고, 뒤돌아가는 것은 부끄럽고 담을 넘을 용기는 없다고, 그러니 술이나 마시자고 그랬을까?

술값이 없어서 학생증을 맡기고 술집을 나오면 누군가 외쳤다.

"야, 2차 가자!"

"야, 지금 돈이 없어서 학생증 맡기고 나왔다. 인마, 정신 차려!"

그러면 이문열의 '젊은 날의 초상'에 나오는 대사를 읊조렸다.

"그대에게 돈이 있는가를 묻지 말고 술 마실 의사가 있는가를 물어라!"

그러고 그는 자신의 학생증을 빼 들었다.

"아직 우리에게 희망은 남아 있다!"

그것을 희망이라고 생각한 사람은 없었지만, 어쨌든 한잔 더 한 것은 사실이다.

1학년들끼리도 자주 뭉쳤는데, 하루는 학교 뒤편에 있는 청송대

숲 속에 소주를 묻어 놓고 마시자는 제안이 있어서 대여섯 병을 묻은 기억이 난다. 그러나 다음에 그 자리에 갔더니 아무것도 없었다. 술은 사라졌는데 마신 사람은 없었다. 모두가 오리발이었다. 한마디로 술 앞에서는 동지도 없었던 거였다.

당시 대학가의 축제라는 것이 상당히 상업화해서 유명 연예인을 부른다든가, 2천 원짜리 티켓을 사야만 들어갈 수 있는 쌍쌍 파티를 한다든가, 뭐 이런 식이었다. 당시 새맛집이라는 분식점에서 오뎅 안주가 500원, 소주 한 병이 300원쯤 할 때니까, 두 명이 쌍쌍 파티에 참여하는 돈이면 대여섯 명이 취하도록 술을 마실 수가 있었다. 쌍쌍 파티가 열릴 만한 시간에 한 명씩 두 명씩 서클룸이 있는 학관으로 모여 들더니, 결국은 학관 앞 잔디에서 술판을 벌이고 말았다. 노천극장의 화려한 불빛과 함성 소리에 자신들이 표현할 수 있는 온갖 문학적 저주를 퍼부으며 소주를 털어 넣던 초라한 20대들이었지만, 잔디밭에 벌렁 드러누워 쳐다보던 그 아름다운 밤하늘을 잊을 수 없다.

그때 그들은 왜 혼자였을까? 말로는 수십 명의 여자를 섭렵했다며 떠벌리던 사람들이 정작 쌍쌍 파티가 있는 날은 왜 서클룸으로 모일 수밖에 없었을까? 우리는 이런 형태의 부르주아적 축제를 거부한다며 건배를 하기도 했는데, 왜 술이 들어갈수록 외로움이 밀려왔는지 모르겠다.

대개 5월 축제를 앞두고 한창 미팅을 했는데, 많이 하는 녀석은 하루에 세 번도 했다니까 아마 수십 번 미팅을 한 녀석도 있었을 것이다. 녀석들의 지론은 혹시나 하고 갔다가 역시나 하고 돌아온다는 것이었다. 공수래공수거가 녀석들의 인생철학이었다. 하루는 한창 학관 뒤편 공터에서 축구를 하고 있는데 고등학교 친구 녀석이 찾아왔다.

"야, 미팅하러 가자."

"싫어. 나 축구 하고 있잖아."

"야, 살려 주라. 사실은 한 명이 빵꾸 났거든. 너 아니면 나 박살된다. 우리 누나가 뚜쟁인데 이거 빵꾸 나면 나 집에서 쫓겨나, 인마."

"야, 그렇다고 첫 미팅을 땜빵으로 시작해야 하냐?"

당시 미팅은 주로 다방에서 했는데 옆의 친구와 어깨가 겹칠 정도로 딱 붙어 앉아서 이야기를 나누다 보면 다른 쌍들이 나누는 이야기도 다 들려서 여간 쑥스러운 것이 아니었다. 어쨌든 나는 그런 식의 짝짓기가 너무 싫었다. 남자 녀석들은 여학생의 환심을 사기 위해 참새 시리즈 따위의 유머를 늘어놓거나 성냥개비 퍼즐로 시간을 때웠다. 그러면 여학생들은 연신 웃음을 터뜨렸다.

한창 벚꽃이 필 때 미팅을 하는 것이 유행이었기 때문에, 밤에 사쿠라 밑에서 하는 미팅이라고 해서 야사팅이라고도 했고, 영어로 나이트 체리(night cherry)를 줄여서 나체팅이라고도 했다. 이번에는 열 명이 몰려갔는데, 양쪽 주선자의 지시대로 역시 자기 물건을 내놓으면 여학생들이 물건을 집어 들고 그 물건의 주인이 여학생에게 가는 식이었다. 그러고는 각자 산책을 하면서 이런저런 이야기를 나누었다. 그러다 보면 가끔 다른 쌍과 마주치기도 했다. 아, 그때의 그 어색함이란!

그 무렵의 어느 날이었을 거다. 친구들과 술을 몇 잔 걸치고 있었는데, 어떤 녀석이 그맘때 학교 뒷산에 가면 연놈들이 쪽쪽거리는 소리에 앉아 있을 수가 없다는 이야기를 했다.

"아니, 뭐라고? 신성한 학교에서 그 짓들을 해?"

"야, 그 정도가 아냐. 어떤 쌍들은 거기서 그냥……."

"그냥?"

"끝까지 간대, 글쎄."

"뭐라고? 이런!"

흥분해서 술상을 내리치는 녀석이 있었다.

"야, 이건 참을 수 없는 일이다. 학교를 윤락가로 만드는 그런 놈들로부터 진리와 자유의 전당을 지키는 것이 이 시대의 정의가 아닌가?"

"정의를 지키기 위해서는 용기가 필요한 법이지. 자, 민병대에 자원할 사람!"

시답잖은 대화를 나누며 의기투합한 우리 셋은 손전등과 몽둥이를 들고는 학교로 올라갔다. 학교 뒷산은 과연 으슥했는데 몇 군데에서 데이트를 하는 쌍들은 있었지만 그렇게 심각한 장면은 발견할 수가 없었다.

"야, 이거 괜히 헛수고하는 거 아냐?"

괜히 고생하는 것 아니냐며 투덜대는 녀석이 있었지만, 학교를 지키는 일인데 중단할 수는 없었다. 그런 식으로 한참을 올라갔더니 제법 깊은 산속 후미진 곳에서 이상한 자태가 보이는 것이 아닌가?

우리는 벽력같이 소리를 지르며 적진으로 돌진했다. 먼저 손전등을 남자 녀석의 얼굴에 들이대어 꼼짝 못하게 했다. 당황한 여자는 모른 척하고 녀석을 다그쳤다.

"야, 여기가 어디야, 엉?"

겁에 질린 녀석은 할 수 없이 대답을 했다.

"학굡니다."

"학교가 뭐 하는 데야?"

"공부하는 뎁니다."

"그래서 지금 자네 공부하고 있었나?"

"……."

"신성한 학교를 지키는 우리로서는 이런 행위를 도저히 용납할 수가 없다. 경고의 의미로 징벌을 내릴 테니 다시는 이런 일이 없도록. 알겠나?"

그러고는 녀석에게 엎드려 뻗쳐를 시킨 후에 몽둥이로 엉덩이를 한 대 내리쳤다. 밤하늘에 울려 퍼지던 짝! 하는 소리가 참으로 통쾌했다. 그리고 산을 더 올라갔지만 더 이상의 데이트족은 없었다. 산길을 내려오다가 우리는 다시 방향을 오른쪽으로 틀어서 들어가 보기로 했다. 10분쯤을 더 갔을까? 정말로 으슥한 곳에서 또 한 쌍이 그 짓을 하고 있는 것이 보였다.

정말 도처에서 이런 일들이!

의기양양해진 우리는 같은 방법으로 벼락 같은 소리를 지르며 돌진하였고, 남자 녀석의 얼굴에 손전등을 비추었다.

"야, 여기가 어디야?"

이렇게 시작하는 데 겁에 질려 대답해야 할 녀석이 뭐라고 말하며 움찔거리는 것이 아닌가? 우리가 제일 우려한 상황은 장대한 체격에 무술을 할 줄 아는 녀석에게 걸려서 세 명 다 고꾸라지는 것이었다. 이런 경우 초반에 제압을 못하면 우리가 당한다. 우리는 긴장해서 몽둥이를 높이 쳐들었다.

"덤비겠다 이거지?"

그러자 녀석은 화급하게 우리 행동을 제지했다.

"그게 아니고요, 저……저…….”

"그게 아니고 뭐야?"

우리는 극도로 긴장했다.

"저, 사실은요, 아까 저 위에서 맞았는데요.”

인생의 갈림길은
어디에서
시작되는가

　　자신의 문학적 재능이 형편없다는 것을 인정하고 거기에서 다시 시작한다는 것. 그것은 끝이 보이지 않는 어두운 터널을 걷는 고통이었다.

　　"취미로 문학을 할 생각이면 독서 서클로 가라고."

　　"평생을 매달려 한 편의 시를 완성할 각오가 있어야 문학을 한다고 할 수 있지."

　　대개 문학에 뜻을 두고 문학회에 가입한 사람들은 자신에게 약간의 소질이 있지 않을까 생각하지만, 선배들은 이런 자부심을 여지없이 뭉개버렸다.

　　문학회는 일주일에 한 번씩 회원들의 작품을 놓고 합평회를 진행했다. 합평회라는 것은 회원의 작품에 대한 느낌이나 의견을 이야기하는 것인데, 이런 과정에서 글쓴이의 글을 보는 시야나 기법 등을 향상시키기 위한 것이었다.

　　신입 회원의 작품이 제출되면 그날은 아주 박살이 난다고 보면 틀림없다.

　　"이것을 시라고 할 수 있을까요?"

"낙서에 가깝죠."

"그냥 술이나 마시러 가는 것이 어떨까요?"하는 식의 야유에서 부터, "전체적으로 표현이 너무 상투적입니다. 그것은 필자가 불성실했기 때문이라고 생각합니다. 밤을 새면서 시구와 싸워야지요. 지나치게 이미지가 반복되어서 긴장감을 떨어뜨리는 것도 문제인데요. 전체적으로 자기감정에 너무 도취되어서 쓴 것이 아닌가 생각됩니다."와 같은 분석적인 의견도 나온다.

한 시간 정도를 이렇게 얻어맞다 보면 저절로 얼굴이 붉어지는데, 어떤 여학생은 결국 울음을 터뜨리기도 했다. 그러나 타협은 없었다, 절대로.

어떤 경우에 그런 비평들은 예리한 칼날과 같았다. 그리고 그들은 기다렸다. 후배가 그런 고통을 이겨낸 다음에 보다 성숙한 작품을 들고 찾아오기를. 이를 악물고 자신과 싸워서 웃으며 나타나기를. 그들도 모두가 그런 과정을 거쳐 왔기 때문이었다.

그러나 회원으로 가입한 사람들 중의 80% 이상은 도중에 문학회를 그만두었다. 30명 이상이던 신입 회원이 학기말이 되면 대여섯 명으로 줄어 있었다. 그러나 아무도 개의치 않았다. 글 쓰는 일을 평생의 업으로 삼을 몇 사람이 더 소중하다는 것이 그들의 일반적인 생각이었다.

문학회 생활과 관련해서 빼놓을 수 없는 곳이 캠퍼스 다방이다. 오래전 오늘의 책 2층에 있던 이 다방은 문학회의 아지트이기도 했다. 당시 대학가 다방은 어두침침한 조명에다가 끈적끈적한 팝송을 틀어 주는 것이 유행이었다.

좌석을 나누는 칸막이도 없고 시골 다방이나 가야 볼 수 있는 탁자를 가운데 놓고 의자를 네 개씩 맞대어 놓은 것이 일반적이었다. 여름에는 선풍기, 겨울에는 연탄난로를 설치했는데, 손님들은 하나같이 팔짱을 끼고 앉아 심각한 표정으로 음악을 듣는다든지 책을 읽는다든지 하면서 일행을 기다렸다.

이곳에서는 때때로 시 낭송회를 하기도 했는데, 음악을 틀어 놓고 한 명씩 나가서 자신의 시를 낭송하면 청중들은 심각한 표정으로 경청해 주었다. 눈 오는 날 괜히 마음이 싱숭생숭해서 앉아 있다 보면 어깨에 쌓인 눈을 털어 내며 들어오던 선배가 술 한잔 하자며 끌어내기도 했다. 어쨌든 대학가의 허름한 다방은 우리에겐 사랑방 같은 곳이었다.

지금은 제법 필명을 날리는 사람 중에 고등학교 1년 선배가 한 명 있었는데, 하루는 이 양반이 완전히 죽을상을 하고 캠퍼스 다방 구석에 앉아 있었다. 내가 들어가니까 앞에 앉으라고 권했다. 무슨 일인가 물어도 대답을 않더니 갑자기 원고지 뭉치를 내 앞으로 밀어 놓으며 읽어 보라는 것이었다.

대략 50~60편 정도 되는 시였는데 수준이 그리 높은 편은 아니었던 것으로 기억한다. 그는 내가 시를 다 읽자 담배 연기를 내뿜으며 말했다.

"어떠냐?"

"글쎄. 괜찮은 것도 있긴 한데, 어떤 시들은 조금…….."

"네가 봐도 그렇지?"

"응. 그렇지만 어차피 이제 시작하는 건데, 뭐. 우리가 다 그렇잖아?"

그는 잠시 무슨 생각을 하더니 말을 이었다.

"지금 박두진 선생에게 이 시를 보여 드리고 오는 길이야."

"그래? 뭐래?"

"나더러 시보다는 다른 장르를 찾아보래."

"……"

"그래서 누구든 마지막으로 내 시를 볼 사람을 기다리고 있었다. 이제 네가 봤으니까 불쌍한 이것들을 불태울 일만 남았다."

그는 내가 다 읽고 밀어 놓은 시들을 하나씩 찢기 시작하더니 원고지 뭉치를 들고 다방을 나가버리는 것이었다. 죽음을 앞둔 사형수 같이 처참한 표정이 잔영처럼 남았다.

"형!"

아마 그는 또 누군가를 붙잡고 술을 마셨을 것이다. 그에겐 그날이 너무나 고통스러운 하루였을 테니까. 유난히 추웠던 1980년대 초반의 어느 겨울날이었다.

1982년 여름에 나는 문학회 회장이 되었다. 그때 이미 나는 심각한 고뇌에 빠져들기 시작했다. 대학 1년을 정신없이 보내면서, 나는 나를 둘러싼 환경의 심각함을 점차 깨달아 가고 있었다. 1981년 봄이었다. 지금은 소설가로 활동하고 있는 선배가 당시 문학회 회장을 맡았는데, 그가 서클룸에서 울고 있었고, 그 주위의 다른 회원들은 침묵하고 있었다. 1학년 때 3학년 선배는 하늘같은 존재였는데, 그런 그가 눈시울이 붉어지도록 눈물을 흘리고 있으니 당황할 수밖에 없었다. 알고 보니 그 선배의 친구가 서울대 도서관에서 투신자살했다는 것이다. 몸을 던지기 전에 그가 외친 구호는 독재 정권 물러가라는 것이었다. 나는 충격에 휩싸였다.

'아무리 독재 정권이 싫다고 해도 자신의 목숨을 바칠 수가 있나?'

잔디밭에 앉아 노을이 지는 하늘을 바라보며 다른 선배에게 물었다.

"차라리 살아남아서 자신의 목적을 관철하기 위해 노력하는 것이 옳은 일 아닌가요?"

"그 사람에게는 자신의 목적을 달성하기 위한 최선의 방법이었겠지."

"어떻게 그럴 수가……."

"자신의 생명이라도 바쳐야겠다고 생각할 만큼 절실했을 수 있겠지."

그때 왜 내가 훌쩍거렸는지는 모른다. 그만큼 절박하게 느꼈던 그분의 뜻 때문이었는지, 청청한 한 젊은이의 죽음이 허망하다고 생각했기 때문인지, 혹은 우리가 살고 있는 현실의 부조리함 때문에 분노를 느꼈기 때문인지 잘 기억이 나지 않는다. 그러나 문과대학 앞에 앉아 노을이 지는 백양로를 바라보며 꽤 오랫동안 훌쩍거린 것 같다. 심약한 문학도가 할 수 있는 최대한의 감정 표현이었을 것이다. 나는 애써 그것을 나의 삶과 무관한 것으로 만들기 위해 노력했다. 그러나 외면하면 외면할수록 시대의 문제는 가깝게 다가왔다.

당시의 대학 분위기는 매우 억압적이었다. 머리가 짧고 얼굴이 까맣게 탄 전투경찰들이 사복을 입은 채 학교에 상주하고 있었다.

사복이라고는 하지만 모두가 일률적으로 청색 재킷에 청바지를 입고 무전기를 들고 있었으니, 누가 보아도 전투경찰인 것을 알 수 있었다. 그들은 몇 명씩, 그러니까 분대 규모로 조를 짜서 잔디밭에 앉아 있었는데 시위가 벌어지면 그 즉시 달려가 학생들을 연행하는 것이 임무였다. 그들은 아침 일찍 자리를 잡고 앉아 있다가, 저녁 해 질 무렵이 되면 줄을 지어서 학교 뒤편으로 넘어갔다. 아마 전체 규모가 1개 중대 병력은 되었을 것이다.

도서관 앞과 학생회관, 그리고 대강당 주변의 잔디밭에는 이들 때문에 학생들이 앉을 수가 없었다. 이들 외에도 정보과 형사와 그 정보원들이 학교 안을 수시로 배회하며 학생들의 동태를 살폈는데, 그런 분위기 때문에 큰 소리로 대화하는 학생들이 거의 없었다.

한번은 학생회관 앞에서 멀리 떨어진 친구를 부른다고 큰소리를 지른 적이 있는데, 학생회관 근처의 청바지들이 일제히 노려보면서 뛰어오려고 해서 얼른 건물 안으로 숨어 버렸다. 잔디밭도 빼앗기고 큰 소리도 지를 수 없는 대학 교정에서 우리가 분풀이하는 방법은 한 가지뿐이었다. 술에 취해서 저녁 늦게 학교로 돌아와 소리를 지르는 것이었다.

"야, 다 나와! 나오란 말이야, 인마!"

"덤벼, 이 자식들아! 다 덤벼!"

누구에게 하는 말인지 모를 이런 고함을 질러 대며 달려 올라가는 것이었다.

경찰들이 학교 안에 상주하고 있었기 때문에 집회는 애초에 불가능했다. 그래서 당시에는 시위 주동자가 건물의 유리창을 깨고 나와 구호를 외치고 유인물을 뿌리면, 바깥에 있던 동조자들이 스크럼을 짜고 달리는 방식으로 데모를 했다.

대개 많은 학생들이 모이는 점심시간을 전후로 시위가 시작되었다. 이런 시위는 1년에 두세 번밖에 볼 수 없는 광경인지라, 많은 학생들이 달려와서 이 광경을 지켜보았다.

　교정에 앉아 있던 청카바와 사복형사들은 유리창이 깨지고 시위 주동자가 구호를 외치면 미친 듯이 건물 안으로 들어가 학생들을 연행해 갔다. 내 기억으로 2~3분 안에 경찰 승합차가 학교 안으로 들어와 건물 앞에 대기하고, 5분쯤 지나면 도서관 유리창 가에서 경찰이 주동자를 잡기 위해 드잡이하는 광경을 볼 수 있었다.

　아슬아슬한 도서관 4층 유리창 가에서 잡으려는 경찰과 잡히지 않으려는 주동자가 싸우는 과정을, 어느새 모인 수천 명의 학생들이 가슴을 졸이며 생생하게 볼 수 있었다. 그런 과정에서 주동자가 아래로 떨어져 버리는 경우도 있었다. 그런 경우는 흥분한 학생들 때문에 시위 규모가 커지기도 했다.

　"야, 학생이 떨어졌다!"

　"떨어졌다. 이 나쁜 놈들!"

　시위 주동자 입장에서는 가능한 한 시간을 오래 끌어서 학생들을 모아야 자신의 주장을 널리 알릴 수 있었고, 경찰 입장에서는 최대한 빨리 주동자를 연행해야 대규모 시위를 막을 수 있었기 때문에, 서로가 한 치도 양보할 수 없었다. 그러나 건물에서 떨어져 평생을 불구로 살아야 했던 그 젊은이의 인생은 누가 보상해 줄 것인가! 도서관 입구로 주동자가 끌려 나오면 그는 학생들 들으라고 필사적으로 구호를 외쳤다.

　"군사 파쇼 타도하자!"

　그러면 경찰들은 주동자를 눌러서 막거나 마구 때려서 피투성이로 만들기도 했는데, 그 주위를 둘러싼 학생들 대부분이 눈물을 흘리면서 이 광경을 지켜보았다. 어떤 경우는 여학생 주동자가 속옷이 드러날 정도로 몸부림치다가 경찰에게 강제로 연행되기도 했는데, 그럴 때면 나도 모르게 주먹이 부르르 떨렸다.

그런 날은 으레 술집이 만원이 되곤 했다.

"학생들이 천 명은 되는 것 같은데 어떻게 백여 명밖에 안 되는 짭새들을 못 막고 여학생이 끌려가도록 지켜보고 있었을까?"

"천 명? 흥. 딸꾹, 이천 명도 넘었다, 인마. 오로지 입신양명에 눈이 먼 소심한 대학생들이, 딸꾹, 경찰한테 덤벼? 만 명 있어도 소용없어. 야, 웃기는 소리 하지 말고 술이나, 딸꾹, 한잔 해, 인마."

"그러는 너는 왜 보고만 있었냐? 너도 출세에 눈이 멀었냐?"

"출세? 흥. 나는 그런 거 관심 없다. 딸꾹. 그럼 나는 왜 못 덤볐느냐? 그거야 비겁한 회색분자니까. 술집에 와서, 딸꾹, 울분이나 털어놓는 한심한 소시민이니까 그렇다, 왜? 어쩔래?"

"……."

"그러니까 비겁한 소시민끼리 술이나 한잔 하자고. 딸꾹. 어차피 너도 지켜만 보고 있었잖아. 너는 별 수 있나?"

그랬다. 당시 내 가슴속에 아무리 피가 끓었던들, 아무리 주먹을 불끈 쥐었던들 무슨 소용이 있었는가? 백여 명의 청카바들이 빨리 흩어지라고 달려올 때, 신발이 벗겨져라 도망친 주제에. 아. 비겁한 소시민. 나는 겁에 질린 창백한 소시민일 따름이었다.

끌려가던 친구들을 떠올리며 눈시울을 적시고 술 마시며 흥분해도 한번 눈 딱 감고 외면하면, 그건 그들의 문제이지 내 문제가 아닐 수 있었다. 나에겐 문학이라는 탈출구가 있었으니까. 그럴수록 더 열심히 시에 빠져들었다. 그러나 일정한 시간이 지나자 시도 답보 상태에 머무르게 되었다. 내가 써 놓은 글이 자꾸 너절해 보였다. 어두운 표현들이 늘어 갔다. 나도 모르게 혼자 뇌까리는 경우도 있었다.

"이 비겁한 소시민아!"

그리고 얼마가 지난 후에 또 문학회 선배 한 명이 경찰에 연행되어 강제징집으로 입대했다. 지금은 방송사 프로듀서로 일하는 영문과 선배인데 내가 많이 좋아했던 형이었다. 원래 나설 자리가 아닌데 시위에 참여한 여학생이 처참하게 연행되는 것을 보고 경찰에게 혼자서 달려들었다가 연행된 것이다.

얼마 후 전방에서 날아온 한 통의 편지 때문에 나는 또 가슴앓이를 해야 했다. 아침까지 옆에 있었던 한 선배가 갑작스럽게 사라지고, 남아 있던 그의 가방. 그리고 종이학처럼 내 앞에 놓인 이등병의 편지.

'이곳은 철책선이 보이는 전방의 초소입니다.'로 시작되는 그 선배의 편지는 문학회 회원들이 보고 싶다는 구절로 끝났다. 안경을 쓰고 유난히 하얗던 선배의 얼굴이 떠올랐다.

함께 거닐던 청송대와 백양로, 학교 앞 술집 모두 여전히 그곳에 그대로 있겠지요.

그랬다. 그가 사라진 것만 빼면 모든 것이 그대로인 것처럼 보였다. 그러나 한 사람이 빠진 것 때문에, 사실은 모든 것이 변한 것처럼 보일 때도 있는 것이다.

이제 현실은 내게 너무 가까이 와 있었다. 어디로 피할 데가 있었던가? 사람들이 죄 없이 감옥에 갇히고, 떨어져 죽고, 송별회도 없이 강제로 군대에 끌려가는데, 그리고 한명 두명 운동권이 되어 가는데, 어떻게 하나? 막다른 골목이었다. 뒤돌아보는 것은 부끄럽고, 담을 뛰어넘을 용기도 없이 술만 마시던 그 골목에서 나는 서성거리고 있었다.

모순이 그린
자화상

어느 날 박래군이 나를 찾아왔다. 그는 문학회 동료 가운데 가장 가까운 친구 중의 하나였는데, 1학년 가을에 일찍이 박영준 문학상을 수상한 소설가 지망생이었다. 그러나 언제부터인지 모르지만 운동권에 합류해서 문학회 모임에는 간혹 얼굴만 들이미는 정도였다. 그가 찾아온 목적은 세미나팀에 합류하라는 것이었고, 나는 그러겠노라고 대답했다.

"나는 너를 잘 알아, 인마."

래군이가 말했다.

녀석과 나는 굳은 악수를 나누고 헤어졌다. 그러나 그때만 해도 정식으로 운동권 학생이 될 생각은 없었다. 도대체 이 부조리한 현실의 문제가 무엇인지 알아보자는 것이었고, 나머지는 나중에 판단하자는 것이었다.

나는 문학회 생활을 하면서도 같은 과의 운동권 학생들과 잘 어울리는 편이었다. 그러나 늘 중도적인 입장이었다. 그러다 보니 그런 내 스타일을 싫어하는 녀석도 있었다.

"야! 꼭 정권이 하는 일이 다 잘못된 것은 아니잖아. 사실 통행금지 해제 같은 것은 잘한 것 아냐?"

녀석들은 독재 정권을 정치적으로 비판하고 있는데 엉뚱한 사회 정책을 들먹였으니 약이 오르긴 했을 거다. 한 녀석이 갑자기 술잔을 탕 소리가 나도록 내려놓더니 내 멱살을 잡아 흔드는 것이었다.

"야, 이 새끼야! 너처럼 쓰레기 같은 놈들 때문에 독재 정권이 유지되고 있는 거야. 이 병신 같은 놈아!"

나뿐만 아니라 옆에서 같이 술을 마시던 친구들도 놀라고 말았다.

"병신 같은 새끼! 민중들은 죽어가고 있는데, 뭐? 통행금지가 어쩌고 어째?"

래군이가 얼른 뜯어말렸다.

"야, 인마. 상호가 말하는 본뜻이 그런 게 아니잖아! 괜히 흥분하고 난리야. 야! 너희들 화해하고 술 마셔. 괜히 분위기만 망쳤네. 야, 마셔. 마셔."

나는 마음속으로 상처를 받았다. 쓰레기 같은 놈이라니, 나 때문에 독재 정권이 유지된다니, 참으로 받아들이기 어려웠다. 그 경험은 나중에 학생 운동을 할 때 내게 도움이 되었다. 운동권 일부 학생들은 자신이 익히고 배운 논리와 지식을 절대화하면서, 그것에 동의하지 않는 사람을 몰아붙이는 경향이 있다. 또한 그 과정에서 함부로 말을 해서 다른 사람들의 마음을 아프게 하는 경우가 간혹 있다. 그래서 우리의 뜻에 동조하던 사람들 중에도 상처를 받고 떠난 사람들이 더러 있었다.

나는 나중에 학생회장이 되어서도 이른바 비운동권 학생들의 심정을 잘 헤아릴 수 있었고, 그러다 보니 전체를 조화시키는 데도 도움이 되었다. 그게 바로 나의 경험이기도 했으니까.

이렇게 해서 나의 첫 세미나가 시작되었다. 교재는 주로 조세희, 황석영의 소설 같은 문학 서적이나 한완상 교수의 '민중과 지식인' 같은 책으로 시작해서 '해방 전후사의 인식' 같은 역사서, '서양 경제 사론' 같은 경제서 쪽으로 이어졌다.

한 명이 전체 내용을 요약하고 발제를 하면 서로의 느낌이나 의견을 개진하는 것이 세미나의 방식인데, 선배 한 명이 전체적인 평가를 하거나 보조 발언을 하는 식으로 지도했다. 그때 나는 선배들이 결론 내리는 방식에 상당히 답답함을 느꼈는데, 아마도 내가 문학을 전공했기 때문이었을 것이다.

선배들의 결론은 천편일률적이었다. "그러니까 이런 문제를 해결하려면 사회의 구조적 모순을 해결해야 합니다."와 같은 식이었다. 틀린 말은 아니었지만 하도 들어서 너무 상투적으로 느껴졌다. 그래서 나는 그런 선배들을 구조적 모순이라고 불렀다.

"야, 구조적 모순 오늘 학교 왔냐?"

"어, 지금 화장실에서 구조적 모순을 해결 중이야."

국문과로만 이루어진 세미나팀은 대략 두 팀 정도였던 것으로 기억이 되는데, 다른 팀이 누구누구로 구성되었는지는 알 수 없었고, 대략 짐작만 할 뿐이었다. 왜냐하면 비공개로 진행된 모임이었기 때문이다.

모임은 공부할 장소 때문에 애를 먹었다. 의대 쪽 빈 강의실을 쓰다가 교수들에게 몇 번 들킨 이후로는 학교 바깥으로 전전했다. 당시에는 방이 있는 카페가 드물었는데, 지금의 신촌 현대 백화점 건너편 지하에 모두랑이라는 양식집에 방이 하나 있었다. 지금은 이름도 바뀌었을 뿐 아니라 생맥줏집으로 바뀌어서 옛날 모습을 찾을 수 없어 아쉽다.

우리는 일주일에 한 번씩 거기서 모였는데, 노트와 책을 펴고 이야기를 하다가도 종업원이 들어오면 재빨리 탁자 밑으로 숨기고는 일상적인 대화를 나누는 척해야 했다. 레스토랑에서 세미나를 하다가 종업원의 신고로 경찰에게 잡혀가는 경우가 종종 있었기 때문이다. 경찰에게 잡혀가면 저학년들은 구류나 훈방으로 그쳤지만, 선배들은 집까지 수색을 당한 후 강제로 군대에 끌려갔다. 황순원의 소설 '소나기'가 교재인 경우도 마찬가지였다. 그들에게 교재가 무엇인지는 문제가 아니었으니까.

그런 가운데 역시 구조적인 문제가 하나 찾아왔다. 등록금 문제였다. 입학해서 첫 학기에는 성적이 제법 나와서 장학금을 탔는데, 문학회에 심취해서 1년을 보내고 세미나 한다고 시간을 보내는 사이에 수업은 뒷전으로 밀렸으니 장학금을 탈 수 없었다. 어머니가 하시던 일도 잘되는 편이 아니었다. 하는 수 없이 나는 휴학을 했다. 휴학을 하면 대개 6개월 이내에 군대에 가게 되어 있었다.

그때 나는 점차 사회 비판적으로 인식이 바뀌어 가고 있었지만 운동권 학생은 아니었다. 시위를 하러 나가지도 않았고, 더욱이 나의 인생을 민주화 운동에 바치겠다는 생각은 전혀 없었다. 다만 사회 문제가 무엇인지 알아보겠다는 차원에서 세미나를 했을 뿐이었다.

래군이의 제안도 공부를 해본 후 판단하라는 것이었다. 공부를 할수록 실천의 문제가 다가온 것은 사실이었지만 나를 괴롭힐 정도는 아니었다. 문학이 내 중요한 목표요 삶의 무기가 될 수 있다고 믿었기 때문에 탈출구가 없었던 것도 아니었다.

요즈음 나의 의식은 왜 쉬지를 못할까? 끊임없이 생각하고 주절거리고, 공상하고, 공상 때문에 즐겁고, 슬프고, 분노하고. 그러나 역시 나는 약하다. …중략… 화요일 국문과 스터디 예비 모임을 가졌다. ○○ 형이 우리 국문과에서 어떤 위치를 점하고 있다면 그것은 무엇인지. 이 스터디마저 몇몇 사람들이 의도적으로 주도한다면 때려치우겠다는 생각이 확고하게 밀려 왔다. …하략…

1982. 5. 20.

경의선 기차의 화물칸에서 책을 보았다. 덜컹거림과 저무는 풍경과 한국 경제의 전개 과정과 또 무엇. 안온하던 마음이 슬픈 상념에 젖어든 채 돌아온다. 휴학하기로 했다. 당연한 것을 너무 늦게, 그리고 자기변호식으로 결정했다. 분명 나는 집에서 암적 존재가 분명하다. 나에게 드는 비용이 적은 편이 아니다. 가야겠다. 위대한 한국 군인. 아, 가난이 감상적으로 다가오던 시기를 보내고, 현실로 맞을 준비를 해야 한다. …중략… 휴학하기로 했다. 보고 싶다, 군대 간 선배들. 나에게 문학이라는 꿈을 키워준 사람들. 기형도 형, 문준호 형, 송재헌 형. 나도 곧 군대에 갑니다. …중략… 나는 살고 싶다. 소박한 집에서, 어둠이 완전히 내리기 전, 집 안의 어둠 속에서 작은 불을 켜고, 아이들에게 그들의 꿈이 담긴 시를 읽어 주며, 아아, 나는, 평화로운 이상주의자로 현실에 불을 당기고 싶다.

1982. 8. 26.

일기에 쓰인 것처럼, 여전히 나는 회색 지대에서 방황하고 있는 소시민이었고, 설익은 유년기의 습성을 지닌 겁먹은 촌놈에 불과했다.

"상호야, 노올자!"
"동준아, 노올자!"

02

세상에서 가장 따뜻한 집

강원도 촌놈의 하루

나는 강원도 철원에서 태어난 촌놈이다. 철원은 강원도 제일의 곡창지대로 쌀이 주산물이다. 한때 궁예가 철원을 태봉의 도읍지로 정했던 까닭도 바로 중부지방 최대의 평야 지대에서 생산되는 쌀을 군량미로 삼을 수 있기 때문이었다. 평야 지대가 많기는 하지만 마을은 대개평야와 산이 만나는 기슭에 위치해 있다. 그래서 아이들에게 여름은 산, 겨울은 들판이 놀이터였다.

철원은 겨울이면 눈이 많이 내린다. 요즘도 일기예보를 보면 가장 추운 지방의 사례로 항상 철원을 거론한다. 내 기억으로 한창 추울 때는 영하 17~18도, 조금 풀리면 영하 6~7도쯤 되었던 것으로 기억한다. 물론 영하 20도 이하인 경우도 있지만, 항상 그런 것은 아니다. 아마도 군인들이 있는 겨울 산은 영하 25도까지 내려갔을 것이다.

눈이 하도 많이 내려서 한두 시간마다 눈을 치우지 않으면 대문을 열 수가 없어서 담을 넘어야 했다. 30~40센티미터 오는 것은 예사이고, 어떤 경우는 며칠씩 눈이 내리는 경우도 있었다. 눈이 내리기 시작하면 온 동네사람들이 집 밖으로 나와서 눈을 치운다. 그러니 집집마다 눈 치우는 넉가래가 몇 개씩 있었다.

집 안에 있는 눈, 집 밖에 있는 눈을 치우다 보면 그렇게 치운 눈이 산더미처럼 솟아오르기 예사다. 더 쌓이기 전에 집집마다 이 눈을 마을 한가운데 있는 밭으로 밀어낸다. 그래서 겨울이 되어 한 달쯤 지나면, 이 밭은 눈산으로 변했다. 푸성귀가 자라던 밭이 겨울이 되면 집채만 한 눈산으로 변하는 것이다. 아이들은 아랫목에 누운 채로 이때만을 기다린다.

드디어 전령이 돌기 시작한다.

"상호야, 노올자!"

"동준아, 노올자!"

우리는 모두가 넉가래와 삽을 들고 마을 밭에 모인다. 모처럼 햇볕이 따사롭게 비치는 겨울방학의 중간 어디쯤 되는 날이다. 어른들은 누군가의 집에서 화투를 치거나 윷가락을 던지며 술추렴들을 하고 있을 것이다. 또 아낙네들은 누군가의 집에 모여 옥수수나 감자 따위를 쪄 먹으며, 누구랑 누구랑 정분이 난 이야기로 한참 시끄러울 시간이기도 하다. 외양간에서는 모처럼 한가해진 소들이 하얀 입김을 내뿜으며 되새김질을 하고, 고등학생 형들은 과수원집에 모여서 전축을 틀어 놓고 고고춤을 배운다고 한참 난리법석을 떨고 있을 것이다.

열서너 명쯤 되는 동네 꼬마 녀석들이 모이면, 일단 작업반장 격인 녀석이 나서서 조를 짠다. 1조는 눈을 한가운데로 모아 올리는 일을 맡는다. 이 일이 제일 힘들기 때문에 제법 건장한 녀석들이 한다. 2조는 쌓아 올린 눈덩이들 위에서 눈을 다지는 역할을 맡는다. 3조는 쌓아 올린 눈덩이 속을 파내어 동굴을 만드는 일을 맡는데, 이 작업이 상당히 어려운 일이라 교대로 해야 한다.

"야, 그럼 우린 뭘 하냐?"

당연히 여자아이들의 항의가 이어지고, 작업반장은 경건한 표정으로 지시를 내린다.

"너희들은 3조가 파낸 눈을 뒤쪽으로 계속 날라. 그것도 힘든 일이야."

처음에는 동네 어른들이 지나가면서 요놈들이 무슨 짓을 하나 하는 표정으로 쳐다보지만, 두어 시간 넘게 땀을 흘리다 보면 제법 그럴듯한 눈동굴집의 모양이 나타나기 시작한다. 이때쯤 되면 지나가던 어른들이 찬사를 보내기도 한다.

"야, 이 녀석들, 제법 근사한 눈집이 되겠구나야."

이러면 지쳐서 동작이 늦어지던 녀석들이 신이 나서 다시 이를 악물고 넉가래를 내려치고, 삽질을 하고, 눈을 나른다.

"야아, 이건 우리 집 눈이다."

"인마, 공갈 마. 그걸 어떻게 아냐? 눈이 다 똑같지."

"아냐, 인마. 우리 강아지가 여기다 동그란 똥을 누었거든. 그러니까 알지. 이것 봐. 똥이 동그랗지? 우리 메리가 싼 거야."

이런 녀석들은 그 즉시 우리의 신성한 작업에서 제외되었다.

이렇게 만들어진 눈집은 길이가 15미터에 달할 정도였다. 눈집의 지붕 위에는 물을 뿌려 놓아서 얼음 미끄럼틀을 만들고, 입구에는 가마니를 달아서 바람이 들이치지 않도록 했다. 눈집의 제일 안쪽이 말하자면 우리의 아지트가 되는 셈인데, 작은 굴뚝을 달아서 안에서 불을 피우면 연기가 빠져나갈 수 있도록 만들었다.

눈집 안은 찬바람이 없어서인지 제법 안온했으며, 몇 번 불을 피우고 나면 안쪽 벽면이 녹았다가 밤새 다시 얼어서 반들반들해졌다. 눈집은 그 겨울이 다 지나가도록 우리의 사랑방 역할을 맡았다. 우리는 그 안에 가마니를 깔아 놓고 고구마나 옥수수 따위를 구워 먹으며, 촛불을 켜 놓고 무서운 이야기를 하면서 서로 놀래켰다. 눈집 안에서 불을 피우고 고구마를 구워 먹다 보면 코끝이 까매지기 일쑤여서, 서로의 얼굴을 쳐다보다가 배를 잡고 뒤집어졌다.

지금도 눈이 많이 내리는 날이면 고향에서 깨복쟁이 친구들과 뒹굴던 눈집이 떠오르며 코끝이 시큰해진다. 이러니 나는 지금도 영락없는 철원 촌놈일 수밖에 없다.

1960년대의 시골 풍경이 다 그러하듯 아이들의 놀이라는 것이 별다를 게 없었다. 정미소 앞의 널따란 마당에 모여 팽이치기를 한다거나, 딱지치기를 하는 것이 주요한 놀이였다. 팽이라는 것도 요즘처럼 플라스틱으로 만들어진 것이 아니라, 끌이나 주머니칼로 나무를 일일이 파서 만든 수제품인데 조잡한 면이 있지만 단단하기가 이를 데 없었다.

딱지는 대개 신문지나 다 쓴 공책을 접어서 만들었는데, 어떤 녀석이 마분지라도 접어서 오면, 그것을 따먹으려고 무진 애를 썼다.

어떤 녀석들은 철없이 교과서 표지를 찢어서 딱지를 접었다가, 아버지 손에 귀를 잡혀 집에까지 울면서 끌려갔다. 구슬치기는 제법 형편이 좋은 녀석들의 놀이였는데, 구슬이 없는 가난한 아이들은 손등으로 연신 코를 닦아 내며 부러운 눈으로 이들의 놀이를 구경했다. 그러나 대개 구슬 소유자들은 또 팽이를 만드는 재주가 없다 보니, 이런 아이들의 팽이와 물물교환을 하는 경우도 간혹 있었다.

여자애들은 몇 번이나 이어 묶어 이젠 거의 묶음 덩어리나 다를 바 없는 고무줄을 가지고 신나게 '수수목단 금단초단……' 하면서 뛰어놀았다. 그러다가 대개 심술쟁이 녀석들의 주머니칼에 또 고무줄이 끊어졌다.

"어머! 얘들아! 저 녀석 또 기춘이다. 잡아! 잡아!"

이렇게 호들갑을 떨지만 대개 날쌘 사내 녀석을 잡을 순 없었다. 그러면 제일 마음 약한 여자애가 검은 치마를 뒤집어쓰고 앉아서는 훌쩍훌쩍 울어 대고, 나머지 여자애들은 새하얗게 옆눈을 뜨고서는 남자아이들 모두를 꼬나본다.

이럴 때 여자아이들을 위로하거나 고무줄을 이어 주는 녀석은 몇 개월 간 남자들 속에서 따돌림 당하기 때문에, 마음속으로는 안쓰러워도 다른 곳을 쳐다보면서 모르쇠 잡는 수밖에 없다.

"너, 상호. 그럴 수 있어?"

여자애 하나가 다가와 따지기라도 하면 정말 당황스럽다.

"뭐? 내가 그랬냐?"

"너희들 다 한통속이잖아?"

"치, 그러니까 딴 데 가서 놀면 되잖아?"

"시끄러! 너하고도 이제 말 안 해!"

나는 녀석들이 왜 꼭 예쁘장한 부반장 애가 고무줄놀이를 할 때만 고무줄을 끊는지 당시에는 몰랐다. 또 왜 여자아이들은 그렇게 고무줄을 끊기면서도 꼭 남자아이들 근처에서 그 놀이를 하는지 이해할 수가 없었다.

그리고 유독 아무 죄가 없는 내게만 다가와 항의하곤 하던 부반장 여자애가 사실은 나를 좋아했다는 사실도 몇십 년이 지나서야 알 수기 있었다.

이런 놀이들이야 언제든지 할 수 있는 것이지만, 아무래도 어린 우리를 가장 흥분시켰던 것은 영화관이 아니었나 싶다. 내가 살던 철원군 동송면은 대개 구(舊) 철원으로 알려져 있는데, 구 철원의 중심지는 이평리였다. 여기에는 중앙극장, 문화극장, 두 개의 극장이 있었다.

학교에서 단체 관람을 하면 대개 6·25와 관련된 전쟁 영화가 대부분이었고, 간혹 종교물 같은 대작도 관람하는 경우가 있었다. 지금 보면 뻔한 스토리지만, 당시에는 손에 땀을 쥐면서 숨도 못 쉬고 보았다. 대개 결말은 남궁원의 남한군이 허장강의 인민군을 무찌르는 것으로 끝났는데, 그럴 때마다 얼마나 열렬하게 박수를 쳤는지 손바닥이 얼얼할 지경이었다.

간혹 필름이 끊어져서 영화가 중단되는 일도 있었는데, 이럴 때면 어른들처럼 손가락을 입 속에 넣고 삑삑 소리를 내거나 우우~ 야유를 보냈다. 나는 아무리 손가락을 입이 찢어져라 집어넣어도 어른들처럼 삑 소리가 나지 않아서 무척 속이 상했다.

다음 날 학교에 가면 당연히 전날 본 영화 장면을 흉내 내느라 떠들썩했다. 인민군은 총을 맞은 뒤 꼭 한 바퀴를 돌면서 쓰러져야 하고, 남한군은 죽으면서 할 말 다하고 죽는다. 주인공은 아무리 총탄이 쏟아져도 절대 총을 맞지 않으며, 남한군의 총은 분명히 세 발씩 장전하게 되어 있는 M1인데도 웬 총탄이 그렇게 바닥나지 않고 계속 발사되던지.

영화를 보고 나면 우리의 놀이는 당연히 영화 줄거리를 따라서 재현된다. 인민군 역할을 맡은 녀석들은 시무룩하지만 저마다 멋있게 죽기 위해서 몇 번씩 연습을 했다. 중간 중간에 줄거리와 상황 묘사에 대한 의견이 달라서 한참을 싸우기도 했는데, 그럴 때면 정말 한마디로 난장판이 된다.

"그건 인민군 졸짜가 죽을 때 그런 거고, 중좌가 죽을 때는 두 바퀴 돌았어."

"아냐. 내가 봤는데, 한 바퀴 반 돌고 다른 인민군 위로 이렇게, 이렇게 넘어졌어."

"아냐, 아냐. 내가 봤어."

"아냐, 아냐. 내가 봤는데, 한 바퀴 돌고 이렇게 옆으로 넘어졌어. 이렇게 말이야."

"맞어, 맞어!"

보기는 다 같이 봤는데도 이렇게 한참을 싸워야 결판이 났다. 하지만 단체 관람도 공짜는 아니어서 10원이나 20원씩 내야만 했는데, 이 10원이 없어서 영화를 못 본 아이들이 한 반에 서너 명씩 됐다. 이 아이들은 영화를 보고 난 뒤면 한동안 우리의 놀이에 끼질 못했는데, 당시에도 그게 은근히 마음 아파서 그 녀석들에게 한 번에 우루루 죽는 인민군 병사 역할을 맡기던 생각이 난다. 지금 생각하면 가슴 아픈 일이지만, 나중의 서울 생활에 비하면 그래도 작은 격차에 불과했다.

1970년대 들어서면서 영화 주제가 점차 다양해졌다. 내가 초등학교 4, 5학년 되던 1973년경에는 중고등학교의 단체 관람 영화에 '여고동창생' 같은 영화 목록이 추가되기도 했다. 이 영화가 히트한 이후로 하이틴 영화들이 봇물처럼 쏟아져 나왔고, 내가 서울에서 중

고등학교를 다니던 시절에는 진영록, 이덕화, 임예진 같은 스타들이 한창 상승세를 탔다.

영화 이야기가 나왔으니 말인데, 나는 운이 좋게도 어린 시절에, 그것도 초등학교 들어가기 전에 참 영화를 많이 봤다. 어머니가 면사무소 공무원이었는데, 당시에는 공무원들에게 영화를 무료로 볼 수 있는 패스를 기관마다 하나씩 나눠주었던 모양이다. 어머니는 영화를 너무 좋아하셔서 거의 2~3일에 한 번 프로가 바뀔 때마다, 일곱 살 난 나를 데리고 영화관에 가셨다.

지금 생각해보면 '미워도 다시 한 번' 같은 한국판 순정영화나 '벤허' 같은 외국 영화들이었는데, 어린 마음에도 제법 이해가 되었던 모양이다. 연신 눈물을 닦아내는 어머니 옆에서 나도 찔끔찔끔 눈물을 흘렸다. 서울 출신의 멋쟁이 여인이 철원 시골로 시집와서 즐길 수 있는 유일한 즐거움이 영화였으니, 자주 영화관에 갈 수밖에. 그것도 무료였으니까.

하지만 인간의 기억은 냄새나 소리와 함께 저장되는 것인지, 나는 지금도 '벤허'의 전차 경주 장면을 보고 있노라면 시골 영화관의 다 썩은 가죽 의자 냄새와 난방을 하기 위해 때던 조개탄의 독한 가스 냄새가 동시에 연상되곤 한다. 명화와 조개탄 냄새, 이것이 내가 촌놈일 수밖에 없는 두 번째 이유이기도 하다.

겨울 저수지

철원은 추운 고장이라서 겨울이 길었다. 추운 고장이다 보니 유난히 얼음이 두껍게 얼었다. 부뚜막 솥에 있는 따뜻한 물을 한 바가지 퍼서 세숫대야에 부어 놓으면 대야의 찬 기운이 사라지는데 어느 정도 시간이 걸렸다. 그래서 서로 세수를 늦게 하려고 다투었다. 밖에 있는 펌프가 우리의 식수원인데 아침이면 얼기 때문에 자기 전에 물을 빼놓는다. 간혹 물을 빼놓는 일을 깜빡 잊으면 꽁꽁 얼어 붙어서 아침에 쩍 달라붙은 손잡이를 붙잡고 한참 씨름을 해야 했다.

어쨌든 아침마다 형제들끼리 누가 제일 먼저 세수를 할 것인가를 가지고 실랑이가 벌어졌다. 실랑이가 벌어져도 대개 큰형이 먼저 했다. 큰형은 장남이니까, 누나는 여자니까, 그리고 나는 막내고 어리니까, 이런 이유로 내가 제일 나중에 세수를 했다. 성장하는 내내 작은형은 이런 불이익을 늘 견뎌야 했다. 그런 면에서 둘째들이 독립심이 강할 수밖에 없는 것이 아닌가 싶다. 나중에 이야기하겠지만, 작은형에게 찾아온 불행은 어쩌면 이런 성장 과정의 고독함과 연관이 있는지도 모른다.

한겨울에 세수를 마치고 방에 들어와 수건으로 얼굴을 문지르다 보면 머리카락에 묻은 물방울이 어느새 얼었다. 어쩌다 세수를 심하게 해서 온통 물이 머리카락에 묻은 날이면, 마치 눈사람처럼 얼음투성이의 머리가 거울 속에서 보였다.

이렇게 추운 고장이었으니 철원의 겨울 스포츠는 단연 스케이팅이 으뜸이었다. 학교마다 빙상부가 있었고, 군대마다 겨울이면 스케이팅 대회가 열렸다. 평야 지대이고 논농사를 주로 하는 고장이라서 저수지도 많았기 때문에 스케이트장 걱정은 할 필요가 없었다.

추운 고장일수록 자연은 큰 혜택을 준다. 얼음의 두께가 몇십 센티, 혹은 1미터에 가까울 뿐만 아니라, 강추위에 한 번에 얼기 때문에 그 표면의 매끄러움과 고르기가 거의 예술에 가깝다. 그래서 집집마다 스케이트나 썰매가 있었는데, 가장 인기 있는 스케이트가 전승현 스케이트였다.

저수지가 스케이트장이니 당연히 입장료가 있을 리 없다. 나중에 서울로 전학 와서 동네 공터에 있는 스케이트장에 갔다가, 줄을 쳐 놓고 입장료를 받는 것을 보고 놀라지 않을 수 없었다.

철원의 저수지 스케이트장은 겨울이 되면 그야말로 인산인해를 이루었다. 특히 젊은 사람들에겐 이곳이 은밀한 데이트 장소였는데, 스케이트를 가르쳐 주겠다며 은근히 손을 잡고 미끄러지는 놈, 자신의 멋진 폼을 보여 주려고 일부러 마음에 드는 아가씨 옆만 지나치다가 지들끼리 부딪히는 놈, 괜히 포장마차에서 이 여자 저 여자에게 오뎅을 사 주는 놈까지 천태만상이었다.

나도 초등학교 2학년 때부터 빙상부에 들었기 때문에 스케이트를 못 타는 축에 들지는 않았다. 또 다른 집은 스케이트 하나 가지고 형제들이 돌아가면서 타는 경우도 있었는데(이런 경우 발 크기는 별 문제가 아니었다. 제일 큰 녀석 발을 기준으로 스케이트를 산다), 우리 집은 다행히 형제마다 스케이트가 있었다.

나는 특히 꼬리잡기 놀이를 좋아했다. 꼬리잡기란 몇 사람씩 허리를 붙잡고 스케이트를 지치다가 맨 앞사람이 다른 조의 맨 뒷사람을 잡으면 이기는 게임이었다. 이 놀이를 하면 여자들이 자지러지게 소리를 지르는 것도 재미있고 몇 사람씩 겹으로 쓰러지는 것도 유쾌했다.

스케이트를 타다 보면 손과 몸이 얼고 장갑도 젖었다. 이럴 때는 주변 들판에서 볏단을 가져다가 불을 붙였는데, 그러면 사람들이 모여들어서 서로 어깨를 맞대고 손을 말렸다. 어떤 놈팡이들은 이런 자리에서도 아가씨들에게 은근히 추파를 던졌다.

"상당히 잘 타시네요."

그러면 아가씨도 싫지 않은 표정으로 호호 웃곤 했다.

"뭘요. 처음인데요."

나는 그런 아가씨를 어이없어서 쳐다보았다. 내가 스케이트장에서 본 것만 해도 열 번은 넘는데, 처음이라니? 어떻게 그런 뻔한 거짓말을 할까 싶어서였다.

여러 명이 있을 경우에는 아예 들에다 불을 놓으면서 옷을 말렸는데, 그런 경우는 갑자기 불이 세게 붙어서 간혹 옷이나 장갑을 태우기도 했다. 심한 경우는 신발이 3분의 1쯤 탔는데, 그런 날은 스케이트장에서 집에 가기가 죽기보다 싫었다.

'아, 어머니한테 뭐라고 하나? 난 죽었다.'

그러나 뭐니 뭐니 해도 백미는 역시 달빛 아래서 지치는 밤 스케이팅이었다. 특히 보름달이 비치는 겨울 저수지의 스케이트장은 가슴이 떨릴 정도로 아름다웠다. 저수지 스케이트장의 트랙을 제외한 부분은 눈이 쌓여 있는데, 달빛을 받으면 반사가 되어서 불빛이 없어도 주위가 다 보일 정도로 빛났다.

손으로 짠 붉은색 숄을 어깨에 걸치고 하얀 털모자를 가볍게 눌러쓰고 눈 위로 가볍게 지치고 나가는 누나들을 보면, 마치 요정이 저수지 위를 나는 것처럼 보였다. 대개 밤에는 사람들이 속도를 내기보다는 상체를 세우고 천천히 미끄러지듯이 스케이팅을 했는데, 그런 전체적인 모습은 마치 조화가 뛰어난 발레단을 보는 것 같은 환상을 불러일으켰다.

깔깔거리는 아가씨들의 웃음소리도 텅 빈 겨울 벌판 너머로 더 멀리 퍼져 나가는 것 같았고, 가끔씩 쩡쩡거리며 얼음이 떨어져 나가는 소리도 청아하기 이를 데 없었다. 나뭇가지를 모아서 드럼통에 불을 떼면 그 불티들이 밤하늘을 따라서 한없이 날아올랐다. 그럴 때마다 나는 턱을 괴고 앉아서 날아오르는 불티를 따라 한없는 상상의 나래를 펼쳤다.

김대중 후보가 대통령 선거에서 낙선하고 김영삼 씨가 대통령으로 당선되었던 1992년 12월. 나는 내가 속해 있던 재야 사회단체의 앞날에 대한 고민에 빠졌다. 1987년 6월 항쟁의 성과를 제도권의 민주주의로 이어가야 한다는 공감대가 형성되었음에도 불구하고, 재야의 힘은 갈수록 약해지고 있었다. 우리 사회는 어디로 가는 것인가, 그리고 나는 어떤 노력을 해야 하는가? 동료들과 이야기하는 과정은 으레 지리한 논쟁으로 이어졌는데, 그 과정에서 나는 상당히 상심했고, 피곤한 심신을 달래기 위해 십수 년 만에 고향을 찾았다.

고향 친구들과도 연락이 끊긴 데다가 정신을 가다듬기 위해 고향을 찾은 것이라서 아무에게도 연락하지 않았다. 시장통 끝부분, 이평2리 저수지로 가는 길목의 허름한 여관에 숙소를 정해 놓고는 할 일 없이 어린 시절의 추억을 찾아 이곳저곳을 쏘다녔다.

내가 다니던 동송 초등학교 교정을 걷기도 하고, 내가 살던 이평 7리와 9리의 옛집 근처를 배회하기도 했다. 금학산을 조금 오르다 다시 내려와서는 문득 그리워서 중앙극장과 문화극장을 찾아보았다.

그러나 극장은 사라지고 맥줏집 따위들이 그 자리를 대신하고 있을 뿐이었다.

시골 극장의 정취가 그리워서 버스를 타고 신철원에까지 갔지만 그곳도 사정은 마찬가지였다. 극장들은 모두 사라지고 없었다. 사람들에게 왜 극장이 문을 닫았냐고 물어보았다.

"아, 텔레비전이 집집마다 있는데 누가 비싼 돈 내고 극장에 와서 영화를 보고 자빠졌겠나? 당연히 손님이 없으니까 문을 닫았지. 나 원, 서울에 그 좋은 극장들 놔두고 영화 보러 고향 왔다는 사람은 처음 보네그랴! 흠, 흠."

무슨 큰 죄를 지은 사람처럼 움츠러들어서 다시 동송으로 오는 버스를 탈 수밖에 없었다. 영화는 포기하고, 때가 12월 중순이니까 밤에 저수지에 가서 스케이트장 구경이나 해야겠다고 마음먹었다.

고향 삼겹살에 소주 두어 병을 비우고는 저녁 아홉 시쯤에 저수지를 향해 천천히 걸어갔다. 컴컴한 밤길을 오랜만에 걷는 것이라

휘청거리는 내가 느껴졌다.

쩡쩡거리는 얼음 소리가 들리자, 한결 마음이 놓여서 서둘러 저수지 둑 위를 걸어 올라갔지만, 나는 아무것도 찾을 수가 없었다. 얼어 있는 텅 빈 저수지만이 옛 모습 그대로일 뿐, 숄을 걸친 아가씨도, 따뜻한 오뎅 국물도, 밤하늘을 따라 오르던 불티도 찾아볼 수가 없었다.

'텔레비전이 집집마다 있는데~' 하며 삐딱하게 바라보던 노인양반의 시선이 다시 떠올랐다. 텔레비전 때문에 영화도 스케이트장도 모두 사라졌구나 하는 생각에 잠시 허탈해졌다.

나는 다시 시장통의 옛날 국밥집에서 순댓국을 시켜 놓고 연신 소주잔을 털어 넣을 수밖에 없었다. 한 병쯤 비웠는가 싶었는데, 밖에서 눈이 내리기 시작했다. 소담스럽게 내리는 눈을 유리창 너머로 한참 보다가 문득 친구들을 부르고 싶어졌다.

'동준아, 노올자. 종호야, 노올자.'

갑자기 눈시울이 뜨거워지는 듯해서 얼른 소주 한 병을 더 시켰다.

■ ■ ■ ■

휴전선 사람들

철원은 군사도시다. 지금도 3개 사단의 군병력이 주둔해 있다. 군대 갔다 오신 분들은 대충 아시겠지만, 군에 입대해서 철원으로 떨어지면 얼굴이 거의 사색이 된다. 나도 논산훈련소 30연대에서 신병 교육을 받은 후 기차를 타고 다시 의정부의 호원동에 있는 보충대에서 부대 배치를 받기 위해 일주일간 머문 적이 있다.

이때 거의 모든 녀석들의 바람이 철원의 백골 사단으로 배치되지 않는 것이었다.

"아, 제기랄. 철원으로 보내기만 해 봐라. 자살해 버릴 테니. 카악, 퉤!"

이런 강경파가 있는가 하면, "아아, 제발 거기만은! 거기만 안 가면 군대 생활 정말 열심히 할 수 있을 텐데."라는 온건파도 있었다.

나는 강경파 녀석이 뱉은 침을 바라보다가 배알이 뒤틀리는 것을 참을 수가 없었다.

'이 자식들이 남의 고향을 가지고 아주 난리들이구만.'

하지만 그 자리에서 내 고향이 철원인데 아주 괜찮은 곳이라는 말을 할 수가 없었다. 이미 대세가 철원은 죽을 곳, 버려진 땅으로 결

세상의 그 무엇이라도 될 수 있다면

062

론이 내려진 상태에서 한 마디라도 옹호하는 말을 했다가는 거의 맞아 죽을 것이 틀림없었기 때문이다. 나는 예수를 세 번 부정한 사도 베드로의 마음으로 침묵할 수밖에 없었다. 다만 저 녀석들은 설사 철원으로 배치되더라도 절대 자살하지 않을 것이며, 더더구나 다른 곳에 가더라도 군대 생활을 열심히 하지는 않을 것이라는 확신으로 위안 삼을 따름이었다.

이런 사정은 제대한 후에도 마찬가지였다. 우연히 군 생활을 철원에서 했다는 사람을 만나면 고향사람을 만난 것처럼 반가운 나머지 한마디 더 묻는다.

"군 생활 재미있게 하셨어요?"

"재미요? 그걸 재미있다고 말하는 놈이 있으면 모가지를 비틀어 버릴 판이오. 내가 동상에 걸려 가지고 통합병원까지 실려 간 놈 아니오? 내 지금도 철원 쪽으로는 오줌도 안 눈다니까요."

나는 슬그머니 목을 문지를 수밖에 없었다. 하지만 은근히 부아가 치미는 것은 어쩔 수 없었다. 자기가 동상 걸려서 통합병원에 간 것은 안 된 일이지만, 그게 어찌 철원 때문인가? 내 군 생활 경험에 의하면 대개 동상 걸리는 놈들은 게으른 놈들이다.

추워서 얼어붙은 몸, 특히 손발은 근무가 끝나거나 훈련이 끝났을 때 얼른 물로 씻고 10여 분 정도 마사지를 해서 풀어 줘야 한다. 따뜻한 곳에 들어왔다 하더라도 이건 필수다. 아무리 피곤하더라도 이 과정을 거치지 않고 그냥 자면 동상에 걸리기 쉽다. 또 보초 근무 중에 발이 얼어 온다 싶으면 계속 제자리 뛰기를 해서 땀을 내야 한다. 동상에 걸려서 통합병원까지 간 그 사람은 이런 자기 관리를 하지 않고 어디서 빌빌거리며 졸았거나, 귀찮다고 씻지도 않고 잠이나 잔 녀석임에 틀림없다.

그리고 자기가 어느 쪽을 향해서 오줌을 싸든 내가 관여할 바 아니지만, 그렇다면 음식점 화장실에 가서 소변기 방향이 철원 쪽이면 반대편 벽에다가 오줌을 싼단 말인가?

'별 미친놈을 다보겠네. 철원 주민들도 네 놈 물건이 동네 쪽을 향하지 않는 걸 아주 좋아할 게다. 그걸 누가 보고 싶겠니?'

이렇게 속으로는 꾸물거리지만 절대 겉으로는 드러낼 수 없다.

철원은 한국전쟁 이전에는 북쪽 치하였다. 38선 이북에 있기 때문이다. 그래서 요즘에도 땅굴, 북한 노동당사, 철마는 달리고 싶다, 승일교 등이 하나의 관광 코스다.

나의 어린 시절은 이런 분단과 전쟁의 상흔으로부터 자유로울 수가 없었다. 내가 통일에 많은 관심을 쏟는 이유도 사실 이런 성장 과정과 관련이 있다.

휴전선 인근 지역 주민들은 항상 전쟁의 불안에 시달리며 살아간다. 전쟁이 일어나면 가장 먼저 희생될 것이 뻔하기 때문이다. 그래서 남북 관계가 긴장되면 휴전선 인근 지역 주민들의 위기의식이 고조될 수밖에 없다.

군대에 비상이 걸려서 영외 거주하던 장교들이 급히 군대로 복귀하면 마을이 술렁거린다. 무슨 일이 난 것은 아닌가 하고 이장님 댁으로 달려가지만, 마을 이장님이 중앙정보요원도 아니고 어떻게 모든 사실을 알 수 있겠는가? 이런 불안은 장교들이 마을로 돌아와야 풀린다. 또 가끔 변심한 애인 때문에 총과 수류탄을 휴대한 병사가 탈영하는 경우가 있었다. 이런 경우도 마을에 비상이 걸린다.

"얘들아, 군인이 탈영했으니까 수상한 사람이 지나가면 신고해라. 알았지? 그리고 밤늦게 돌아다니지 말고."

그러나 아이들은 이런 상황이 발생해야 신이 나는 법이다.

"야, 간첩 신고하면 상금을 주는데 탈영병 신고해도 상금 주냐?"

"그럼, 인마. 신고하면 다 상금 주는 거야"

"야, 그럼 우리가 한번 찾아보자. 상금 받으면 노나 갖고, 응?"

"그럴까?"

아이들 대여섯 명이 모여서 각자 길쭉한 작대기 하나씩 들고 집을 나선다. 행선지는 당연히 마을 뒤에 있는 해발 900여 미터의 금학산이다. 금빛이 나는 학이 내려와 춤을 추었다 해서 금학산이라는 이름을 가진 이 산은 참으로 볼 만한 산이다. 완만하게 시작해서 중턱부터는 급한 비탈로 제법 장엄한 분위기까지 풍긴다.

산에는 군사 도시답게 곳곳에 콘크리트로 된 토치카(방공호)가 있었다. 이곳은 우리의 전쟁놀이 장소다. 우리는 작대기로 풀숲을 휘저으며 기세 좋게 산을 오른다.

"야, 만일 탈영병하고 딱 마주치면 어떻게 하지?"

"인마, 그러면 모른 척하고 휘파람을 불면서 지나치는 거야. 그리고는 잽싸게 뛰어 내려와서 지서에 신고해야지."

"아이, 나는 휘파람 못 부는데."

"자아식, 내가 가르쳐 줄게. 입을 이렇게 오므려 봐."

제각기 떠들면서 신나게 산길을 걷지만, 한 녀석이 뱀이라도 발견해서 소리를 지르면 모두가 작대기를 내팽개치고 줄행랑을 치고만다.

하지만 나는 진짜로 산에서 탈영병이 다른 군인들에게 붙잡혀서 끌려 내려오는 모습을 본 적이 있다. 앳되어 보이는 군인 한 명이 얼굴이 피범벅이 되어서 동네 어귀로 질질 끌려오는데, 연행하는 헌병과 지서 주임은 의기양양한 모습이었다. 영화 속에 나오는 흉악범을 상상하던 나로서는 충격이 아닐 수 없었다.

동네 아주머니 한 명이 안 돼 보였던지 일행들을 잠시 세우고 물수건으로 얼굴의 핏자국을 닦아 주자, 파리한 탈영병은 연신 눈물을 흘렸다. 나중에 들은 이야기지만, 이 병사는 너무 배가 고픈 나머지 산에서 내려와 부엌을 뒤지다가 사람들에게 발견되었다.

무장 탈영병 때문에 한동안 불안에 떨었던 동네 어른들의 여론도 바뀌게 마련이었다. 젊은 녀석이 변심한 애인 때문에 신세를 망쳤다느니, 멀끔하게 생겼는데 참 안되었다느니 하다가, 급기야는, 결국 여자가 문제라는 등 이상하게 주제가 바뀌면서 남자와 여자로 패가 갈려 떠들썩하게 논쟁을 벌였다. 옆에서 그 모습을 지켜보던 나는 다른 말은 다 이해할 수 있었다. 그런데 돌담집 아줌마가, 그러면 여자가 어떻게 3년을 참고 기다리느냐고 하신 말씀은 당시에 도통 이해할 수가 없었다.

어쨌든 무장 탈영병이 흉악한 악인이 아니라는 사실을 알게 된 이후로, 그리고 신고한 어른들도 표창장 한 장만 달랑 받고 말았다는 중요한 사실을 알게 된 이후로, 우리는 무장 탈영병을 추적하는 일을 다시는 하지 않았다. 하지만 나는 그 후로도 며칠 동안인가를 피투성이 탈영병 꿈을 꾸면서 몇 번이나 소스라치게 놀라야만 했다.

건빵과 초콜릿

　초등학교에 들어가기 전이니까 아마 1967년 여섯 살쯤의 일이었을 것이다. 초등학교는 이평리에 있는 동송 초등학교를 다녔지만, 내가 태어난 곳은 동송면 오덕리였다. 당시만 해도 구철원에서 신철원으로 가려면 오덕리에 있는 삼거리를 지나야만 했다. 이 길은 또 바로 군대의 주둔지로 연결되는 요충지이기도 해서 군인들이 군장을 지고 행군하는 모습을 자주 볼 수 있었다. 더운 여름날 뙤약볕 아래서 땀을 뻘뻘 흘리며 행군하는 군인들의 모습이 보이면, 마을 주민들은 양동이로 물을 길어 와서 이들에게 먹였다. 어떤 장난꾸러기 아주머니는 양동이째 물을 뒤집어씌우기도 했는데, 그러면 행군하던 부대 병사 전체가 환하게 웃으며 다시 힘을 냈다.

　행군하던 군인들에게서 특이한 무기라도 발견하면 동네아이들이 그 옆을 졸졸 따라 걸었다. 머리 빡빡 깎은 녀석들이 서로 얼굴을 들이밀며 무기를 구경하면 그 군인도 은근히 어깨에 힘을 주었다.

　"야, 저거 기관단총이다."

　"아냐, 인마. 바주카포야."

　"벼엉신, 수류탄 발사총도 모르냐?"

"아저씨, 이거 기관단총 맞죠?"

"바주카포죠?"

아이들이 조바심을 내면서 물으면, 대답은 하지 않고 싱긋 웃으면서 건빵 봉지를 던져 주는 병사도 있었다. 아마 고향에 두고 온 동생들이 기억나서였을 것이다. 아이들의 환호성이 하늘을 찌를 듯한 것은 당연한 일이었다. 그러면 부대원 중에 몇 사람이 건빵을 더 꺼냈고, 서로 먼저 받으려는 아이들의 경쟁은 더욱 치열해졌다.

어떤 이유에서인지는 모르지만, 몇 달에 한 번씩 미군들이 지나가는 경우도 있었다. 이런 날은 온 동네 사람들이 삼거리로 몰려들었다.

구경 중에 이런 구경이 없었기 때문이다. 미군들은 대개 차를 타고 이동하거나 탱크를 타고 이동했는데, 탱크가 한번 지나가면 마을 전체가 흔들리는 듯한 굉음에 시달려야 했다.

"어머, 저 깜둥이 좀 봐요. 이빨 빼놓고는 다 까맣네."

"아이구, 점순이 어머니도. 그러니까 깜둥이지."

"그러게 말이에요. 난 처음 보네."

"저 노랑머리 녀석 좀 보게. 껌을 질겅질겅 씹네 그랴."

어른들한테야 보기 드문 이방인들을 구경하는 재미가 컸겠지만, 어린아이들한테는 그것이 문제가 아니었다. 일 년에 한두 번 있는 기회를 놓칠 수 없었기 때문이다. 탱크나 트럭 뒤를 따라 뛰면서 저마다 소리를 질렀다.

"헤이, 양키. 찹찹!"

"헤이, 굿바이. 초코초코."

"헤이, 김미 껌, 김미 껌."

되지도 않는 소리를 해가며 저마다 손을 벌렸다. 해어진 옷을 입고서 고무신이 벗겨지는데도 연신 미군 트럭 뒤를 따라가던 열서너 명의 아이들이 간절히 바라던 것은 미군들이 먹던 시레이션(미군의 비상 식량) 찌꺼기였다. 미군들 중에는 이 가난한 아이들을 위해서 봉지째 던져 주는 경우도 있었다.

국방색 비닐봉지는 종류가 여러 가지여서 코코아 가루가 들어 있는 경우, 커피 가루가 있는 경우, 이상한 양념만 있는 경우 등 갖가지였다. 어떤 경우는 정말 초콜릿이 있는 경우도 있었고, 껌을 통째로 던져 주는 경우도 있었다. 내 기억으로는 주로 흑인 병사들이 많이 던져 주었던 것 같다.

하지만 대부분은 목메어 소리 지르는 어린 녀석들을 가리키면서 자기네끼리 뭐라고 떠들다 웃는 경우가 많았다. 또 어떤 미군은 자기가 씹던 껌을 뱉어 주고는 자지러지게 웃기도 했다. 미군들 중에는 주로 여자아이들에게만 시레이션을 던져 주는 병사들이 많았다. 그래서 이런 특성을 간파하고 한두 살짜리 여동생을 안고 뛰는 약삭빠른 녀석도 있었다.

대개는 달음박질하면서 소리 지른 보람도 없이 돌아서야 하는 경우가 많았는데, 이럴 때면 예의 바른 한국의 어린이들이 미군들을 그냥 섭섭하게 보낼 리가 없었다. 멀어져 가는 미군을 향해 일제히 쑥떡을 먹이는 것이었다.

"에라이, 이거나 먹어라. 양키들아."

어린이들이 먹으라고 한 것을 그들이 먹었는지는 알 수 없지만, 대개 미군 병사들도 그런 결말을 눈치채고 있는 듯했다.

나중에 한국 현대사를 공부할 때, 1960년대의 원조경제와 미국의 대 한반도 정책을 토론할 때면 나는 이 장면이 떠올라서 침묵했다. 재미있게만 추억했던 그 장면이 부끄러웠다. 그리고 한편으로는 그 가난했던 이웃들의 모습이 떠오르면서 가슴이 아팠다. 분단과 전쟁, 그리고 그 전쟁이 남긴 가난 속에서 미국을 향해 손을 내밀어 원조를 구걸하며 비굴하게 웃어야 했던 우리의 1960년대가 어찌 먼 과거일 수가 있겠는가.

　　한국 병사가 건네주던 건빵과 미국 병사가 던져 주던 초콜릿의 의미를 아직도 다르게 느끼고 있다면, 약소국가 지식인의 속 좁은 피해 의식일까? 아아, 나는 아직도 세계화가 덜 된 걸까?

손 흔드는 친구

한반도에서 아직도 전쟁은 계속되고 있다. 이것이 철원 출신 촌 놈인 나의 주장이다. 지금은 나무들이 많이 자랐지만, 엄청난 양의 폭탄 때문에 철원의 산들은 대개 민둥산이었다. 수십 년의 세월이 지나면서 비무장지대도 이젠 야생의 모습으로 돌아갔다고 하고, 내 고향 산들도 제법 나무가 무성해졌다. 초등학교 때 식목일에 심은 나무들이 제대로 살아 있다면, 나와 더불어 나이를 먹었을 테니 지 금 30년 이상씩은 되었을 것이다.

그러고 보면 그때 선생님들이 시키는 대로 잘 심을 것을, 이것들 이 제대로 자라기나 하겠나 하는 생각에 아무 곳에나 찔러 놓고 대 충 물을 주던 것이 후회된다.

그러나 나무와 풀들이 자랐다고 해서 피가 내를 이루며 흘러내 렸다는 붉은 흙들이 변한 것은 아니다. 이 붉은 흙들 속에는 여전히 전쟁의 잔재들이 숨겨진 채 보관되어 있다. 그곳에는 서로 싸우던 남과 북의 병사들이 유골이나마 사이좋게 누워 있기도 할 것이고, 녹슨 철모와 무기들이 묻혀 있기도 할 것이다.

앞서 말한 대로 철원은 평야 지대여서 논이 사방으로 펼쳐져 있지만 휴전선으로 인해 잘렸다. 또한 남쪽의 평야 지대 중 상당 부분이 비무장지대에 속해 있다. 거기에다 상당 규모의 논이 또 민통선 안에 있다. 민통선이란 군사적 목적에 의해 민간인의 출입을 제한한 지역을 말하는데, 민통선 안에 있는 마을도 활동에 상당한 제약을 받지만 민통선 밖에 있는 농민들이 민통선 안의 자기 논에 들어가려면 일정한 통제를 받아야 한다.

당시에는 민통선 안쪽으로 들어가려면 검문소에다 패스를 맡기고 들어가고 나올 때 찾아야 했다. 새벽이면 민통선으로 들어가려는 소달구지가 길게 줄을 지어 서는데, 그 모습이 꽤 볼만했다. 아낙네들은 머리에 수건을 두르고 그 위에 밀짚모자를 푹 눌러쓴 채 달구지 뒤편에 앉아서 무슨 노래인가를 흥얼거리고, 남정네들은 연신 담배를 뻐끔거리며 소를 채근하곤 했다.

자세히 들여다보면 검문소까지 가는 길이 재미있다. 길 양끝은 달구지의 바퀴자국으로 움푹 패이고, 가운데는 소들이 배설한 쇠똥들로 줄이 그어져 있는 형상이었다. 검문소에서 근무하던 헌병들은 신원을 일일이 확인하고 나서야 농민들이 안쪽으로 들어가도록 했는데, 그러다 보니 소달구지들의 정체 현상이 발생하게 된 것이다. 소달구지들이 정체되어 있으면 소들은 무엇을 할 것인가? 노래를 흥얼거릴 수가 있나, 담배를 피울 수가 있나, 하릴없이 몸속에 밀려 있던 것들을 배설하는 것 말고 달리 여가를 활용할 방도가 없었던 것이다.

그러니 검문소에 근무하는 헌병들도 죽을 지경이었을 것이다. 아침저녁으로 검문소 근처의 도로에 쌓인 쇠똥을 치우는 것이 그들의 주요 임무였을 텐데, 그러고도 그들은 제대 후에 친구들을 만나면 자신들이 국가 안보를 위해 최전방에서 상당히 중요한 임무를 수행했다고 떠벌렸을 것이다.

이 행렬은 가을걷이 때가 되면 정말 감탄할 정도가 되는데, 소달구지에 추수한 볏단을 가득 싣고 돌아오는 모습은 정말 장관이 아닐 수 없었다. 거의 어른 키의 두 배 높이로 차곡차곡 쌓아 올린 누런 볏단은 현기증을 일으킬 정도로 높은데, 그 꼭대기에는 아낙네가 태연하게 앉아 있다. 어떤 아낙은 하루의 노동에 고단한 나머지 꾸벅꾸벅 졸기도 했는데, 그럴 때면 혹시 떨어지지 않을까 하고 보는 사람들이 마음을 졸일 지경이었다. 남정네는 고삐를 쥐고 터벅터벅 걸어오는데, 이미 한잔 걸친 상태라 제법 얼굴이 불콰했다. 이들이 돌아올 때쯤이면 신작로 뒤로 완만한 산등성이를 따라 노을이 불타올랐고, 달구지 무게에 지친 어미 소 옆에는 철없는 송아지가 촐랑거리며 따라왔다. 이런 소달구지들이 열 몇 대씩 늘어서서 마을로 돌아오기 시작하면 아이들은 이미 동구 밖 어디쯤 서서 부모들을 기다렸다. 어머니들은 바쁘게 일하는 동안 어느 틈에 따 놓았는지 아이들에게 산딸기나 머루, 칡뿌리 따위를 던져주었고, 놓아두었던 덫에서 용케 산토끼나 너구리라도 잡은 남정네들은 그것들을 흔들어 보여주었다.

하지만 이렇게 평화스러워 보이는 풍경 뒤에는 어두운 전쟁의 그림자들이 드리워져 있었다. 민통선 안이나 비무장지대, 혹은 집 근처의 산에도 도처에 폭발물들이 숨겨져 있었다. 동네를 어슬렁거리다 보면, 몇 녀석이 모여 앉아 무엇인가를 망치로 두드리는 경우가 간혹 있었다.

"야, 니들 뭐 하냐?"

"어, 상호냐? 우리 엿 바꿔 먹으려고."

"그거 어디서 주웠는데?"

"응, 이거? 산에서."

요즘은 모르겠지만 내가 초등학교 다닐 때만 해도 산에서 간혹 이상한 쇳덩이들이 많이 나왔다. 하지만 동네 엿장수 아저씨는 그 상태로 가져온 쇳덩이는 절대로 엿과 바꿔 주지 않았다. 반드시 두드려 펴서 납작하게 만들어 와야만 엿과 바꿔 주었다. 그러니 먹을 것 없는 가난한 시골 녀석들이 엿 한번 먹어 보려는 욕심에 쇳덩이를 두드리는 것이었다.

대부분은 쇠로 된 군용 장비들이라 별문제가 없지만, 간혹 불발탄인 경우가 있었다. 60밀리 박격포탄의 경우 크기도 작고 녹이 슬면 가운데가 헐어 있어서 별로 위험하게 느껴지지 않았다.

그러나 망치로 뇌관을 내려치는 경우는 상황이 다르다. 뺑 소리와 함께 폭발하면서 주변에 있던 사람들이 다치는 것이다. 주변 사람들이 다친다고는 하지만 그것이 어른들이 아니고 아이들이기 때문에 상처는 심각했다. 대개 쇳덩이를 들여다보면서 망치질을 하기 때문에 눈을 다치는 경우가 많았다.

마을 후미진 곳에 살던 우리 반 녀석 하나도 이런 과정 속에서 한쪽 눈을 잃고 말았다. 어떤 경우는 두드리던 녀석뿐 아니라 옆에서 지켜보던 누이동생까지 다치는 경우도 있었다. 변변한 주전부리도 없던 시절, 엿 바꿔 먹으려는 욕심에 고철을 만들다가 평생을 불구로 지내야만 했으니 본인들 입장에서 보면 얼마나 억울할 것인가! 이런 일을 철없는 어린아이의 부주의 탓으로 돌릴 수만 있을까?

불발탄도 불발탄이지만 가장 위험한 것은 대인지뢰였다. 미군이 떨어뜨린 불발탄들은 덩치가 커서 잘 발견될 뿐 아니라, 잘 모르고 건드렸다 해도 웬만한 충격에 폭발하지는 않았다. 그러나 대인지뢰는 달랐다. 워낙 작은 데다가 흙 속에 파묻혀 있어서 눈에 잘 띄지 않았으며 밟기만 하면 바로 터져 버렸다.

민통선 안에서 농사짓는 농부들에게 지뢰는 가장 큰 공포의 대상이었다. 아침에 웃으며 일 나간 어른이 다리가 잘린 채로 달구지에 실려서 돌아오는 날은 마을 전체가 조용해졌다. 군 의무대에서 응급조치를 했지만, 발목을 감싼 붕대에는 핏자국이 선연했고 발목이 잘린 것을 한눈에 알아볼 수 있어 섬뜩했다. 넋이 나간 아낙이 연신 남편의 이마에 밴 땀을 닦아 내지만 아저씨는 눈을 감은 채 하염없이 눈물을 흘릴 뿐이었다.

어떤 아주머니는 하도 급해서 숲 속에 들어가 용변을 보다가 지뢰를 밟아 하반신을 쓰지 못하게 되기도 했고, 출혈이 심해서 돌아가신 아저씨도 있었다. 멀쩡하던 이웃 사람이 지뢰를 밟으면 동네 전체가 초상집 분위기였다.

아버지가 지뢰를 밟아 돌아가신 친구 녀석은 일주일 이상씩 학교에 나오지 않았다. 얼마 후 학교에 나온 녀석은 통 말을 하지 않고 구석에 혼자 멍하니 앉아 있었다. 원래 축구도 잘하고 명랑했던 녀석이었는데 완전히 바뀐 것이다.

"야, 이거 먹을래?"

최고의 간식거리인 건빵을 내밀어도 묵묵부답이었다. 녀석은 얼마 후 학교를 그만두고 말았다. 가장이 사라진 집에서 일할 수 있는 노동력은 장남인 녀석밖에 없었던 것이다. 민통선 안에서 소작질하던 땅도 지주에게 돌려주었다고 했다.

한번은 소풍을 가다가 녀석의 집 근처를 지난 적이 있다.

"야, 저기 봐라. 짱구다."

"어디?"

그러나 녀석은 재빨리 집으로 숨어 버렸다. 우리는 괜히 신경이 쓰여서 그냥 말없이 터벅터벅 걷기만 했다. 한참을 걷다가 뒤돌아 보니 녀석이 집 밖에까지 나와서 멍하니 우리를 바라보는 것이 멀리 보였다. 우리가 손을 흔들었더니 그제서야 녀석도 천천히 손을 흔들어 주는 것이었다.

전쟁은 단 3년 진행되었지만, 그 후유증은 오래 남고 오래 지속되었다. 동족을 죽이기 위해 발사된 포탄이 십몇 년 후에 아무 죄 없는 어린아이 앞에서 터지고, 또 죄 없는 농민을 죽이고 있다. 그리고 그 가족들을 더욱더 고통과 절망 속으로 밀어 넣었다. 분단이 남긴 상처로 어이없게 고통 받는 사람들이 지금도 너무 많다. 그리고 그들은 우리 이웃이고 또한 나 자신이기도 한 것이다.

밀가루빵 급식

1960년대의 농촌은 먹고살기 어려웠다. 전쟁이 끝나고 10년도 넘었으니 어느 정도 재건은 한 셈인데, 변변한 산업 하나 없는 상황이라 그저 땅에서 자라는 농산물에 의지할 수밖에 없는 형편이었다.

그러니 지금처럼 기름지고 달콤한 음식물 구경을 한 것도 없는 셈인데 눈을 감고 과거로 돌아가면 그리워지는 맛들이 떠오르곤 한다. 기억이라는 것이 신기해서 단순한 영상에 그치는 것이 아니다. 거기에는 냄새가 배어 있으며, 나지막한 소리가 깃들어 있다. 거기에는 향기가 있으며, 아슴아슴한 느낌이 담겨 있다. 노랫소리 혹은 웃음소리 그리고 환하거나 어두운 빛깔, 시원하거나 따뜻했던 분위기, 그리고 잊을 수 없는 맛이 담겨 있다.

날씨가 쌀쌀해지면 따뜻한 오뎅 국물이나 감자탕에 소주 한잔이 생각나는 것은 왜일까?

뭐 복잡하게 과학의 이름을 갖다 붙여서 분석할 수도 있겠지만, 좋은 사람들과의 화기애애했던 경험들이 연상되어서가 아닐까? 그래서 그런 분위기를 다시 찾고 싶은 인간의 본능이 강하게 미각을 자극하는 것이 아닐까? 빨리 친구에게 전화해서 다시 한 번 그 오뎅 국물같이 구수하고 따뜻한 만남을 가져 보라고 말이다.

배불리 쌀밥을 먹어 보는 것도 자주 있는 일이 아닌 시골 녀석들에게 허기는 유난히 자주 찾아온다. 한창 활기 있게 뛰어놀다 보면 배도 고프지만 뭔가를 자꾸 입 안에 넣고 싶어진다. 하지만 집 안을 뒤져 봤자 변변한 주전부리가 있을 리 없던 당시에 우리의 발길은 당연히 들과 산으로 향했다.

산딸기나 머루를 찾으려면 한 시간 이상을 걸어서 산을 타야 했기 때문에 다소 힘이 들기도 했지만, 우리는 장난을 치면서 자주 산을 찾았다. 친구들 중에는 유난히 산딸기나 머루 있는 곳을 잘 찾는 녀석이 한두 명 있었는데, 이런 녀석들은 학교에서 공부는 잘 못했지만 산이나 들판에서는 인기가 최고였다. 그래서 우리는 그 녀석들을 기꺼이 따랐다. 칡뿌리는 흔했지만 아무래도 산딸기나 머루의 달콤한 맛에 비할 수는 없었다. 삘기 따위도 지천에 있었지만 같은 이유로 손도 대지 않았다.

하지만 산딸기나 머루를 따다 보면 나뭇가지에 팔다리가 긁혀서 생채기가 나는 것이 예사였다. 때로는 산길에서 미끄러져 무릎에서 피가 나기도 했다. 그러면 어떤 녀석이 어디선가 이상한 약초 잎을 따다가 상처에 붙여 주었는데, 그러면 희한하게 피가 멎고 흉터 없이 아물기도 했다. 아마도 알로에 같은 약초가 한국의 산골에도 있었던 모양이다. 사실 긁혀서 피 좀 나는 것쯤이야 맛있는 머루나 다래, 산딸기를 먹는 재미를 위해서라면 아무것도 아니었다.

들판에도 간식거리는 즐비했다. 잘 익은 무를 뽑아서 앞니로 껍질을 벗겨 먹는다든가, 옥수숫대를 쓰러뜨리고 밑동 부분의 껍질을 앞니로 벗겨 내고 단물을 빨아먹다 보면 웃음이 절로 나왔다. 옥수숫대 껍질을 벗길 때는 조심하지 않으면 안 된다. 이로 물어 확 벗기다 보면 억세고 예리한 껍질에 입술을 베이기 일쑤였다. 하지만 당시 우리는 그 정도의 상처는 별로 신경 쓰지 않았다.

"에이 , 피 나잖아."

그리고 소매로 쓱 문지르고 혀로 침을 바르면 그뿐이었다. 부러지거나 살점이 떨어져 나가거나 잘리거나 해야 다친 거고, 찰과상 정도는 아무렇지 않게 생각하고 살았다. 어른들도 개의치 않았다.

고기나 생선이 부족했던 당시에 우리가 좋아한 것 중에 메뚜기가 있다. 어떤 아이들은 개구리를 잡아서 뒷다리를 구워 먹기도 했지만 나는 비위가 상해서 개구리나 뱀은 먹지 않았다. 하지만 메뚜기를 잡아서 프라이팬에 놓고 들기름에 볶으면 고소한 것이 맛이 괜찮았다. 뜨거운 프라이팬에서 타다닥 하고 튀는 메뚜기들의 고통스러운 소리만 눈 딱 감고 넘어가면 말이다.

자연이 선사한 많은 먹거리가 있었지만, 뭐니 뭐니 해도 구멍가게에 있는 왕사탕이나 달팽이과자만 한 것이 있을 리 없다. 나중에 초등학교 4, 5학년쯤 되었을 때는 라면땅, 뽀빠이나 자야 같은 과자들이 인기였는데, 라면땅과 뽀빠이는 10원이었고 자야는 20원이었다. 먹고 살기도 힘든 마당에 아이들에게 그런 군것질거리를 사줄 부모는 거의 없었다. 하지만 아무리 시골이라도 제법 여유가 있는 아이들이 있었으니 대체로 군인 장교의 가족들이었다. 그 친구들의 군것질거리라고 해야 고작 건빵이나 군용 라면이었지만, 당시의 우리에게 건빵이나 라면은 지금 아이들의 초콜릿이나 아이스크림에 비교할 수조차 없는 대단한 것이었다.

특히 기름에 튀긴 건빵은 지금 생각해도 입가에 침이 고일 정도로 고소하고 맛이 있었다. 한번은 동네 인근에 주둔한 수송 대대의 대대장 아들이 같은 반 친구여서 집에 놀러 간 적이 있었다. 그 애 집은 부대 옆 관사였는데 새로 지은 현대식 슬레이트 집이어서 보기에도 깨끗했다. 마침 당번병 둘이 부엌에서 건빵을 튀기고 있었다. 아, 건빵! 복권이 맞은 것처럼 왜 그리 가슴이 두근거리던지.

기름을 밑이 동그란 프라이팬에 넣고 잘잘 끓인 후 건빵을 집어넣는다. 작은 포말을 일으키며 가라앉던 건빵은 금방 기름을 먹어 먹음직스럽게 튀겨진다. 그러면 당번병 병사가 건빵을 꺼내 살짝 설탕을 뿌려준다. 뜨거운 기운이 가시면서 기름이 빠질 만할 때 입에 넣으면 바삭바삭하면서 고소한 과자 맛에 설탕의 달콤한 맛이 더해져서 혀를 살살 녹인다. 그럴 때 친구 녀석을 보고 있으면 그렇게 예쁠 수가 없었다.

이 녀석은 학교에 가끔 군용 라면을 가져왔는데, 일단 싸움을 제일 잘하는 녀석에게 맨 먼저 상납한다. 일종의 보험인 셈이다. 다음은 자기가 마음에 두었던 여학생에게 나눠준 후, 항상 같이 어울리는 친구들에게 조금씩 덜어 준다. 녀석은 라면을 우적우적 먹지만 조금씩 받은 친구들은 소중하게 아껴 먹는다. 아무리 기다려도 라면을 얻지 못한 친구들은 라면을 받은 녀석들에게 달라붙기도 하는데, 이때는 좋은 말이 오갈 수 없다.

"너, 그래 봐. 정말 그럴 거지?"

"어쭈, 너 혼자 먹겠다 이거지? 알았어."

별 협박이 다 동원된다. 그러나 나중에 얻어터지더라도 소중한 라면 부스러기를 나눠 주는 것은 결단이 아니고서는 어렵다. 라면이 모두 끝나면, 다음은 라면 수프다. 다시금 조무래기들의 손이 라면 수프를 들고 있는 녀석을 향해 일제히 펼쳐진다.

"조금만, 응? 조금만, 응?"

"야, 좀만 주라, 응?"

그러면 녀석은 인심 쓴다는 식으로 손바닥에 라면 수프를 조금씩 뿌려 준다. 우리는 마치 개처럼 자기 손바닥의 라면 수프를 핥아 먹는데, 짭짤하면서 매콤한 맛이 감자나 칡뿌리에 댈 수가 없다. 건빵이나 라면으로 큰 벼슬을 했던 그 대대장 아들을 생각하면 지금도 입가에 웃음이 번진다. 녀석 입장에서 보면 전학 온 지 얼마 안 됐기 때문에 물량 공세로 친구들을 사귀려고 한 건데 상당한 성과를 거두었던 것 같다.

학교에서는 밀가루빵을 무료 급식으로 나눠 주었다. 정말 말 그대로 밀가루만 반죽해서 둥그런 접시 크기로 구운 빵인데 대개 2, 3교시가 끝나면 주번이 우리 반 몫을 타 와서 나눠 주었다.

"야, 빵차 왔다!"

수업 중에도 아이들은 귀신같이 빵차의 출현을 알아차렸다.

"선생님, 빵차 왔는데요."

수업 시간에 한마디 말이 없던 녀석 중에 유일하게 이 말만 하던 녀석이 있었다. 그러면 우리는 배꼽을 잡고 웃었는데 이 녀석은 그래도 싱글싱글했다.

"어, 그래? 어이, 주번! 갔다 와."

주번 두 명은 하늘색 플라스틱 통을 양쪽에서 잡고 빵차에 가서 우리 반 몫을 타 오는데 만일 누군가 결석이라도 하는 날에는 녀석들의 몫이 하나 느는 셈이었다. 또 나눠 주는 아저씨가 기분이 좋아서 한두 개 더 던져 줄 때가 있는데, 이럴 때 주번은 사는 보람을 느낀다.

하지만, 다들 맛있게 먹는데 자기 것을 안 먹고 창밖만 바라보고 있는 녀석들이 간혹 있었다. 우리는 왜 그런지 알기 때문에 아무도 이유를 묻지 않는다. 공부가 파하고 교실을 나가면 녀석의 동생들이 건물 밖에서 땅바닥에 그림을 그리고 앉아 있다가 반갑게 달려온다.

"오빠아!"

"혀엉아!"

그러면 녀석은 아무 말 없이 밀가루빵을 꺼내서 똑같이 나눠 준다. 가난한 데다가 동생들은 많으니 다들 제대로 먹지 못하고 크는 경우가 많았다. 초등학교 3, 4학년이면 시골서는 다 큰 셈이라 제법 많이 역할을 한다. 때로는 우리도 남은 빵을 그 아이들에게 건네주었는데 녀석은 그것을 무척 싫어했다. 그러나 배고픈 동생들을 생각해서 받지 말라고는 못하고 먼 산만 쳐다보는 것이었다.

하긴 나도 대여섯 살 때 누나가 다니던 오덕 초등학교 교문 앞에서 누나가 나오기를 눈이 빠지게 기다린 적이 있다. 그때는 일괄적으로 밀가루빵 무료 급식을 할 때가 아니라서 학부모들에게 옥수수를 가져오게 하고, 학생들에게는 땔감인 나뭇가지를 주워 오게 해서 학교에서 자체적으로 옥수수빵을 만들어 나눠 주었던 것이다.

시계가 없는데도 학교 끝나는 시간은 귀신같이 알아서 교문 앞에 있으면 누나가 동무들이랑 걸어 나왔다. 누나 하고 부르며 달려가면 누나는 먹다 남긴 옥수수빵을 주었는데, 부들부들하면서도 까슬까슬한 입맛이 남는 기막힌 빵이었다. 지금도 제과점에 들어가면 그런 맛이 나는 빵이 없나 살펴보지만, 대개 부드럽고 달콤한 빵들이 대부분이지 그렇게 거친 빵은 없다. 서울로 전학을 온 후 급식할 사람 손을 들라고 해서 어리둥절했던 기억이 난다. 알고 보니 무료 급식이 아니라 돈을 낸 사람들에게만 빵과 우유를 주는 유료 급식이었던 것이다.

무료로 급식되는 밀가루빵을 먹으면서 모두 같은 대접을 받는다는 풍족한 마음을, 나는 유료 급식을 하는 서울의 학교에서는 느껴 보지 못했다.

■ ■ ■ ■

만취한 소년

먹는 이야기를 하고 있으니, 지금은 사라져 버린 물건 하나를 거론하지 않을 수 없다. 밥통이 바로 그것이다. 물론 지금도 전기 보온 밥통이 있으니 밥통 자체가 사라진 것은 아니지만 시골의 밥통과는 그 느낌이 같을 수 없다.

아침에 가마솥에 밥을 하면 제일 먼저 집안 가장의 밥을 푸고, 그 다음 서열 순으로 밥그릇이 채워진다. 막상 밥을 푸는 어머니의 밥그릇에는 제일 밑바닥의 시커멓게 탄 밥이 담겼는데, 그런 밥상을 보고 자란 우리가 어머니의 희생을 어찌 모를 수 있겠는가.

어쨌든 일을 나가는 부모들이 매끼 밥을 할 수 없으니 아이들 점심거리를 양은으로 된 밥통에 담아서는 뚜껑을 닫아 놓았다. 여름에야 이 밥통에 대한 추억이 별로 없지만 겨울은 다르다. 따뜻한 아랫목에 이 밥통을 놓고 두꺼운 이불로 덮어 놓으면 따뜻한 온기가 계속 남아 있기 때문에, 추운 바깥에서 놀다가 방에 들어오면 제일 먼저 이 밥통을 서로 먼저 안으려고 실랑이를 벌였다.

불을 때서 누렇다 못해 시커멓게 자욱이 생긴 아랫목에서 두꺼운 이불을 뒤집어쓰고 있는 이 밥통은, 수세미로 닦은 결자국이 그냥 남은 데다가 군데군데 찌그러져서 볼품은 없지만 겨울에는 우리에게 향긋한 밥냄새와 더불어 주머니 난로 역할을 톡톡히 했다.

가끔 형제들끼리 아랫목 이불 속에 발을 디밀어 놓고 이런저런 이야기를 하다 보면 발끝에 차여서 밥통이 이리저리 옮겨 다니기도 했다. 또 그럴 때 형제 중 누가 이불 속에서 큰 소리로 방귀라도 뀌면 냄새가 난다고 소리를 지르며 이불을 뒤흔들어서, 그 바람에 밥통이 넘어지거나 뚜껑이 열려 바지나 양말에 밥풀이 묻었다. 그런 일들이 그때는 왜 그렇게 재미있었는지, 하도 웃어서 배가 아플 지경이었다.

사실 먹는 이야기를 하면 끝이 없다. 쑥을 뜯어서 해 먹던 쑥떡이나 보리개떡도 좋았고, 모내기나 추수 때 들녘에서 아저씨들과 아주머니들 틈에 끼어 먹던 나물무침도 그렇게 맛있을 수가 없었다. 잔칫집 천막 밑에서 먹던 부침이나 시원한 국수 국물도 일품이었다. 김장 때마다 끓여 주시던 얼큰한 동탯국! 그걸 생각 하면 지금도 입 안에 침이 고인다.

봄이 오면 밭에서 캐낸 냉이로 된장국을 끓이고, 달래나 산나물 등을 고추장에 살짝 무쳐서 먹던 맛도 잊을 수 없다. 겨울에 땅속에 파묻어 놓았던 고구마를 깎아 먹던 것도 좋았고, 살얼음이 사각사각 한 동치미 국물에 국수를 말아 먹던 기억도 생생하다. 명절이 갓 지난 즈음에 딱딱해진 떡을 구워 먹던 것도 좋았다. 지금도 신기한 것이, 떡을 난로 연통에 살짝 대고 문지르면 얇게 벗겨진 살이 딱딱하게 구워졌는데 그 바삭바삭한 맛도 맛이지만 재미도 그만이었다. 누구 떡살이 더 길게 벗겨지며 구워지나 하는 내기가 되니까 말이다.

사실 이런 먹거리들은 재미도 있고 추억 거리도 되지만, 술 이야기로 가면 조금 사정이 달라진다. 양조장에서 주전자에 탁주를 받아 오던 추억은 내 또래의 남자아이들에게는 일반적인 경험일 것이다. 받아 오는 길에 슬쩍슬쩍 맛을 봤다든가, 급히 오다가 술이 반쯤 엎질러져서 남은 술에 물을 탔다든가 하는 체험도 대개 비슷하다. 이런 경우 욕은 애매하게 양조장이 먹는다.

"이 집 술맛이 왜 이래?"

"돈독이 오른 모양이군그래. 다음에 가서 한번 따져야겠어. 일단 한 잔 따르라구."

시골 어른들은 너나없이 술에 취해 살았다. 술이라야 막걸리가 대종을 이루었으니 그렇게 비싼 술은 아니지만, 시도 때도 없이 술을 마신다는 데 문제가 있었다. 특히 가난한 집일수록 남정네가 술독에 빠져 사는 경우가 많았고, 그래서 가정불화가 끊이지 않았다. 가정불화라고 하지만 대개 싸우다 여자를 때리는 경우인데, 그러면 아이들은 쪼르르 담장에 기대앉아 훌쩍거렸다.

"이게 어디서 대들어. 눈에 뵈는 게 없나?"

"그렇게 술독에 빠져 살 작정이면 차라리 날 죽여! 죽이라구!"

"어쭈! 죽이라면 못 죽일 줄 알아? 에라이!"

어머니가 맞는 소리와 그릇 깨지는 소리가 들리면 겁 많은 여자아이부터 소리 내어 울기 시작하고, 그러면 이를 악문 큰아이가 동생들을 껴안았다.

내 어린 시절만 해도 아버지는 동네에서도 유지 급에 속해서 술친구들도 제법 수준이 있었고, 아버지를 대접한다고 일부러 좋은 음식을 준비하는 경우도 있었다. 특별한 용건이 있는 술자리가 아닌 경우에 아버지는 막내인 나를 데리고 가기도 했는데, 그러다 보니 어른들이 장난삼아 내게도 술을 맛보였다. 아버지도 그것이 재미있으셨는지 말리지 않으셨고, 그 덕에 대여섯 살 때도 한두 잔 정도는 끄떡없었다.

그러니까 내가 이평리로 이사 간 후인 1969년, 초등학교 1학년 때 일이었던 것 같다. 아버지가 모처럼 옛날 살던 오덕리 양촌에 다녀 오신다기에 별다른 할 일이 없던 나도 따라나섰다. 십 리가 약간 안 되는 길이라 3, 40분 만에 도착했다. 오덕리에 있는 양조장집에 들어서니 벌써 몇몇 어른들이 모여서 술추렴을 하고 있었다.

"어이, 어서 오시게."

"어허, 막내 녀석도 왔구나. 공부 잘하고?"

이렇게 시작되었는데 처음에는 어른들끼리 드시더니 이내 술잔이 내게도 오기 시작했다. 사실 그 나이에 무슨 술맛을 알겠는가? 그저 내 욕심은 안주로 차려진 두부조림을 먹는 것뿐이었다. 이 두부조림이라는 것이 기가 막혀서, 두부집에서 갓 뽑아낸 두부를 살짝 부친 후에 파를 다져 넣은 양념간장에 재워 실고추와 참깨를 뿌린 것인데, 모양도 예쁘지만 입에 넣으면 살살 녹는 맛이 일품이었다.

그렇다고 어른들 드시는 술상에서 젓가락을 들고 막 집어 먹을 수도 없는 노릇이었다. 어른들이 장난삼아 따라 준 막걸리를 마시면 아버지가 그 두부조림을 젓가락으로 집어서 내 입에 넣어 주시는 것이었다. 그러니 그 두부조림 먹을 욕심으로 막걸리를 한잔 두잔 먹게 된 것이다. 한 잔이라고는 하지만 어른들 드시는 양의 3분의 1 정도만 따라 주시는 것인데, 처음에는 몇 번에 나눠서 홀짝홀짝 마시다가 나중에는 그냥 쭉 들이켜고 말았다.

"허어, 이 녀석 좀 보게. 이게 술꾼이 아닌가?"

"아니, 그 아버지에 그 아들이지. 그게 어디 가겠습니까?"

"맞다, 맞아. 이 사람 집안이 원래 술로 흥하고 술로 망한 집 아닌가? 하하하!"

"사람들, 실없기는…….'

아버지는 말끝을 흐리기는 하셨지만 그 아버지에 그 아들이라는 말에 기분이 좋으셨는지, 그때부터는 당신이 석 잔쯤 드시면 아예 내게도 직접 술을 따라 주셨다.

"무릎 꿇고 두 손으로. 그렇지! 머리를 숙이고 공손하게 받는 거야. 어른들 앞에서는 얼굴을 돌리고. 그래, 그렇게."

아예 주도까지 가르치는 것이었다.

이렇게 계속된 술자리가 밤이 늦어서야 파했으니 나도 내가 몇 잔을 마셨는지 알 수가 없었다. 다만 두부조림 접시가 꽤 여러 차례 술상에 올랐다는 것만 기억날 뿐이었다. 어른들께 인사하고 일어서려는데 다리가 후들거리는 것이었다.

아아, 집으로 돌아가는 길이 왜 그리도 멀던가? 달은 보름달이라 휘영청 밝은데 넓은 신작로를 따라 아버지 손을 잡고 추적추적 걷는 다리에 힘이 하나도 없었다.

"허어, 이 녀석 똑바로 걸어야지."

"예."

"허어, 이 녀석이 취했네, 엉? 하하하!"

아버지도 많이 취하셨는지 걸음이 비틀비틀했다. 가관이었다. 술에 취한 아버지와 여덟 살짜리 아들이 사람도, 달구지도, 버스도 없는 길을 따라 이리 비틀 저리 비틀 하며 걷는 형상이라니…….

하지만 나는 지금도 잊을 수가 없다. 오덕리에서 이평리로 넘어오는 그 신작로 옆으로 파릇파릇하게 자라난 벼들이 저 들판 끝까지 이어져 있고, 개구리들은 연이어 개굴개굴 우는데, 길가의 달맞이 꽃은 유난히도 활짝 피어서 보름달 달빛에 빛나고 있었다. 농수로를 따라 졸졸물 흐르는 소리도 유난히 크게 들렸고, 가끔 미꾸라지인지 무슨 물고기가 첨벙대는 소리도 들렸다.

아버지는 연신 무슨 노래인가를 흥얼거리다 가끔 내 이름을 부르셨고, 나는 계속 네, 네 하고 대답하며 걷는데, 비틀거리면서도 아버지는 결코 내 손을 놓지 않으셨다.

우리는 결국 지름길로 택한 좁은 논둑길에서 엎어지고 말았는데, 질척거리는 흙탕물을 털어내다가 아버지와 나는 한바탕 웃어 버리고 말았다. 집에 도착한 후 기겁한 어머니로부터 한바탕 잔소리가 날아들었다.

"아니, 이제는 애까지 술꾼을 만들려고 그래요?"

"어, 지가 넙죽넙죽 잘 받아먹더라니까."

"아니, 그렇다고 어린아이에게 취하도록 술을 먹이는 사람들이 그래 어디 있담? 기가 막혀서."

다음 날 아침, 머리가 깨지는 두통을 어쩌지 못해 비틀거렸더니 형제들이 다 놀려대는 것이었다. 하지만 놀려 대는 소리에도 무감각한 채 온 세상을 비추던 달빛과 논둑길의 달맞이꽃, 그리고 개구리 울음 소리만이 자꾸 떠오를 뿐이었다.

집 없는 아이

자연 속에서 성장한 사람들은 삶의 원형질을 경험할 기회가 많다고 한다. 생물들의 삶과 죽음을 지켜보고 여러 가지 자연 현상을 항상 가깝게 경험하기 때문이다. 그러다 보니 인간이 자연 속에서 느낄 수 있는 여러 가지 느낌이나 감정도 풍부해진다. 이런 체험들이 창조적인 상상력의 밑거름이 되어서 창작 활동에 종사하는 사람들에게 도움을 준다는 이야기를 종종 듣는다.

특히 어린 시절에 겪었던 공포와 관련된 체험이 그러하다. 귀신 이야기를 듣고 멀리 떨어진 화장실을 혼자 못 갔다거나, 화장실 문을 열어 놓고 일을 봤다거나 하는 경험들이 대개 있을 것이다. 어린 시절에 공포감을 주었던 장소는 사실 성인이 되어 찾아가도 괜히 서늘한 느낌이 들 때가 있다.

평소에 친숙한 산도 예외가 될 수 없다. 어린아이들은 산에서 놀기도 하고 간식 거리를 구하기도 하지만, 어떤 신비스러운 기운이나 특이한 감정을 느끼기도 한다. 또한 호연지기처럼 웅혼한 기상을 정상에서 맛보기도 하고, 때로는 으스스한 공포감을 느끼기도 한다.

"야, 너 그 얘기 들었어?"

"무슨 얘기?"

"저기 외팔이 아저씨네 옆집에 곰보 있잖아?"

"응."

"그 집에서 얼마 전에 아기 낳았잖아?"

"그런데 걔 죽었다며?"

"응. 병에 걸려 죽었는데, 그 갓난아기 어떻게 했는지 알아?"

"몰라."

"새벽에 항아리에 넣어서 지게에 지고 곰보가 이리로 올라갔대."

"정말?"

"그러엄. 그러니까 여기 어디다 묻었을 거야. 저기 저 등성이 뒤로 올라갔대거든."

나는 머리카락이 쭈뼛해지는 것을 느꼈다. 아무 생각 없이 오르던 산이었건만 그 이야기를 듣는 순간 갑자기 무섬증이 생긴 것이다.

"그런데 그 아이가 밤마다 젖 달라고 산에서 우는 소리가 들린대, 글쎄."

"에이, 죽은 아이가 어떻게 울어?"

"그러니까 신기하지."

겉으로는 태연한 척했지만, 나는 이런저런 핑계를 대고 그냥 산을 내려오고 말았다. 그리고 다음에도 그 중턱 어딘가를 넘어서 산을 올라야 하는 경우가 있으면 최대한 빨리 지나쳤다.

그러고 보니 어린 시절 두려움의 대상들은 대개 죽음과 관련된 것이다. 집에서 닭 잡을 때의 장면도 잊혀지지 않는다. 닭을 잡는 어른은 먼저 닭의 모가지를 비튼 다음 불쑥 튀어나온 부분에 칼을 댄다.

피가 흘러나오면 대접에 그 피를 받는다. 금방 피가 가득 찬 대접에서 김이 모락모락 피어오른다.

닭은 고통스러워 온몸을 파닥거려 보지만 억센 어른의 완력에 꼼짝을 할 수 없다. 피를 흘리며 파닥거리던 닭은 이윽고 눈을 감으며 늘어지고 만다. 이때쯤 되면 지켜보던 나 같은 어린아이들은 몸서리를 치고 만다. 닭이 죽은 것을 확인한 어른은 아직 식지 않은 닭의 피를 쭈욱 들이키기 시작한다. 피를 꿀꺽꿀꺽 삼키는 어른의 목울대를 쳐다보던 나는 마치 기괴한 동물을 보는 심정이 되어 입 주변의 피를 닦아 내는 그 어른과 눈조차 마주치는 것이 두려웠다.

"너도 좀 마셔 볼래?"

장난치듯이 대접을 건네기라도 할 것 같으면 소리를 지르며 줄행랑을 치고 만다. 그렇다고 해서 밥상에 오른 닭고기를 안 먹는 것은 아니지만, 그 다음부터 닭장 근처만 가면 자꾸 파닥거리며 죽어가던 그 닭의 모습이 떠올라 진저리를 쳤다.

밤 시골길은 가로등이 없기 때문에 달빛에 의지해서 길을 걸어야 한다. 달 없는 밤에는 어른들도 다니기 싫어하는 곳이 있었으니, 어린 아이들이야 오죽했겠는가. 논 가운데 있던 도살장은 특히 밤에 지나가기 싫은 곳이었다. 어쩌다가 도살장 주변을 지나야 할 일이 있으면 10분 정도 더 걸리더라도 에둘러 빙 돌아갔다.

실성한 여자가 빠져 죽은 저수지에는 어두워지면 아예 근처도 가지 않았다. 소복을 입고 갑자기 나타나서 물속으로 끌어들인다는 소문이 있었기 때문이다. 그러고 보면 산, 들, 저수지, 개울 어디든 죽음과 연관되지 않은 곳이 드물었던 것 같다.

그런 면에서 서울 같은 대도시에서 자라는 아이들은 삭막하고 건조한 유년기를 보내는 것 같다. 시멘트와 아스팔트, 차량과 공해 속에서 자라면서 어떤 추억들을 간직할 수 있을까?

자연과 함께 하면서 갖는 다양한 느낌과는 별개로 책을 통해 새로운 상상의 세계에 빠져드는 기쁨 또한 남달랐다. 나는 아랫목에 배를 깔고서 한번 책을 펴면 중단할 줄을 몰랐다. 다 해진 동화책, 어디서 빌려 와서 돌려주지 않은 듯한 몇 권의 해외 문학 전집, 이은상 씨의 역사 소설, 형들이 보던 무협지, 누나가 보던 연애 소설에 이르기까지 집에 있던 책들을 소여물 먹듯 다 읽어 버렸다. 어떤 책들은 몇 번씩 읽어서 줄거리를 촬촬 꿸 정도였다.

뭔가를 읽고 싶은 욕망은 넘치는데 책이 없으니 답답해서 미칠 지경이었다. 방 안을 빙빙 돌던 나는 친구 집에 놀러 가기 시작했다. 그러고는 안방이나 친구 형의 방을 슬쩍 들어가 본다. 재빠르게 책장이나 책꽂이를 일별한 후, 마음에 드는 책이 있으면 친구에게 빌려 달라고 졸랐다.

"안 돼! 우리 형한테 물어봐야 돼."

"얼른 보고 내일 갖다 줄게. 너희 형도 하루 정도는 모를 거야."

"그럴까?"

"그럼! 너희 형, 맨날 책 뒤져 보냐?"

"아니, 쳐다도 안 봐."

나는 녀석과 한 시간 정도를 대충 놀아 준 뒤 얼른 집까지 뛰어온다. 그러나 하루가 지나면 다시 또 답답해져 온다. 시골 농촌 집에 책들이 많을 리 없다. 그러니 친구 집도 몇 군데 돌고 나면 더 볼 책이 없었다.

그러던 어느 날 나는 보물 창고를 발견하고 말았다. 조성찬이라는 같은 반 녀석인데 아버지가 육군 상사였다. 녀석 방에 들어가 보니 세계 아동 문학 전집이 있었다.

'히야! 이 책들 좀 봐!'

나는 속으로 침을 꿀꺽 삼켰다. 계몽사에서 나온 50권짜리 전집류인데, 겉표지를 붉은색 하드커버지(紙)로 입히고 제목을 금박으로 찍어서 그럴듯했다. 전집을 사면 꽤 좋은 책꽂이까지 덤으로 주었던 걸로 기억한다. 시골서 이런 새 전집류를 갖고 있던 집은 많지 않았다.

나는 그 다음 날부터 성찬이네 집에 가서 살다시피 했다.

성찬이와 성찬이 동생은 내가 와서 성심성의껏(?) 놀아 주는 것이 싫지 않았던 모양이다. 그러나 내게는 더 중요한 목적이 있었다. 두서너 시간을 놀다가 집에 가야겠다고 하면서 슬쩍 부탁한다.

"야, 성찬아. 책 한 권만 빌려 줄래? 내일 갖다 줄게."

"책? 그래. 무슨 책?"

이럴 경우를 대비해서 슬쩍슬쩍 책 이름을 봐 두었다.

"어, 저거. '집 없는 아이'."

집까지 숨차게 뛰어온 후, 한달음에 다 읽어 버렸다. 밤은 깊은데 또 녀석의 집으로 달려갈 수는 없고, 한 번 더 읽고 또 읽을 수밖에 없었다. 나는 동화책 속의 이야기에 완전히 매료되고 말았다. 성찬이 집에 매일 드나들던 나는 점차 한 번에 빌리는 책의 권수를 늘려 갔다.

한번은 다 읽은 책을 들고 녀석의 집으로 갔더니, 성찬이와 동생이 바깥에 나와 앉아 있었다. 아버지와 어머니가 대판 싸움을 벌이고 있었던 것이다. 나는 아무 말도 못하고 녀석 옆에 앉아 있을 수밖에 없었다. 남의 집 싸움이 빨리 끝나기를 그렇게 애타게 기다리기는 처음이었다. 그러나 싸움이 수그러들기는커녕 그릇까지 깨지며 갈수록 커지는 분위기였다. 분위기로 보면 그냥 돌아가야 했지만, 기나긴 밤을 답답하게 보낼 수는 없었다.

나는 찔찔 짜고 있던 녀석에게 조심스럽게 말을 걸었다.

"야, 성찬아."

"왜, 흑흑."

"저기, 나 책 한 권만 빌려 줄래?"

그 순간 녀석은 나를 째려보다가 갑자기 자기 방으로 험상궂은 표정을 하고 들어가더니 책 두어 권을 아무렇게나 들고 나와 마당에 내던지는 것이었다.

"가져가, 개시꺄! 잉잉."

참 난감했다. 안방에서 그릇은 깨지지, 녀석은 울지, 책은 마당에 나뒹굴지, 어떻게 해야 할지 몰랐다. 주섬주섬 책을 집어 들고는 냅다 집까지 뛰어오고 말았다. 두 권 중에서 한 권은 이미 본 책이었다. 나머지 한 권이라도 보지 않은 책이었던 것이 얼마나 다행이었는지.

한 20여 년이 지난 다음에 그 친구와 반갑게 만나서 술을 한잔 하는데, 녀석은 다행히도 그때 일을 기억하지 못했다.

담 밖의 형제들

누구나 그렇겠지만 어릴 때 가장 큰 영향을 주는 사람은 가족들이다. 따라서 가족 간에 화목한 집에서 자라난 아이들과 그렇지 못한 환경을 가진 아이들이 다를 수밖에 없는 것이다. 솔직하게 말해서 나는 그렇게 썩 좋은 환경에서 자라질 못했다. 가난만을 말하는 것이 아니라 가정의 화목이라는 점에서 그렇다.

아버지는 거의 매일 술을 드시고 들어와서는 어머니와 다투셨다. 그 다툼이 심해지는 날은 구타로 이어졌다. 그러면 우리 형제들은 담 바깥에 나와 굳은 얼굴로 앉아 있었다. 담 바깥에 앉아서 무슨 생각을 했겠는가? 안에서 들리는 싸움 소리에 긴장하면서 '아, 우리 집은 왜 이럴까' 한탄하다가 술 취한 아버지를 미워하게 되었을 것이다.

아버지는 왜 그렇게 술을 드셨을까? 나는 막내아들이라서 그랬는지는 몰라도 아버지를 옆에서 가까이 지켜볼 수 있는 기회가 많았다. 인물도 좋으셨고 공부도 많이 한 부잣집 아들이었지만, 사실 아버지의 인생은 실패한 인생이었다.

아버지는 1916년 지주 집안의 장남으로 태어났다. 원래부터 지주였던 것은 아니고, 할머니가 양조장을 해서 모은 돈으로 땅을 사들인 것이 그렇게 많아졌다고 하니, 상당히 이재에 밝으셨던 모양이다. 철원평야와 금성 인근에 상당한 양의 전답이 있어서, 젊은 시절에 아버지는 땅을 둘러보기 위해 말을 타고 도셨다고 한다.

아버지는 장남인 데다가 공부도 잘하는 아들이었으니 금지옥엽처럼 귀여움을 받으셨을 텐데, 할아버지 또한 술을 좋아하시다가 아버지의 나이 일곱 살 되던 해에 돌아가시고 말았다. 아버지는 공부만 잘한 것이 아니라 운동도 잘하는, 상당히 활동적인 소년이었던 것 같다. 강원도의 명문인 춘천고를 졸업하시고는 일본의 동경 제국대학 체육학과로 유학을 떠나셨다.

아버지의 특기는 마라톤이었다. 젊은 시절에는 국가 대표 격으로 손기정 선수와도 같이 뛰셨는데 , 부잣집 아들이라 운동을 계속하기보다는 유학을 가는 쪽으로 선택을 하셨던 모양이다.

나이가 찬 아들을 그냥 유학 보낼 리가 있겠는가? 유학 가기 전에 집안에서 배필을 정해서 결혼을 시켰는데, 그 배필이 아버지 마음에 들지는 않았던 모양이다. 어쨌든 이분과의 사이에서도 아이를 낳았는데, 유학 시절에 연애를 했는지 일본 여인을 데리고 들어와 아예 살림을 차리고 말았다.

그러나 해방이 되자 철원은 북한 치하가 되었다. 사회주의 정권이 들어서자 아버지는 제일 먼저 모든 땅을 노동당에 헌납했다. 살아남기 위한 방편이었는지, 무슨 다른 뜻이 있었는지 나로선 알 수가 없는 일이다.

어쨌든 북한의 정책이 우리가 배운 것과는 달랐던 모양이다. 출신 성분이 지주인 데다가 일본 유학을 다녀오고 일본 여자랑 살던 사람을 숙청하기는커녕 소학교 체육 선생을 시켰다고 하니 말이다. 그러다 한국전쟁이 발발하자 아버지는 1·4후퇴 때 원산에서 쪽배를 타고 단신으로 부산까지 월남했다.

춘천고 동창들의 도움으로 연명하던 중 휴전이 되었는데 이때는 철원 땅이 다시 이남 땅이 되어 있었다. 물론 상당량의 땅은 여전히 북쪽 치하에 남아 있는 상황이었다. 아버지는 서울에서 중매로 만난 여인과 결혼하고(지금의 우리 어머니다) 철원으로 내려갔다.

그런데 아버지는 여전히 재산에 연연해하지 않았다. 되찾은 땅들을 뭉텅이로 팔아서는 학교 건물을 짓기 시작했다. 그리고 그렇게 지은 학교 건물을 국가에 헌납한 것이다.

이 때문이었는지 아버지는 공화당 초기 시절 강원도 교육위원회 위원이 되셨다. 월급도 나오지 않는 명예직이었지만, 어쨌든 관직이었던지라 강원도 내의 유지 급으로 인정받으셨던 것 같다. 그러나 특별한 수입원 없이 땅만 팔다 보니 그 넓은 전답이 몇 년 사이에 급격히 줄어들고 말았다.

그 얼마 후부터 아버지는 또 술을 시작하셨다. 그러니 옆에서 지켜보던 어머니의 원망이 커질 수밖에 없었고, 이것이 다툼의 원인이 되어 내 사춘기에까지 이어졌다. 내가 태어났을 때는 그 넓은 땅이 거의 사라지고 오덕리에 있던 넓은 집 한 채만 남았을 정도였으니, 아버지의 재산 탕진 역사가 상당히 드라마틱했던 것 같다.

그 후로 집안의 생계는 어머니가 꾸려 가시기 시작했다. 보건소에서 가족계획 담당으로 일하셨는데, 나중에는 이평리에 있는 동송면 면사무소로 출근을 하셨다. 그래서 우리가 오덕리에서 이평리로 이사한 것이다.

형편이 궁색하다 보니 아버지의 용돈인들 충분할 리가 없었다. 결국 초등학교 4, 5학년 때는 아버지의 새마을담배 값을 어머니에게 타 내는 전령사의 역할을 내가 맡았다. 당시 국가에서는 저소득층을 대상으로 새마을 취로사업이라는 것을 시행했다. 하루에 얼마씩 주면서 개천 정비나 수로 정비 같은 것을 하는 일종의 막노동이었는데 아버지는 소줏값이라도 벌려고 이 작업에 나가기도 했다. 철원 평야를 떵떵거리던 양반이 말년에 꾀죄죄한 복장으로 새마을 취로사업을 하던 모습이 지금도 눈에 선하다.

그런데 신기한 것이, 술을 안 드셨을 때는 멀쩡한 양반이 술만 취하면 호기를 부리며 큰소리를 치기 일쑤였다. 이것이 부부 싸움의 발단이 되기도 했다. 어머니 입장에서는 그 많던 재산을 다 날리고 직업도 없이 술추렴하는 모습이 답답했을 것이고, 아버지 입장에서는 내가 누군데 감히 돈 좀 없다고 여편네가 남편을 무시하냐고 생각했을 것이니 여기에 타협점이 있을 리 없었다.

그러나 담 밖에 쪼그리고 앉아 훌쩍거리던 형제들에게는 너무도 처절한 삶의 문제였다. 아버지의 구타가 심해지면 참다못해 형들이 방으로 쫓아 들어가기도 했는데, 그럴 때면 아버지의 언성이 높아졌다.

"이 녀석 봐라? 어디서 아비를 그렇게 째려봐. 이런 못된 녀석."

그러면서 큰형의 뺨을 때렸다. 그러면 온 가족이 울부짖었다. 아비규환이 따로 없었다.

아버지는 내 사춘기 내내 갈등의 대상이었다. 가족들을 괴롭힐 때는 못 견디게 미웠다. 그럴 때는 아버지의 헛기침 소리만 들어도 집을 나와 거리를 방황했다. 화목한 가정을 이루고 사는 친구 집에 가면 그렇게 부러울 수가 없었다.

그런 아버지와 내심 화해하게 된 것은 대학에 들어가 현대사를 공부한 후였다. 큰 꿈을 품었던 한 식민지 청년이 일제 강점기, 한국 전쟁, 혼란스러운 남과 북의 대결 구도 속에서 희망도 없이 방황하면서 몰락했던 과정을 개인의 문제로만 돌릴 수는 없었다.

아무리 부자였어도 조센징은 조센징이었다. 일본인 친구도 있었지만 아버지에게 조선인이라는 한계는 젊은 시절 극복할 수 없는 문제였다. 또한 봉건 제도의 잔재 속에서 원하지 않은 결혼을 하고 분단이라는 현실과 맞닥뜨리면서 부모로부터 상속받은 전 재산을 잃었다.

갑자기 닥친 전쟁 때문에 사랑하는 가족과도 생이별을 했다. 쪽배를 타고 단신으로 내려간 부산에서 혼자 내려온 죄의식과 그리움 때문에 심하게 가슴앓이를 하고, 혈혈단신으로 생존의 문제와 부딪혀야 했다. 아버지 세대는 연속된 격랑의 역사 속에서 혼란과 충격, 고통과 좌절의 2, 30대를 보내야만 했던 것이다.

그런 경험 때문에 강인한 생존 능력을 갖춘 실향민이 있는가 하면, 오히려 실의와 좌절 속에서 현실을 회피하게 된 부류도 생길 수 있었던 것이다. 비록 그런 아버지의 삶에 대한 태도 때문에 우리 가족들에게 고통이 있었다 해도, 행복한 어린 시절을 보내지 못한 것에 대한 아쉬움이 있었다 해도, 나는 아버지 세대를 미워할 수 없었다.

대학 시절, 간혹 누추한 집에 혼자서 멍하니 앉아 계신 아버지를 바라볼 때는 말할 수 없는 연민을 느꼈다. 휴가 나왔다가 귀대하면서 큰절을 했을 때, 내 손을 잡으시고 아무 말씀을 못하시던 모습도 잊을 수 없다. 당신의 인생을 이해한 자식을 떠나보내는 아쉬움 때문이었을까? 여덟 살 때 신작로에서 술 취해 걸어올 때처럼 아버지는 내 손을 놓치지 않으려고 힘을 주셨는데, 나는 빙그레 웃으며 두 손으로 아버지의 손을 감싸 쥐었다.

"건강하세요, 아버지!"

그제서야 아버지는 내 손을 놓으셨는데, 그것이 내가 세상에서 뵌 아버지의 마지막 모습이었다.

성장하면 할수록 차별과 구분이 심해지는
그 세계는, 책상을 두드리며 웃음을
나누던 그런 세계가 아니었다.

03

가난한 도시

서울 변두리 동네

5학년을 마치고 6학년이 되기 전이니까 아마 1974년 1월쯤 될 것이다. 큰형이 고등학교를 졸업했다. 그림 그리는 재주가 비상했던 큰형은 미대를 가고 싶어 했지만, 집안 형편이 어려워서 대학을 보내 줄 수가 없었다. 고민하던 어머니는 서울로 가서 조그마한 공장이라도 운영해서 돈을 모은 후, 형을 대학에 보내겠다는 계획을 세웠다. 그래서 큰형과 나, 어머니는 서울로 오고, 아버지와 누나, 작은형은 철원에 남게 되었다.

나는 정들었던 철원 땅을 떠나 영종 여객 완행버스에 몸을 실었다. 하지만 나의 서울행은 출발부터 퍽 향기롭지 못했다. 서울까지의 이사 비용을 아끼기 위해 어머니는 이삿짐을 미리 버스에 실었다. 철원 동송이 종점이었기 때문에 이런 계획이 가능했다. 운전기사가 타기도 전에 버스 뒷자리는 어머니와 나의 이삿짐으로 가득 찼다. 짐을 싣는 데만 30분이 넘게 걸렸으니 어느 정도의 짐이었는지 아마 상상이 될 것이다. 물론 기막혀 하는 버스기사를 어머니가 골목 뒤로 데려갔으며, 잠시 후 버스기사가 모자를 다시 고쳐 쓰면서 헛기침을 하고 나타났다.

지금은 서울까지 두 시간이면 충분히 다니는 길이지만, 당시에는 비포장도로인 데다 완행버스는 길 아무 데서나 사람들이 세워서 탔기 때문에 네댓 시간은 족히 걸렸다. 미아리 대지 극장 앞 시외버스 정류장에 버스가 도착하니, 이미 어둠이 깔려 있었다. 짐을 내리는 데만 다시 20여 분이 걸렸다. 처음에는 기막혀 하며 구경만 하던 승객들이 안 되겠다 싶었는지 한두 명 가세해서 짐 내리는 것을 도와주었다. 이불 보따리와 옷 보따리는 당연하고, 바리바리 싼 밥그릇 꾸러미에 고추장 단지까지 있었으니, 도와주던 사람들도 나중에 한참 웃었을 것이다.

얼마를 기다렸더니 큰형이 용달차를 불러 타고 나타났다. 아마 어머니와 약속이 되었던 모양이다. 용달차라고는 하지만 바퀴가 세 개인 삼발이 차였다. 일명 '딸딸이차'였는데, 당시에는 삼발이가 용달차의 주종을 이루었다. 여기에 짐을 싣고 10여 분 갔을까, 다 왔다고 내리라는 것이었다. 성북구 종암동의 어느 주택가 골목이었다. 가로등 불빛이 붉게 드리워져 있는 골목에서 사람들이 무슨 봉지인가를 들고 젖어있는 길 위를 종종걸음으로 뛰어가는 모습이 보였다. 퀴퀴하면서도 축축한 그 무엇, 그것이 서울에 대한 나의 첫 느낌이었다.

당시 서울의 변두리 동네는 시골서 올라온 가난한 사람들로 가득했다. 삼양동, 창신동, 상계동의 판잣집이나 중랑천변의 풍경에는 잘살아 보겠다는 꿈을 안고 올라온 이농민들의 애환이 배어 있었다. 새벽같이 일어나 막노동을 나가던 아버지들, 가내공장에 나가는 어머니들이 살고 있었고, 학교에 가지 못한 어린아이들은 골목에 앉아 하루 종일 땅바닥에 그림을 그렸다.

잘살아 보겠다는 꿈의 한편에는 자식에게 가난을 대물림할 수 없다는 강한 의지가 배어 있었다. 그래서 자식 공부만은 무슨 일이 있어도 시킨다는 정신이 강했다. 이렇게 고생한 부모 세대로 인해 1970년대 후반부터 대학 입시는 집안의 숙원 사업이 될 수밖에 없었다. 자식이 명문 대학에 들어가면 부모들의 고생은 눈 녹듯 사라졌다. 때문에, 가난한 집안에서 자란 학생들일수록 부담이 더 컸다.

내가 서울 생활을 처음 시작한 종암동도 가난한 사람들이 몰려 살던 곳이었다. 다닥다닥 붙은 집마다 방이 몇 칸씩 되었는데, 대개 방 하나에 한 가족씩 세 들어 살았다. 우리가 처음 둥지를 튼 곳은 2층 건물이었다. 아래층은 세탁소였고 대각선 건너편 쪽에는 상점이 두어 군데 있었다.

2층은 제법 넓었는데 홀에다 장판을 깔고 그 위에 사시 기계를 쭉 배열해 놓았다. 안쪽에 방이 두 개 있었는데, 넓은 방은 작업실이었고 작은 방이 사무실 겸 우리 가족의 방이었다. 이 사시 공장은 주로 일본으로 수출하는 보세 의류를 가공하는 일을 하는, 말하자면 보세 공장이었다. 당시에는 이런 보세 가공업이 한창 인기여서 누가 공장 3년 해서 돈 좀 만졌다 하는 소리가 제법 들리곤 했다.

모르시는 분들을 위해 잠시 부연하자면, 털실로 옷을 짜는 기계를 요꼬라고 하고, 사시는 옷의 각 부분을 이어 주는 일종의 재봉틀과 같은 것이다. 그러니까 와이셔츠, 바지 같은 것은 재봉틀로 드르륵 박지만, 폴로나 니트웨어 같은 것은 소매나 목 부분을 사시로 이어 주어야 하는 것이다. 학교에서 돌아오면 나도 옆에서 시다 역할을 해야만 했는데, 쪽가위로 실밥을 뜯는다든가, 부속을 뜯어서 작업대 옆에 갖다 준다든가 하는 것이 나의 일이었다.

이런 일을 담당하는 노동자들은 열대여섯 살부터 스물대여섯 살까지의 여성들이었는데, 대개 시골 출신들이었다. 가정 형편 때문에 학교는 못 가고 돈을 벌러 서울에 온 시골 처녀들은 몇 명씩 방을 얻어 같이 생활했다. 이들은 하루에 열 몇 시간씩 책상다리를 하고 앉아서 사시 기계를 돌렸다. 그런 환경에서도 가능하면 즐겁게 일을 하려고 노력했다. 서로를 격려하고 누가 아파서 일을 못 나오면 약을 사서 집에 찾아가기도 했다. 밥을 해 주거나 청소와 빨래도 대신해줄 정도로 서로를 생각하는 마음이 따뜻했다.

이들의 유일한 낙은 기둥에 매달아 놓은 라디오에서 흘러나오는 음악 프로그램이었다. 방주연의 '자주색 가방', 김세환의 '길가에 앉아서', 김정호의 '이름 모를 소녀', 홍민의 '석별', 장현의 '하얀 나비', 송창식의 '왜 불러' 등이 흘러나오면 다 같이 노래를 따라 부르며 연신 기계를 돌린다. 우리 공장에서는 적을 때는 일곱 명에서 한창 많을 때는 30여 명까지 일을 했는데, 이 누나들은 나를 친동생처럼 대해 주었다.

이들은 월급을 받으면 기본적인 생활비를 빼고는 대개 시골에 있는 가족에게 송금을 했는데, 그런 돈은 내 또래의 동생들 학비로 쓰였다. 이들의 최고 즐거움은 명절 때 집에 다녀오는 것이었다. 명절만 다가오면 작업장 안은 즐거움이 가득했다. 연신 콧노래가 나오고 웃음소리가 끊이질 않았다.

"애, 미스 신. 너 뭐 샀니?"

"나? 어머니 빤쓰하고 동생들 학용품."

"아버지 거는?"

"뭐, 담배를 샀는데 내려갈 때 술 한 병 사야지. 너는?"

"아이, 고민이야. 아버지 약값이 너무 비싸서 동생들 거를 못 살 것 같아."

"그러면 아이들이 실망할 텐데."

"글쎄 말이야. 가불이라도 해야 할 모양이야."

이들은 동생들 학용품을 사면서 내 것까지 사오는 경우도 있었고, 어머니도 별도로 이들이 준비하지 못한 가족들 선물을 사주기도 했다. 모두가 한 가족 같은 마음으로 일을 했기 때문에 어려운 일이 생기면 다 같이 모여서 의논하곤 했는데, 지금 생각해 보니 공장을 운영하는 사람이나 그 공장에서 일하는 사람이나 대개 처지가 비슷했기 때문이 아니었나 싶다.

서울 생활은 신기함의 연속이었다.

"우와! 전화도 있네?"

"그럼. 서울서 생활하려면 전화가 있어야지."

형은 자랑스럽게 전화를 돌린다. 번호마다 구멍이 파져 있어서 손가락을 넣고 돌릴 수 있는 검은색 전화기였다.

"여보세요. 아, 이모세요? 상호가 서울로 올라왔거든요. 인사한대요. 예, 바꿔 드릴게요."

"이모 , 안녕하세요?"

태어나서 처음으로 전화로 다른 사람과 통화하는 역사적인 순간이었다. 우리 집에 전화가 있다니. 엄청난 부자가 된 기분이었다. 시골서는 전화기 옆에 있는 손잡이를 서너 바퀴 돌리는 전화가 대부분이었다. 그러면 우체국의 교환이 나와서 상대방을 연결해 주었다.

"아, 교환? 고생이 많아. 나 이평 7리 김인데! 아, 김 이장이라고!

내 목소리도 몰라? 저기, 지서 좀 대줘."

뭐 이런 식이었다. 심지어는 이런 경우도 있었다.

"어, 교환. 지금 면장님 어디 있나? 응? 모른다고? 아니 그것도 모르면서 무슨 일을 한다고 그래, 응? 뭐? 면사무소 대 주겠다고? 이 사람아. 거기서 모른다니까 자네한테 물어보지. 뭐? 알아보겠다고? 그래, 얼른 알아 갖고 이리로 전화 좀 연결해 줘. 알았지? 어, 그래."

서울이나 춘천 등지에서 시외전화가 오면 스피커로 방송을 하거나 사람을 보내서 전화 받으라고 전했는데, 그러면 당사자뿐 아니라 애들까지 신발이 벗겨져라 이장님 댁이나 마을 사무소로 달려갔다. 시외전화 한 통 하려고 해도 교환에게 신청을 하고서 한두 시간은 기다려야 연결이 될 정도였으니, 서울 우리 집에 전화가 있다는 것은 대단한 사건이 아닐 수 없었다.

그러나 이런 뿌듯함도 방학이 끝나고 학교에 나가면서부터는 사라져 버리고 말았다. 한마디로 나는 우물 안의 개구리였다. 당시 나의 복장부터가 문제였다. 나는 누나가 고등학교 때 입던 여학생 반코트를 줄여 입었다. 깃이 턱 앞에서 동그랗게 모아지는 검은색 코트였는데, 단추를 거꾸로 꿰게 되어서 누가 보아도 누나 것을 줄여 입었다는 것을 알 정도였다. 게다가 나의 바가지 머리란! 거의 귀에서 귀까지 앞머리를 친 바가지머리는 시골 소년의 행색 그대로였다.

아이들은 신기한 동물 보듯이 나를 바라보았고, 말을 거는 녀석도 없었다. 음악 시간에 선생님이 나를 앞에 세우고 전학 온 기념으로 노래를 부르라고 해서 '동네 한 바퀴'를 입을 벙긋벙긋 벌려 가며 열과 성을 다해서 불렀건만 교실이 웃음바다가 되는 것이 아닌가?

아, 그 민망함이란. 나는 완전히 주눅이 들고 말았다.

하지만 나를 더욱 실망시킨 것은 그 다음이었다. 말 시키는 놈도 없고 장난칠 일도 없으니 수업 시간에 선생님 이야기에만 열중했다. 더구나 아무리 시골 학교지만 5년간 우등상을 탔던 나인지라, 첫 시험에서 평균 96점으로 1등을 했다. 1등을 하는 것이 뭐 그리 대수로운 일이 아니어서 나는 당연하게 생각했는데 교실이 술렁거렸다. 하긴 누나 반코트를 입고 바가지머리를 한 촌놈이 1등을 했으니 아이들은 더욱 신기했을 것이다.

선생님도 의아했는지 상장을 주면서 내게 물었다.

"집에 형이나 누나 있니?"

"예."

"형이 공부를 많이 가르쳐 주니?"

나는 당황할 수밖에 없었다. 그리고 망가진 사시를 열심히 고치거나 내게 빨리 실밥 뜯으라고 독려하던 큰형이 떠올랐다. 하지만 나는 엉겁결에 대답하고 말았다.

"예."

촌놈들은 자기 감정이나 의견을 이야기하는 것이 서툴다. 그래서 웬만하면 '아니오'라는 대답을 잘 못한다. 꾹 참으면 될 일이기 때문에 웬만하면 싫은 일이라도 좋다고 말해 버린다.

그런데 선생님이 왜 나를 경계의 눈빛으로 바라보면서 그런 질문을 던졌는지 나중에야 알게 되었다. 김명동이라는 반골 기질의 녀석이 있었는데 내가 흥미로웠던 모양이다. 이 녀석이 내게 비밀을 알려 주었던 것이다.

"야, 너 공부 잘하는구나. 그런데 너 때문에 선생이 좀 곤란할 거야."

"왜?"

"너 모르지? 우리 반에서 1등부터 8등까지가 담임한테 과외를 받거든. 그런데 너 때문에 걔들이 한 등수씩 다 내려갔잖아! 비싼 돈 주고 과외하던 어머니들이 선생을 그냥 내버려 두겠냐?"

녀석은 고소하다는 듯이 말했지만 나는 충격을 받고 말았다.

상위 그룹 아이들이 돈을 주고 담임선생님한테 과외를 받는다는 사실도 그랬지만, 그래서 어머니들이 가만 있지 않을 거라는 분석도 충격이었고, 무엇보다도 그것 때문에 선생님이 나를 경계한다는 사실에 나는 의욕을 잃고 말았다. 나는 그 다음부터 수업 시간에 선생님과 눈이 마주칠까 봐 눈을 내리깔았다. 갑자기 외로워지기 시작했다.

아이들의 놀이도 수준이 달랐다. 야구 글러브에 플라스틱 배트까지 풀세트가 있었는데, 이 물건을 가진 아이가 같이 놀 사람, 그리고 포지션까지 다 정해 주는 것이었다. 아이들은 그 부잣집 아이에게 잘 보여야 게임에 낄 수 있었기 때문에, 그 녀석 앞에서 설설 기었다. 녀석은 썩 잘 던지지도 못하면서 투수만 하려고 했다. 시골 같으면 어림도 없는 이야기였다.

시골의 운동경기는 주로 축구인데, 지금과 같은 정식 축구공이 아니라 노란색 바탕에 검은색 오각형이 붙어 있는 좀 작은 공이었다. 당시에 50원 정도 했는데, 공을 가진 아이가 센터 포워드를 하겠다고 해도, 몇 번 공격에서 실수하면 바로 수비로 내려 버렸다. 만약 녀석이 공을 가지고 강짜를 부리면 나머지 아이들이 녀석을 따돌려

버렸다. 그러면 다음에는 그 녀석이 제발 같이 놀자고 빌었다.

나는 서울 생활을 통해서 계층의 차이를 느끼기 시작했다. 어울리는 아이들이 가정 형편에 따라 조금씩 다른 것도 눈에 띄었다. 그러다 보니 내 처신이 모호해졌다. 성적은 상위 그룹에 속했지만, 내 정서는 자꾸 변두리 그룹에 묶여 있었다. 그런 가운데 나를 더욱 위축시키는 사건이 일어났다.

1974년 8월 15일, 광복절 기념식장에서 육영수 여사가 문세광의 저격에 의해 숨지고 말았다. 지하철 1호선이 개통된 날이었다. 이 사건은 아직도 몇 가지 의문점이 남아 있지만, 어쨌든 당시 국민들이 받은 충격은 대단했다. 연일 반공 궐기대회가 열리고 민심이 흉흉해졌다. 이 사건으로 우리나라와 일본의 외교 갈등이 첨예해졌는데, 그 때문에 덩달아 일본을 상대로 했던 보세 산업 전체가 심각한 타격을 입게 되었다.

공장에는 납품을 앞둔 옷들이 산더미처럼 쌓였지만, 매일같이 옷을 실어 가던 딸딸이차는 2~3일에 한 번 나타났다가 나중에는 영 나타나지 않았다. 납품처로 어머니와 형이 줄기차게 달려갔지만 대부분의 회사가 문을 닫고 말았다. 받아야 할 하청 대금이 서서히 줄더니, 가을이 지나고 겨울이 오면서부터는 모든 것이 끊어지고 말았다. 일하던 누나들도 한 명씩 두 명씩 떠나기 시작했다. 춥고 긴 겨울이 시작되었다.

어머니는 여기저기 친지들에게 돈 부탁을 하다가 지쳐서 전화통을 붙잡고 연신 눈물을 흘리셨다. 큰형의 대학 진학 꿈도 물 건너갔다. 나는 점점 말이 없는 아이가 되었다. 어머니와 형이 눈물을 흘리고 있으면 나는 옥상에 올라가 혼자 눈물을 흘렸다. 때로는 자는 척하면서 대화를 엿듣기도 했다.

"그래, 너는 군대 가고 나는 다시 철원으로 내려간다고 하자. 상인이, 상호는 그럼 어디다 맡기니?"

이때는 작은형도 서울로 전학을 온 상태였다.

"어디 이모네 맡기면 안 돼요?"

"거기도 딸린 식구가 어디 한둘이라야 말이지. 어휴, 어떻게든 한번 살아 보려고 했는데, 한번 이 악물고 살아 보려고 했는데……."

나는 슬그머니 돌아누워 이를 악물었지만 베갯잇을 따라 흐르는 눈물을 어쩌지 못했다. 희망은 사라지고 생존의 방책도 막막했다. 초등학교 6학년의 겨울은 나를 한결 조숙한 아이로 만들어 놓았다. 초등학교 졸업장은 졸업식이 끝나자마자 내 호주머니 속으로 구겨져 들어갔고, 사진을 찍고 있는 수많은 축하객들 사이를 혼자서 황급히 빠져나와 종암동 골목길을 이리저리 배회하던 기억도 떠오른다.

결국 큰형은 입대했다. 그리고 고등학교를 갓 졸업한 누나가 서울로 올라와 취직을 하면서 작은형과 나를 부양하고, 어머니는 철원으로 돌아가 농협에 취직을 하셨다.

"어떻게 하든 너희들 뒷바라지는 책임질 테니까, 걱정 말고 공부 열심히 해. 알았지? 어떻게 하든 너희들은 성공해야 한다."

눈에 눈물을 가득 머금고 이를 악문 채 돌아서던 어머니의 그때 모습은, 나중에 내가 학생 운동을 하던 시절과 감옥에 있던 시절에 나를 가장 괴롭혔던 영상이기도 하다. 어머니의 기대를 저버리고 세상의 그 무엇이라도 되기 위해 몸부림치는 과정에서 어머니를 고통 속에 빠뜨린 못난 아들이 되었기 때문이다.

■ ■ ■

그래도 행복한 사람들

곧 나는 월계동에 있는 광운 중학교에 입학했고, 작은형은 염광 중학교 3학년이 되었다. 우리는 리어카에 이삿짐을 싣고 단칸방으로 이사를 했다. 리어카에 짐을 싣고 이리저리 셋방을 전전하는 단칸방 시절이 시작된 것이다.

처음 이사한 집은 조금 안쪽 골목에 위치한 홍광춘 씨 집이었다. 그 집은 우리처럼 가난한 사람들을 위해 만들어진 일종의 벌집 같은 곳이었는데, 일렬로 방이 쭉 늘어서 있고 방마다 호수를 매겨 놓았다. 옆방에서 말하는 소리가 다 들릴 정도인 데다가 방의 크기라는 것이 코딱지만 해서 어른들은 어디 발 뻗을 데도 없었다. 연탄을 때서 난방을 하고 집집마다 석유풍로에다 밥을 해 먹었다.

아침이면 이 집은 아수라장이다. 수도도 공동 수도인 데다가 화장실도 공동 화장실이었기 때문이다. 방이 열다섯 개는 되었으니 한 집에 세 명씩만 잡아도 45명이었는데, 화장실은 세 칸밖에 없었다. 아침마다 빨리 나오라고 고함지르는 소리가 온 동네를 뒤흔들었다.

"빨리 나와요, 빨리!"

꽝꽝꽝!

"아, 급해. 그만 나와. 아후!"

"저 5호실 여자애는 똥간에다 살림을 차렸는지 매일 아침 이 고생을 시켜! 젠장!"

"아저씨!"

이러니 누구네 집 딸내미가 화장실 오래 쓰는지를 온 동네 사람들이 다 알 정도였다. 그런데다가 주인인 홍광춘 씨는 나이는 거의 70이 다 된 노인인데 성격이 보통이 아니었다. 파자마 바람으로 돌아다니면서(당시 어른들의 유행 홈패션이기도 했지만) 일일이 잔소리를 했다.

"어이, 8호실! 이리 나와 봐. 연탄재를 여기다 이렇게 쌓아 놓으면 어떻게 해. 빨리 치우지 못해?"

"어이, 3호실! 꼬마 녀석들 똥쌀 때 제대로 싸라고 해. 왜 자꾸 발판에다 똥을 묻히는 거야 , 엉? 청소 한번 안 하면서."

이럴 때 대들기라도 하면 바로 쫓겨나기 십상이다.

"아니, 우리 애들이 거기다 쌌다는 증거 있어요? 왜 우리 애들만 달달 볶고 난리예요? 정말 참다 참다 더 이상은 못 참겠네!"

"뭐? 증거? 야, 11호실 양반이 봤다는데 어디서 오리발을 내밀어? 못 참아? 아, 못 참으면 당장 나가면 될 거 아냐? 내일 당장 나가! 물세도 두 달씩이나 안 낸 주제에 할 말은 다하고 살려고 그래? 나가!"

결국 문제는 수도 요금을 연체한 것이었다. 그러나 주인이 나가라는데 할 수 있나. 다음 날 3호실 가족은 리어카에 짐을 실을 수밖에 없다. 단칸방 생활이 이러니 서로 주인에게 책을 잡히지 않으려고 아이들 단속을 모질게 했다. 그리고 집주인에게 빌붙어서 고자질

하는 11호실 아저씨, 그는 셋방 사람들의 요주의 대상 1호였다.

우리도 1년 후에는 이 집을 나와서 종암동 49번지 2호, 이인길 씨 집으로 이사를 했다. 요즘은 세 들어 살아도 층수와 호수가 다 따로 있지만, 이때만 해도 주인집 성함이 꼭 주소에 들어갔다. 이인길 씨 집은 홍광춘 씨 집 같은 벌집이 아니어서 세 가구 정도가 세 들어 살고 있었다. 거기다 우리 방은 본채나 다른 방과는 독립된 방이었다. 그 방으로 이사 갔을 때의 감격이라니, 지금 생각해도 가슴이 벅차다. 독립되어 있다고는 하나 부엌 딸린 단칸방이기는 마찬가지였다. 그러나 부엌도 방도 3분의 1씩은 더 넓었고, 아침마다 북적거리지 않아서 사람 사는 집 같았다. 나는 사춘기를 이 집에서 겪게 되었다.

누나는 우씨 성을 가진 여성들이 대개 그렇듯이 생활력이 강했다. 새벽같이 일어나 밥을 해 먹고, 도시락을 싸 주고는 재빨리 화장을 하고 직장으로 출근했다. 처음에는 직장이 을지로였지만 얼마 후 월급을 한 푼이라도 더 받기 위해 김포로 출퇴근했다.

지옥 같은 만원버스를 두어 번씩 갈아타고 한 시간 반 이상 걸리는 김포로 하루도 빠지지 않고 출근한 것이다.

1970년대 중반의 시내버스를, 그것도 출근 시간에 타 보신 분들은 기억하겠지만, 그건 버스가 아니라 짐차였다. 사람들은 버스가 오면 그 버스가 설 만한 장소로 냅다 달리기 시작한다. 버스 정류장은 버스를 타기 위해 내달리는 사람들로 정신이 없다. 버스가 서면 내리는 사람이 있건 없건 무조건 달라붙어 타야 한다. 잠시 망설이는 사이에 다른 사람이 먼저 타 버릴 테니까.

"내려요. 내린다니까! 아유, 내린 다음에 타요!"

그러다 타는 사람들의 완력 때문에 다시 안으로 밀려들어가는 사람들도 더러 있었다.

"아유, 아가씨 때문에 못 내렸잖아요! 어떻게 해요?"

아가씨는 미안해서 얼굴이 빨개진 상태로 고개를 숙인다. 그러고는 기어들어가는 목소리로 변명을 한다.

"뒷사람들이 미는데 어떡해요."

"아유, 늦었잖아요. 어떡해요."

그럴 때 능청스럽게 슬쩍 끼어드는 사람들이 있다.

"어떡하긴 어떡해? 못 내리게 붙잡은 아가씨하고 같이 가야지."

그러면 아가씨 얼굴은 더 빨개지고 버스 안이 잠시나마 웃음바다가 된다.

버스마다 모자를 쓴 차장이 있었는데, 이 아가씨들도 고역이다. 문을 닫을 수 없을 정도로 사람이 타고 나면 버스를 두어 번 두드린다.

"오라이이!"

버스는 출발하고 차장은 두 팔로 문가의 양쪽 난간을 굳게 잡은 후, 힘차게 허리를 움직여 사람들을 안으로 구겨 넣는다. 신기한 것이 터져 나갈 것 같던 버스 안으로 사람들이 결국은 들어간다는 것이다. 그리고 차장이 문을 닫으면, 휴우, 정류장 하나가 끝난다. 다음 정류장이 다가오면 버스 기사는 가볍게 브레이크를 밟고, 그러면 사람들이 뒤로 쏠리며 또 조금의 사람을 태울 공간이 생긴다. 이런 일은 서울 변두리에서 도심지를 지나는 모든 버스에서 흔히 볼 수 있는 광경이었다.

등교하던 많은 학생들에게 버스 차장은 꽤 친숙한 존재였다. 고등학생들 중에는 노골적으로 예쁘장한 차장들에게 수작을 붙이는 녀석들도 간혹 있었다. 그러나 생각해 보면, 그들도 고등학교나 대학교를 다닐 만한 나이였는데, 아침저녁으로 자기 또래의 친구들을 학교에 보내 놓고 자신들은 버스 난간에 기대어 졸고 있어야 한다는 것이 참으로 서러웠을 것이다. 어쩌다 손잡이를 놓친 차장이 떨어져 자기 버스의 뒷바퀴에 치여 죽는 끔찍한 일들도 있었다. 당시 버스 차장 역시 시골서 올라온 처녀들이었는데, 달리는 버스의 난간 손잡이를 잡고 대여섯 명의 중심 잃은 사람들을 지탱한다는 것은 열여덟, 열아홉의 여린 그녀들에게 버거운 일이었을 것이다. 꽃다운 처녀들이 동생의 학비를 벌기 위해 고생하다가 그렇게 숨져 갔으니, 그런 버스를 타고 다녔던 누나나 어이없게 목숨을 잃은 그들이나 산업화 시대 어두웠던 역사의 그림자이기는 마찬가지였다.

누나는 시루짝 같은 시내버스를 타고 김포까지 출퇴근했고, 저녁이면 돌아와 빨래를 했다. 그때쯤 해서는 아버지도 서울로 올라오셨기 때문에 서울의 단칸방에는 네 식구가 살았다.

누나는 10여 년을 종암동에서 이집 저집 이사 다니며 직장을 다녔다. 얼마 안 되는 월급으로 살림을 하고, 때로는 아버지 술값도 대가면서, 한편으로는 한푼 두푼 돈을 모았던 모양이다. 내가 대학 2학년 다닐 무렵에는 집 근처에 조그만 신발 가게 하나를 열 수 있었다.

토요일이나 일요일에는 누나가 작은형과 나를 데리고 동네 탁구장에 가거나 종암 시장에 놀러 갔다. 요즘은 거의 없어졌지만 당시 탁구는 젊은이들의 스포츠였다. 탁구장에서 30분 기다려야 하는 것은 예사였고, 사람들이 많을 때는 한 시간 이상을 기다리기도 했다. 시장에 가면 시끌벅적한 분위기도 좋았지만 물건들을 산 후 누나가 사 주는 오뎅이나 도넛 먹는 재미가 좋았다. 만약 새 찬장이라도 사면 그것을 메고 집에 와서 그릇을 옮겨 놓으며 괜히 대청소를 했다.

가끔 비 내리는 일요일에 밀가루 부침을 해 먹던 것도 좋았다. 들이치는 비를 피하기 위해 부엌문을 반쯤 닫아 놓고 호박을 가늘게 채 썰어서 넣거나, 김치를 길게 척척 얹어서 지져먹다 보면 지상낙원이 따로 없었다. 이런 날은 인심 쓴다고 아버지에게 소주도 한 병 사 드렸는데, 가난했지만 그런 날들이 있어서 우리가 버틸 수 있었던 것이 아닐까?

■■■■
독서실의 서정시

1978년 나는 고등학교에 입학했다. 작은형은 이미 대학을 포기하고 공고에 진학해서 3학년이 되었다. 큰형, 누나, 작은형 모두 성적이 상위권이었지만, 한 명씩 차례대로 대학을 포기하고 있었다. 이제 남은 것은 나 하나밖에 없었다.

"너만큼은 무슨 일이 있더라도 대학을 보낼 테니까 공부 열심히 해. 알았지?"

어머니는 이렇게 몇 번씩 다짐했지만 나는 늘 납부금을 제때 못 내서 선생님에게 회초리를 맞았다. 나는 지금도 납부금을 못 낸 아이들을 왜 선생님들이 때렸는지 이해할 수가 없다. 부모에게 압력을 가하기 위한 수단이었는지는 몰라도 참으로 비교육적이고 비인간적인 방법이었다. 중학교 시절 납부금을 독촉하는 종례 시간마다 나는 우리 반 아이들이 보는 앞에서 선생님에게 손바닥을 내밀어야 했다. 여기도 차별이 있어서 공부 잘하는 아이는 살살 맞는 반면, 공부 못하는 아이들은 세게 맞았다.

회초리를 맞고 나면 언제까지 낼 거냐고 날짜를 묻는데, 중학생이 자기 집 돈 풀리는 사정을 어떻게 안다고 날짜를 약속하겠는가?

그러나 모른다고 하면 더 맞기 때문에 대충 5일 정도 후의 날짜를 불러 준다. 이런 식으로 자꾸 기일을 어기는 아이들은 선생님에게 상당히 많이 맞았는데, 심지어는 인격적인 모욕을 당하기도 했다.

"이 녀석, 아주 순 거짓말쟁이야. 야, 인마! 왜 자꾸 선생을 속여? 엉? 너희 어머니가 그러라고 시켰니? 엉? 너희 아버지가 시켰어? 거짓말하라고?"

돈 없는 것도 서러운데, 선생님과 약속한 날짜를 못 지켰다고 집안 전체를 거짓말쟁이 집안으로 몰아간 것은 아무래도 너무한 것이었다. 이런 아이들이 공부를 제대로 할 수 없는 것은 당연했다. 아니, 탈선하지 않고 학교에 나온 것만 해도 다행이라면 다행 아니겠는가.

어쨌든 이런 집안 형편 때문에, 고등학교에 입학할 때만 해도 과연 내가 대학에 입학할 수 있을지에 대해 나는 확신할 수가 없었다.

내가 배정된 용문 고등학교는 보문동 산꼭대기에 있었다. 잘 모르는 사람들은 용문 고등학교 나왔다고 하면 경기도 용문에서 고등학교를 나온 줄 안다.

고등학교는 내가 지내 왔던 환경과 판이하게 달랐다. 모든 것이 입시 위주라 조금의 여유도 없었다. 국어, 영어, 수학이 수업의 상당 부분을 차지할뿐더러, 보충수업까지 있었다. 긴장감 없이 초등학교, 중학교를 다녔던 나는 생소할 수밖에 없었다. 거기다 상위권 그룹의 아이들 중에는 입학 전에 이미 단과 학원에서 수학이나 영어 공부를 미리 해 놓은 경우가 많았다.

국어, 영어, 수학만 본 첫 시험에서 나는 수학을 20점 맞았다. 주관식 수학 문제는 처음 풀어 보는 것이었는데, 수업 시간의 진도도 워낙 빨라서 이해하기가 어려웠다. 나는 당황하기 시작했다. 성적이 나왔는데 반에서 20등 밑으로 떨어졌다.

'어흑! 이럴 수가!'

태어나서 이런 성적은 처음이었다. 당시 담임은 이병두 선생님 이셨는데 수영 국가 대표 선수를 했던 분으로 체육을 가르치셨다. 지금은 한체대 교수로 계신 것을 텔레비전을 통해서 본 적이 있다. 이분은 학급을 참 따뜻하게 이끌었는데, 당시 선생님이라는 존재에 대해 상당히 좋지 않은 생각을 갖고 있던 내게 큰 위안이 되어 주셨 다. 지금도 1학년 9반 출신들을 만나면 당시 선생님 이야기를 한다.

어쨌든 내 입학 성적과 첫 월말고사 성적을 비교해 본 선생님이 어머니를 모셔 오라고 했다. 아, 성적 때문에 어머니를 모셔 오라니! 역시 태어나서 처음 있는 일이었다. 어머니가 서울까지 올라오셔서 죄인처럼 선생님과 면담을 하고 나오셨다.

"어떻게 된 거냐?"

"……."

나는 어머니를 졸라서 독서실에 다니기 시작했다. 그리고 한 달 간 정말 집중해서 공부를 했다. 다음 달 시험 성적이 급격히 올랐다. 선생님은 나를 앞으로 불러 세우고 급우들에게 박수를 치게 했다. 내가 교실에서 박수를 받은 건 그리 큰 사건이 아니었다. 그러나 이 과정을 통해 나는 인생의 작은 변화를 맞이하게 되었다.

지금은 독서실이 고급화 되어서 책상도 안락하고 조명도 좋은 것으로 안다. 그리고 휴게실도 있고 냉난방 시설도 완벽해서 거의 공부방 수준이라고 한다. 고시원 같은 경우도 방은 좁지만 깨끗하고 쾌적한 분위기라 공부하는 데 상당히 도움이 된다고 들었다.

그러나 1970년대 후반의 독서실은 말 그대로 창고 같은 건물에 합판으로 남녀 좌석을 구분하는 벽을 만들고 칸막이 책상을 빽빽하게 배열한 수준이었다. 바닥에 장판을 깐 독서실도 있었고 그냥 시멘트 바닥인 경우도 있었다. 여름에는 선풍기 두서너 대로 버텨야 했고, 겨울에는 1미터만 벗어나면 아무 효과가 없는 연탄난로에 의지해야만 했다.

책상은 책과 노트를 동시에 펼 수 없을 정도로 좁았고, 갓 없는 형광등은 학생들이 덧씌워 놓은 시험지나 색종이로 제각각이었다. 머리 윗부분에 있는 수납공간은 열쇠로 채워 놓게 되어 있었는데, 참고서나 노트, 간단한 세면도구 혹은 담요 따위를 집어넣을 수 있었다. 책상 이곳저곳에는 공부하던 녀석들이 새겨 놓은 낙서들이 가득했다.

'대학! 꼭 가야 하나?', '아, 졸리다. 자면 안 된다.', '이제 50일. 파이팅!'

이런 종류는 비교적 건전한 문구다. 여자 나체를 그려 놓은 낙서나 음담패설을 써 놓은 것이 훨씬 많았다.

'아, 하고 싶다. 영숙아, 한 번만 주라!'

정말 그 절실함이 와 닿는 문장임에도 불구하고 그 밑에 야박하게 다른 녀석이 토를 달아 놓는다.

'안 돼! 왜냐하면 너희 형한테 이미 줬거든.', '영숙, 괜찮아. 우리 형하고 나는 콩 한 쪽도 나눠 먹거든.'

이런 식으로 시시껄렁하게 이어 놓은 낙서들은 그 필체가 모두 달랐으니, 그 자리를 거쳐 간 많은 학생들이 첨삭을 한 것이다.

그중에는 친절하게 낙서 밑에 줄을 긋고 점층법이라거나 은유법이라고 해설을 단 놈도 있었고, 낙서한 새끼들은 모두 대학에 떨어지라고 악담을 퍼부은 놈도 있었다. 이처럼 입시 공부에 찌든 10대 후반의 울분과 비탄, 기원과 희망의 목소리들은 독서실에서 1년에 한 번씩 페인트 덧칠을 할 때마다 사라져 갔다.

독서실에서 공부한 효과가 입증이 되었기 때문에 중요한 시험이 있을 때마다 나는 독서실을 이용할 수가 있었다. 그러나 같은 장소를 반복해서 이용하다 보니 아무래도 긴장이 풀어졌다. 시험 하루 전에 벼락치기 공부를 하기로 하고, 나머지 시간들은 주로 소설책을 읽거나 공상을 하는 것으로 소일했다. 그러다 하루 종일 추적추적 비가 오는 날이면 복도 창가에 매달려 바깥을 내다보았다.

밤새워 시를 쓰기 시작한 것도 이때부터였다.

지독한 감상에 사로잡힌 시구들이었는데, 당시에는 그것이 그럴듯했던 모양이다. 몇 번을 고쳐 읽으면서 다듬다가 다음 날 밤이면 또 새로운 시 한 편을 만들어내곤 했다.

비 맞던 전신주와 가로등 혹은 옥상 위의 텔레비전 안테나를 두어 시간씩 쳐다보다가 나지막하게 노래를 부르기도 하고, 맑은 날이면 밤하늘에 빛나던 별을 쳐다보기도 하면서, 혼자 즉흥적으로 시구를 읊조리기도 했다. 그러나 시에 빠져들면 들수록 나는 내게 엄습하던 외로움을 어쩌지 못했다.

독서실 건물에서 바라보던 집들에서 불이 하나씩 꺼져 가면 왠지 나 혼자 남아 있구나 하는 생각이 들기도 했고, 인적 끊긴 도로 위로 낙엽들이 쓸려 다닐 때면 그냥 하염없이 떠나고 싶다는 감상에 젖기도 했다.

초등학교부터 중학교 그리고 고등학교 때까지 특별활동 시간에 나는 늘 문예반을 선택했다. 책 보고 글 쓰는 것을 좋아했으니 당연한 일이었다. 그것은 일종의 취미 활동이었다. 그러나 독서실에서 밤마다 시를 쓰면서 어느새 나는 시인이 되어 있는 나를 상상했다.

국문과를 졸업하고 여고에서 국어 교사가 되어서 학생들을 가르치면서 활발하게 시작 활동을 하고 있는 시인 우상호. 이런 상상에 이르면 나는 어느새 흐뭇해서 새로운 원고지를 펼쳐 놓게 되었다. 상상 속에서 나는 꼭 여자고등학교에서만 국어 선생님을 한다.

가끔 가다 친구에게 시를 보여 주면 너무나 훌륭한 시를 봤다고 감탄하는 녀석도 있었다. 물론 그 친구는 그 전에 교과서에 나오는 것 이외의 다른 시를 본 적이 없는 친구였다. 또 친구 중에는 내 시 몇 편을 암송하는 녀석도 있었다. 이래저래 자아도취가 안 될 수가 없었다. 고등학교 3학년 초반, 그러니까 1980년 초쯤에 이미 나는 마음을 굳히고 있었다.

그러나 집에는 이런 나의 생각을 말할 수가 없었다. 어머니가 나를 대학에 보내려는 목적은 오로지 성공과 출세의 탈출구를 마련하는 데 있었기 때문에, 나는 당연히 상대를 갈 것으로 생각하고 있었다. 내가 은근히 국문과 이야기를 꺼내면 어머니는 일언지하에 잘라 버렸다.

"국문과가 괜찮다는 사람도 있어요."

"국문과 나오면 굶어 죽기 딱 알맞을 텐데 거기를 왜 가니?"

"국문과 나온다고 다 굶어 죽나, 뭐?"

하지만 나는 심각한 인생 고민에 빠지지 않을 수 없었다. 상대를 나와서 번듯한 기업에 취직한 이후에도 창작 생활을 할 수 있을 것이라며 스스로를 달래기도 했지만, 아무리 생각해도 여자고등학교를 빼고는 그림이 되질 않았다. 시 창작에 대한 심취, 지독한 외로움, 미래에 대한 고민, 이 모든 것이 어우러진 독서실의 밤은 날마다 계속되었다.

역사를 느끼다

사춘기의 추억에서 빼놓을 수 없는 영상들이 있다. 선생님들, 친구들, 종암동의 돌산, 교실, 책상, 조개탄을 때던 난로들, 친구네 집, 눈 내리던 거리, 색 바랜 사진처럼 이것저것들이 떠오른다. 단과 학원들, 여학생들, 웃음소리, 바닷가, 청량리의 고고장. 아, 나는 이런 것들로부터 너무 오래 떨어져 살았다. 나를 이루던 중요한 장면들이었는데 이제 나는 앨범을 들추는 것조차 귀찮아하는 나이를 먹은 것이다.

사춘기의 추억들은 교실에서부터 시작한다. 대부분의 시간을 교실과 버스 안에서 보냈으니 당연히 그럴 만도 하다. 아침 보충수업, 본수업, 저녁 보충수업, 자습으로 이어지는 기나긴 일상에 친구들과의 장난과 잡담이 없었다면 어떻게 이겨 낼 수가 있었겠는가!

고등학교 1학년 때 담임을 맡으신 이병두 선생님과 관련해서 재미있는 기억이 있다.

하루는 선생님이 무슨 이야기를 하다가 타성에 대한 지적을 하신 것 같다.

"너희들 말이야. 세수할 때 어디부터 씻지?"

"당연히 손부터 씻지요."

"그 다음은?"

"얼굴을 씻지요."

"나는 달라. 한창 수영을 할 때는 말이야, 발을 먼저 씻고 그 물에 얼굴을 씻었거든."

"으악, 지저분하게!"

"너희들은 발을 지저분하다고 하지만 수영하는 사람들은 손이 더 더럽다고 생각하거든. 그런 게 다른 거야."

그 말이 그럴듯했다. 하긴 하루 종일 수영장 안에 있으면 이것저 것 만지는 손보다 항상 물 안에 있는 발이 깨끗할 수도 있겠다. 지금 도 선생님의 말씀이 사실인지는 알 수가 없다. 그러나 사람의 처지 나 환경에 따라서 생각이 다를 수 있다는 것은 설득력 있게 들렸다.

성장기에 있는 우리에게 선생님들이 해 주는 말은 상당한 영향 을 주게 마련이다.

박정희 대통령이 숨진 후 한창 뒤숭숭하던 고3 시절, 1980년 5월 초쯤으로 기억한다. 몸집 좋은 영어 선생님이 무슨 이야기를 하던 끝에 시국 이야기를 잠깐 하셨는데, 이분의 취지는 나중에 대학에 들어가서 고민해도 늦지 않으니 공부 열심히 하라는 것이었다. 그러 나 한마디를 덧붙였다.

"역사라는 것은 말이다. 거대한 물결과 같아서 한 개인의 힘으 로 거스를 수 있는 게 아니다. 알겠나?"

역사는 거대한 물결과 같아서 거스를 수 있는 것이 아니라는 그 말씀이 내게는 커다란 울림으로 다가왔다. 역사라는 것. 국사를 6년간 배워 왔지만 나는 처음으로 역사를 배운 것이다. 이 명제는 나중에 학생회장을 할 때도 내가 늘 가슴속에 간직했던 말이다.

박일우 선생님은 용문 고등학교 졸업생들이면 대개 미소를 지으며 떠올리는 분이다. 지식이 해박한 데다 비유나 풍자가 뛰어나서 수업 시간 내내 배꼽을 잡고 웃게 만드는 재주가 있으셨다. 딱딱한 국토지리를 배우면서 그렇게 재미있게 수업을 받는다는 것이 신기할 정도였다.

대부분의 재담가들이 그렇듯이 이분도 한번 당신이 하시는 이야기에 스스로 신이 나면 수업은 제쳐 두고 끊임없이 이야기를 이어 가셨는데, 그럴 때마다 우리는 넋을 잃고 이야기에 빨려 들 수밖에 없었다. 제자들을 챙기시는 데도 일가견이 있어서 졸업 후에도 찾는 동문들이 많은 것으로 안다.

아무래도 고교 시절 내게 가장 큰 영향을 미친 분은 최철호 선생님이시다. 원래 한학을 하신 분인데 1학년 때는 국어를 배웠고, 2, 3학년 때는 한문을 배웠다. 선생님은 학교에서 별도로 국악반을 조직해서 그 지도를 맡으셨다. 국악반은 공부도 잘하고 활동력이 있는 학생들이 참여했는데, 합주회 때 가면 그들이 그렇게 부러울 수가 없었다.

선생님 댁은 학교에서 멀지 않은 곳에 있는 한옥이었는데, 방마다 한문으로 이름을 붙여 놓으셨고, 벽에는 한문 서적과 각종 국악기가 가득했다. 무명옷을 입으시고 혼자 처연하게 거문고를 연주하실 때면 초야에 숨어 지내던 옛 선비가 이랬겠구나 하는 느낌이 들었다. 평생을 반려자 없이 혼자 사시는데 우리가 이유를 물으면 늘 능청스럽게 대답하셨다.

"이렇게 곰처럼 생긴 놈을 어떤 여자가 좋아하겠어? 그러니까 어떻게 해. 별수 없이 혼자 살아야지."

이분은 한문 시간에 교과서를 가르치신 적이 없다. 항상 중국 고전의 명문장 원문 전체를 프린트해서 나눠 주신 후 직접 해설을 해 주셨다.

"한문 시간이니까 한문을 가르치겠어요. 한자를 배울 사람은 한자 시간으로 가라구."

이렇게 한문을 배우고 그 유래를 배우니까 훨씬 재미있을뿐더러 문장의 전체 문맥을 이해할 수 있어서 좋았다.

"귀거래혜(歸去來兮)요 귀거래혜(歸去來兮)라. 돌아가야겠구나 돌아가야겠어. 이 '귀거래사'는 말이지. 옛날 중국의……."

시험 문제도 사지선다형이 아니고, 그 원문 전체를 해석해서 풀어 쓰는 것이었다. 정말 공부하는 것 같았다. 그러다 보니 그때 배웠던 원문의 몇 문장은 지금도 기억이 난다.

고전의 문장을 인용하면서 사람이 살아가는 도리나 이치에 대해서 설명할 때면, 그게 그대로 삶의 방향이기도 했다. 누구보다도 입시 공부에 시달리는 우리를 안타깝게 여기셨지만, 세상이 그러하니 따라가라고, 혼자 튀어나와 봤자 별수 없다고 자탄조로 하신 말씀도 기억이 난다.

고교 졸업 후에 통 못 찾아뵀었는데, 1987년 6월 이한열 열사 분향소에 분향하러 오셨다가, 장례식 준비로 정신이 없던 총학생회실로 나를 찾아오신 적이 있다. 내가 총학생회장으로 활동하고 있는 것을 선생님이 알고 계시리라고는 생각도 못했기 때문에, 선생님을 뵙고 깜짝 놀라서 내 입에서 튀어나온 말이 지금 생각해도 어이가 없다.

"어이쿠! 선생님!"

내 몸이 90도로 꺾였다.

인생 최고의 라면

한창 활동적일 나이의 남자 녀석들을 한군데 모아 놓았으니, 재미있는 일들이 없을 수 없다. 싸움질하는 놈, 학교 담을 넘어 땡땡이 치다 걸리는 놈, 고고장 갔다가 걸리는 놈, 친구 돈 뜯는 놈 등 희한한 녀석들이 많았다.

앞머리를 3센티 이내로 깎으라고 그렇게 혼내도 머리를 안 깎고 기르던 녀석이 있었다. 그러나 결국은 학생주임에게 걸려서 바리캉으로 머리 한가운데에 고속도로를 내야만 했다.

이 녀석은 일찌감치 대학을 포기하고 머리카락에만 신경 쓰던 놈인지라 상당히 충격을 받았던 모양이다. 다음 날 고속도로 상태 그대로 학교에 나온 것이 아닌가? 당연히 학생과에 불려갔고, 안 되겠던지 이번에는 선생님이 직접 이발소에 데려다 놓았다.

그러자 녀석은 머리를 아예 빡빡 깎아 버린데다가 면도칼로 밀어서 배코(원래는 상투를 앉히려고 머리털을 깎아 낸 자리를 말하는 데, 스님처럼 밀어버리는 머리를 당시에는 이렇게 불렀다)를 쳐 버렸다. 아침에 아이들 사이에서 난리가 났다. 서로 만져 보려는 아이들로 교실이 아수라장이 됐고, 녀석은 그게 신이 나서는 연신 히

죽거렸다.

그러나 고속도로 상태로 학교에 나온 것까지는 넘어갔던 선생님들도 가만히 있을 수가 없었던 모양이다. 명백한 반항의 표시였으니까. 녀석은 머리카락이 자랄 때까지 유기 정학을 맞고 말았다. 나중에 들은 이야기지만, 당시에 약간 머리를 기른 상태에서 여대생을 사귀고 있었는데, 머리를 밀어버리는 바람에 고교생인 게 들통이 나서 헤어졌다고 한다.

고3 중반을 넘기면서부터는 대학 갈 녀석, 안 갈 녀석이 확연하게 구분이 되고 만다. 요즘은 그것이 더 심해져서 1학년 때부터 구분이 간다고 하니 심각한 일이다. 대학에 가기를 포기한 녀석들은 수업 시간이면 책상 위에 엎드려 잠자기 일쑤고, 그때쯤이면 선생님들도 자는 아이들을 굳이 깨우지 않는다. 코만 골지 않는다면 말이다.

한번은 자고 있는 녀석의 짝이 장난을 쳤다.

"야, 일어나, 인마. 수업 끝났어. 집에 가자."

그러자 비몽사몽이던 녀석은 주섬주섬 책가방을 챙겨서 자리에서 일어나 뒷문 쪽으로 비척비척 걸어가는 것이었다. 수업을 진행하던 선생님이 의아한 표정으로 녀석을 불러 세웠다.

"야, 56번! 너 어디 가, 인마! 저 자식 좀 봐. 정신 못 차리네."

그제서야 녀석은 잠이 깼다.

"엇? 어라!"

수십 명이 일제히 뒤돌아 쳐다보고 있는 모습이 눈에 들어오자 녀석은 사색이 되었다.

"글쎄, 자다 말고 집에 간다고 나가는데요?"

녀석의 짝이 던지는 말에 우리는 책상을 두드리며 웃어 댔고, 녀석은 선생님에게 귀를 잡힌 채 끌려 나가 벌을 서야만 했다. 물론 녀석의 짝도 같이 말이다.

이런 일도 있었다. 겨울이면 난로에 조개탄을 때는데, 한창 추울 때는 별로 열이 없다가 오후 한 시쯤 되어야 불이 확 붙을 때가 있다. 대개 점심시간 언저리인데, 교실이 따뜻해져 오면 난로 주변에 있는 녀석들은 간혹 졸기도 하고, 너무 뜨거우면 조금 비켜 앉기도 한다.

정치경제 시간이었는데, 이 선생님은 처음 30분 정도 칠판 가득 판서를 하신 후에 20분을 강의하시는 방식으로 수업을 진행하셨다. 조용한 분위기에서 한창 노트에 칠판 내용을 적는데, 뒤에서 킥킥대는 희미한 웃음소리가 들렸다. 뒤돌아보니 난로 바로 뒤에 앉은 현도라는 녀석이 빈 도시락에 물을 담아서는 난로에 얹는 것이었다. 그러고는 잠시 후 물이 끓기 시작하자 녀석은 대담하게 라면을 집어넣는 것이 아닌가!

우리는 바짝 고개를 숙이고 선생님의 일거수일투족을 관찰했다. 선생님은 판서에 열중하셔서 전혀 상황을 눈치 채지 못하고 있었다.

이윽고 라면이 다 끓자 녀석은 겁도 없이 책상 위에 도시락을 올려놓고 소리를 죽여 가며 라면을 먹기 시작했다. 당연히 옆에 앉은 놈들이 젓가락을 가지고 달려들었고, 소리를 내면서 제지할 수 없었기 때문에 녀석은 상당량을 뺏겨야 했다.

그렇게 끓여 먹던 라면이 얼마나 맛이 있었을까? 녀석은 빼앗긴 라면이 아쉬웠던지 아예 도시락을 들고 입에다 대더니 국물을 마시기 시작했다. 그리고 잠시 입맛을 몇 번 다시더니, 도시락 바닥에 남은 몇 가닥의 라면을 국물과 함께 마시기 위해 쇠젓가락으로 박박 긁는 것이 아닌가? 오! 고요한 교실을 울리던 낭랑한 그 소리!

도시락을 박박 긁는 소리에 뒤를 돌아보시던 선생님. 그 아연실색한 표정이 지금도 떠오른다. 녀석의 행복한 시간은 그것으로 끝났다. 선생님은 시계를 교탁에 풀어 놓더니 수업 시간이 끝날 때까지 녀석을 패는 것으로 보복했다.

화장실에서 피와 땀으로 엉망이 된 얼굴을 닦고 온 녀석에게 우리가 라면맛을 물었더니, 녀석은 씩 웃으며 대답했다.

"내 인생 최고의 라면이었지."

주전자의 김치찌개

1970년대 말에는 단과 학원이 상당히 인기였다. 특히 본고사가 있던 시절의 영어, 수학 과목 인기 강사 시간에는 한 번에 1천여 명도 넘게 몰렸다. 당시에 학원들은 종로통에 몰려 있었다. 그래서 오후 대여섯 시만 되면 종로 일대가 중고생들로 가득 붐볐다.

나도 이런 분위기를 따라 수학, 영어를 들으러 몇 번 단과 학원에 다닌 적이 있는데 워낙 많은 학생들로 붐비니까 별로 집중이 안 돼서 큰 도움을 받지 못했다. 교회에서 흔히 볼 수 있는 형태의 책상과 의자가 길게 배열되어 있었고, 정리하는 사람이 앞뒤를 오가면서 바짝바짝 붙어 앉으라고 말하고 다녔다.

"뒤에 서 있는 사람들이 많잖아요. 거기! 옆으로 더 가. 아유, 더 가라니까!"

그러면 처음에는 멀찌감치 떨어져 앉아 있던 이 학교 남학생, 저 학교 여학생이 못 이기는 척 붙어 앉는다. 여학생은 연신 머리카락을 귀 뒤로 쓰다듬어 넘기고, 남학생은 열심히 노트에 강의 내용을 적는 척하면서 슬금슬금 여학생을 훔쳐본다. 남학생이 제법 괜찮다 싶으면 여학생은 새초롬한 표정을 지으면서도 옆 얼굴을 약간 더 보여주게 되는데, 이때 짓궂은 놈은 일부러 여학생 들으라고 친구 녀석에게 뇌까린다.

"에이, 영 아니잖아. 조명발에 속았네."

그럴 때 당황한 그 여학생 옆에 앉아 있던 친구가 얼굴을 내밀며 반격을 하기도 한다.

"그쪽도 영 아니네요, 뭐."

종로 2가에 있던 상아탑 학원에서 '공통수학의 정석'을 수강했을 때였다. 아마 고2 때였을 것이다. 바로 앞줄에 여러 명이 앉아 있는데 눈에 확 띄는 여학생이 한 명 있었다. 당시에는 드물게 커트머리를 한 혜원여고 학생이었는데 단정한 복장에 친구를 향해 웃는 옆얼굴이 화사했다.

'윽!'

희미한 조명과 멀찌감치 떨어진 강사, 웅웅거리는 마이크 소리에 가뜩이나 흥미를 잃고 있었는데, 강의 내용이 귀에 들어올 리가 없었다. 오로지 모든 촉각을 앞자리의 여학생을 향해 곤두세울 수밖에. 강사가 웃길 때마다 하늘을 향해 웃는 여학생의 고른 치열까지 눈에 들어왔다.

가끔 빼먹던 학원을 이후부터는 빼먹을 리가 없었다. 그러나 신기한 것이, 그 다음부터 그 여학생과 가까이 앉으려고 아무리 노력해도 점점 더 멀리만 앉게 되는 것이었다. 줄을 서 있을 때도 그 여학생이 도착할 시간에 맞추려 하면 이미 맨 앞쪽에 서 있거나 아예 늦게 오는 경우도 있었다. 그러고는 끝이었다. 당시 단과 학원에서는 누군가를 애태우는 이런 일들이 비일비재했을 것이다. 누가 알 것인가? 그때 그 학원에서 어떤 여학생이 또 나를 향해서 그런 마음을 불태웠을지.

나는 재수를 하지 않았기 때문에 그런 경험이 없지만, 사실 입시 경험 중에서 종합반 학원 경험이 제일이라고 한다. 하긴 당구 실력이 이삼백 이상 되는 친구들 중에 재수한 녀석들이 꽤 많은 것을 보아도, 그리고 한두 번씩 실연한 기억의 배경이 재수 시절인 것을 보아도 그 말이 수긍이 간다. 누가 그랬던가? 재수 경험이 없이 인생을 논하지 말라고.

친구들 중에 제법 생활 형편이 괜찮았던 녀석들이 있었는데, 중 1 때 짝이었던 이재문이라는 녀석이 반포에 살았다. 그래서 당시 28번 버스를 타고 녀석의 아파트를 처음 가 보았는데, 이건 내가 사는 홍광춘 씨 집과는 비교할 수가 없었다. 녀석의 방에는 형과 같이 쓰는 2층 침대가 있었고, 거실에는 소파가 있었다. 화장실은 당연히 수세식이었는데, 물 내리는 방법을 몰라 한참을 찾기도 했다.

초등학교 6학년 때 우리 반 반장을 하던 현씨 성을 가진 친구도 기억난다. 이 녀석은 인물도 좋았지만 성격이 서글서글하면서 포용력이 뛰어났다. 녀석의 집에 가면 다양한 놀이기구가 있었는데 그중에 공기총도 있었다. 납탄을 넣고 표적을 맞추는 것인데 아주 재미있었다.

무엇보다도 녀석의 집에 가면 화목한 분위기가 좋았다. 아버지, 어머니, 형제들이 서로 격려해 주고 따뜻하게 웃으며 대해 주는 것이 너무나도 인상적이었다. 그래서 나도 모르게 우리 집과 비교하면서 그 녀석 집에 자주 놀러 갔는데, 얼마 되지 않아 그 녀석의 가족이 미국으로 이민을 가 버렸다.

고등학교 1학년 때 짝을 한 녀석은 집이 압구정동에 있었다.

지금이야 발 디딜 틈 없이 번화하지만, 1978년에는 한창 불도저로 땅을 밀어서 집을 짓고 있을 때였다. 배추밭도 꽤 있었고 쓸모없는 공터도 많았다. 한창 강남이 개발되고 있을 때였다.

그 친구 집에 놀러 가면 으레 패거리들을 모아서 구정 중학교에서 야구를 하고 놀았다. 이때도 알루미늄 배트, 캐처 마스크 등 정식 야구 세트가 다 있어서 역시 부자 동네는 다르구나 하며 놀랐는데, 최근에 본인이 털어놓은 바로는 어느 학교 야구부 비품을 슬쩍한 것이라고 한다.

지금도 만나는 사이지만, 고2, 3학년 때 주로 어울리던 친구들이 대여섯 명쯤 된다. 이 녀석들과 만나면 친구 집으로 몰려가서 화투를 쳤다. 10원짜리들을 가지고 섰다나 도리짓고땡을 하는데, 두세 시간 놀다 나중에 한 녀석에게 몰아주기를 하면 2천 원 정도가 되었다. 명절 직후에는 한 1만 원 정도가 되는 경우도 있었는데, 그 돈으로 라면이나 짜장면을 사 먹기도 했다.

그러나 이런 친구들도 입시날이 다가오면서 점차 초조해지는 것을 어쩔 수 없었다. 대학에 갈 수 있는 녀석과 갈 수 없는 녀석, 비교적 원하는 대학에 갈 수 있는 녀석과 어디든지 들어가면 좋겠다는 녀석으로 점차 층이 생겼다.

학력고사가 끝난 날, 그리고 시험 성적이 나온 날, 그 녀석들과 모여서 진탕 술을 마셨다. 못 마시던 소주를 몇 병씩 먹으면서 불안한 미래에 대해 넋두리를 늘어놓는 것이었다.

"야, 너희들은 좋겠다. 대학도 가고."

"모르지, 뭐. 다 끝나 봐야 알지."

"야, 그래도 4년제라도 가면 어디냐?"

"야, 떨어지면 너 재수할 거냐?"

"집에서 하라는 대로 해야지, 뭐."

"넌 무슨 과로 갈 거냐?"

"글쎄, 선생은 자꾸 과를 바꿔서 더 좋은 데로 가라는데 나는 영 그 과가 싫거든."

"아, 야, 술이나 마시자. 자, 우리의 미래를 위해!"

그러나 우리에게 무슨 미래가 있는지 알 수가 없으니, 경매에 붙여진 물건들처럼 답답한 마음을 어쩌지 못했다.

그날 밤이었던 것 같다. 모두가 술을 이기지 못해 몇 번씩 화장실에 가서 토해야 했는데, 새벽녘이 돼서야 간신히 잠이 들었다. 아침 8시쯤 되었을까, 구수한 김치찌개 냄새에 눈을 떴다.

'아, 친구 어머니가 우리를 위해서 찌개를 끓이시는구나.'

얼른 일어나서 이불을 개는데 냄새가 가까운 곳에서 나는 것이 아닌가! 방 안에 있던 연탄난로에 주전자가 올려져 있었는데, 주전자가 보글보글 끓으면서 그 안에서 김치찌개 냄새가 나는 것이었다.

방 안에 있는 주전자에 김치찌개를 끓이시는 친구 어머니가 이상했다. 그러나 주전자를 열어 본 나는 기겁을 하고 말았다. 친구 중한 녀석이 화장실까지 못 가고 주전자에다 토해 놓았는데, 그것도 모르고 다른 녀석이 방 안이 건조하다고 아침 무렵 그것을 난로에 올려놓았던 것이다.

잊을 수 없는 고교 시절의 추억을 뒤로 하고 우리는 각자의 길로 가기 시작했다. 정해진 학교에 따라 금메달, 은메달, 동메달 서열이

매겨지면서 누구는 재수를 하기도 하고, 누구는 장사를 시작하면서 그렇게 어른이 되어 갔다. 성장하면 할수록 차별과 구분이 심해지는 그 세계는, 책상을 두드리며 웃음을 나누던 그런 세계가 아니었다.

대통령도 바뀌나?

이 시기에 나는 또 중요한 체험을 했다. 고등학교 2학년이 끝나가던 1979년 10월 26일, 궁정동에서 박정희 대통령이 김재규 중앙정보부장의 총탄에 저격당했던 것이다. 그 다음 날 학교에 갔더니 몇 녀석이 길거리에 뿌려진 호외를 들여다보고 있었다.

'박정희 대통령 서거!'

이런 타이틀 아래 박정희 대통령의 그 낯익은 사진이 대문짝만하게 실려 있었고, 대략적인 사건의 개요가 나와 있었다. 박정희! 그가 누구인가? 내가 태어나서 초등학교를 다니고 중학교를 졸업하고 고등학교에 이르기까지 끊임없이 대통령직을 유지했던 사람이 아닌가? 우리는 대통령이란 박정희라는 사람만 할 수 있는 것인 줄 알았다.

대학이 술렁거리고 여기저기서 데모를 했다. 선생님들은 수업 시간에 그 이야기를 해 주었다.

"부모들이 뼈 빠지게 고생해서 대학에 보냈더니 하라는 공부는 안 하고 데모질이나 하니, 그게 생각이 제대로 박힌 놈들이냐, 엉? 우리가 자랄 때는 말이야, 꿀꿀이죽으로 연명을 했다고, 엉? 니들

꿀꿀이죽 아냐? 알긴 뭘 알아. 다 배때기가 뜨뜻하니까 하는 지랄들이지. 너희들은 아무 생각 말고 오로지 대학, 대학 진학만 생각해라, 엉? 알겠나?" 이렇게 말하곤 하던 선생님들에게도 대통령의 서거는 남의 집 불구경하듯 할 이야기가 아니었다. 수업에 들어온 선생님마다 바짝 긴장한 표정이 역력했다.

우리는 쉬는 시간만 되면 둘러앉아서 정치 이야기를 했다. 그러나 고등학교 2학년 중에 그렇게 정치적 식견이 뛰어난 놈이 있을 리 없었다. 대개 아버지나 형에게 들은 복덕방 수준의 이야기를 늘어놓을 수밖에.

"야, 이거 전쟁 나는 거 아냐?"

"미친놈!"

"아이다. 우리 아부지가 그러는데 이거 김일성이가 했다 안 카나?"

"야, 그럼 우리 피란 가야 되냐?"

"피란? 그럼, 우리 시험 안 봐도 되겠네?"

이런 녀석은 머리를 쥐어박혔다.

"우리 형은 박정희가 독재하다가 잘 죽었다고 그러더라."

"아무리 독재를 했어도 나라는 잘살게 만들어 놓았는데."

"그래서 너희 집이 잘사냐?"

이야기는 뒤죽박죽이었다.

나는, 독재에는 반대하지만 아직 박정희 대통령이 할 일이 남아 있는데 이렇게 갑자기 숨진 것은 국가적으로 안 좋은 것이라고, 짐짓 엄숙하게 결론을 내렸다. 그러나 그 일을 계기로 우리는 정치와 시국에 대한 관심이 높아졌고, 선생님들은 이런 술렁거리는 분위기를 가라앉히려고 무진 애를 쓰는 것이었다. 혹시라도 안 좋은 일에 휩쓸릴까 봐 걱정이었던 모양이다. 사실 어느 학교 아이들은 거리로 나갔다더라 하는 이야기가 심심찮게 전해져 왔다.

엄격하게 정보 통제가 이루어지던 시절, 우리가 알 수 있는 정치 이야기는 많지 않았다. 그저 조심스런 수군거림과 떠도는 소문 수준에 그칠 수밖에 없었다. 대학에서 데모가 많아졌다고 하면, 무슨 문제가 있나 보다 하는 식이었다. 그러나 어린 우리도 권력의 힘이 막강하다는 것 정도는 익히 알고 있었다.

시골에서도 마찬가지였다. 경찰 지서의 주임과 순경, 헌병의 권한은 막강해서 거의 주민들의 생사여탈권을 쥐고 있었다. 중앙집권적, 군사적 위계질서가 강조되던 시절에는 당연한 것이었다. 그중에서도 보안대나 중앙정보부는 정말 두려움의 대상이었는데, 누가 비판적인 이야기라도 하는 것 같으면, 옆의 사람이 바로 입을 막고 이러다 정보부에 끌려갈라 하면서 주위를 돌아볼 정도였다.

내가 철원에서 초등학교를 다니고 있을 때 유신헌법 찬반 국민 투표가 있었는데, 선생님이 수업 시간에 유신헌법에 찬성해야 한다는 말을 하고 있었다. 우리 손에는 유명 만화가가 삽화를 그린 '파멸이냐 번영이냐'라는 제목의 홍보 팸플릿이 들려 있었다.

유신헌법 반대는 무시무시한 낭떠러지로 가는 파멸의 길이고, 찬성은 국가의 번영을 약속해 주는 즐거운 길로 묘사되어 있었다.

"이렇게 좋은 헌법이니까 모두 집에 가서 부모님들에게 한 분도 반대하면 안 된다고 말씀 드려야 한다. 알았지?"

"예!"

"선생님 질문 있는데요?"

나는 선생님의 마지막 말씀이 의아해서 손을 들었다.

"뭔데?"

"만약에 한 명이라도 반대하면 헌법이 통과 안 되나요?"

나는 정말 걱정이 되어서 질문을 한 것이었다.

어린이 회장이나 반장을 했던 내 경험에 의하면, 한 명도 빠짐없이 청소를 하라고 해도 늘 한두 녀석은 도망을 갔으며, 모두 빠짐없이 채변 봉투를 월요일까지 가져오라고 해도 집에 두고 왔다고 머리를 긁적이던 녀석들이 꼭 있었다.

그러니 선생님 말씀대로라면 한 명도 빠짐없이 찬성을 해야만 우리나라가 번영의 길로 갈 수 있다는 것인데, 만일 누군가, 예를 들어 한글을 모르는 삼식이 아버지 같은 분이 실수로 반대표를 찍으면 유신헌법은 물 건너가는 것이 아닌가? 그러면 이거 정말 큰일 아닌가 하는 걱정에 질문을 한 것이었다.

그러나 선생님은 답변을 하지 않고 슬그머니 자리를 피해 버리셨다. 초등학교 학생들에게까지 세뇌를 시키면서 유신헌법을 통과시켰던 것이 당시 시대 상황이었다. 지금까지 잊혀지지 않는 장면도 있다. 헌법 통과 후에 어른들끼리 모여서 막걸리 한잔 하던 자리였다.

"거 이평 5리 사는 아무개 어머니 있지?"

"응. 거 재작년에 전라도 어디에서 이사 왔지, 아마?"

"그래. 그 여편네 말이야, 지난번 투표하는 데 반대표를 턱 하니 찍더라구."

"아니, 자네가 그걸 어떻게 봤어?"

"여편네가 입술은 시뻘겋게 칠해 가지구서리, 투표지를 두 번 접어야 되는데, 이렇게 반만 접어서는 투표통에 집어넣더라구. 그때 얼핏 보니까 반대란에 기표한 게 이렇게 비치잖아? 그래서 봤지."

"좌우간 전라도 놈들은 말이야."

"야, 너도 전라도 놈들이랑은 친구도 하지 마라. 순 사기꾼들이니까."

그 아저씨는 애꿎은 나한테까지 윽박을 질렀다. 그분은 당시에 공화당 일을 하던 분이었다. 그러나 역사적으로 돌이켜보면 그 아주머니가 한 유신헌법 반대가 오히려 옳은 것이 아니었던가?

유신헌법이 독재 헌법이었다는 것은 나중에 역사가 바로잡았고, 그 후에 헌법도 여러 번 바뀌었지만, 전라도 사람 전체가 범죄 집단이나 마찬가지라는 인식은 지금까지도 사람들 머릿속에 남아 있다. 이것이 더욱 무서운 것이다. 독재 정권을 유지하기 위해서 헌법만 바꾼 것이 아니라, 특정 지역 사람들을 지속적으로 증오하도록 갈등을 부추긴 것이, 나치의 히틀러가 독일 국민들을 선동해서 유태인들을 증오하도록 부추긴 것에 비견할 만하다고 하면 지나친 것일까? 독재자들은 서로의 기법을 이어받게 마련이다.

어쨌든 박정희 대통령의 사망에 이어 12·12사태, 서울의 봄, 광주 학살, 비상계엄 확대, 전두환 대통령의 등장으로 이어지는 일련의 정국은 대학 입시를 앞두고 예민한 우리에게 새로운 정치적 경험의 계기가 되었다. 특히 대학 다니는 형제를 둔 친구들에게서 우리는 이런저런 이야기들을 은밀하게 전해들을 수 있었다.

그런 이야기들은 마치 딴 나라 이야기처럼 신비했다. 그러나 우리의 수준은 거기에 머무를 수밖에 없었다. 대학생들이 데모를 하든, 누가 대통령이 되든, 우리의 관심은 대학에 가는 것이기 때문이었다. 그러니 헌법 따위보다는 입시 제도의 변화가 더욱 큰 관심사였다.

전두환 정권은 과외 제도를 폐지하고 본고사도 폐지했다. 예비고사를 학력고사로 명칭을 바꾸어 한 번만 시험을 보도록 하였으며, 대학도 두 학교를 동시에 지원할 수 있도록 했다. 대학의 정원을 두 배 가량 늘리되 졸업 정원제를 도입하여 20~30%의 학생은 졸업을 할 수 없도록 했다. 1980년 초반까지 기존의 입시 제도에 맞추어 준비하던 학교들이 일대 혼란에 빠지게 되었다.

나는 그러한 1970년대 말에서 1980년대 초, 격동의 현대사가 내 운명을 어떻게 바꾸어 놓을 것인지 까맣게 모른 채 대학 입시에 매달렸던 것이다.

저 계곡의 나무를 보라. 비탈진 곳에
뿌려진 씨앗도 하늘로
똑바로 오르고 있지 않은가?

04

이등병의 은밀한 일기

■■■■

군인도 사람이다

1983년 1월 15일에 나는 군대에 입대했다. 머리를 빡빡 깎은 청년들 천여 명이 겨울 새벽에 춘천 공설운동장으로 모여들었다. 춘천에서 논산 훈련소로 가는 입영 열차는 한없이 덜컹거렸다. 입영 열차는 논산을 가기 전에 몇 군데에서 더 정차를 했는데, 도계인지 정선인지 정확하게 기억은 나지 않지만 아들을 열차에 태운 한 아주머니가 손수건으로 얼굴을 가리고 돌아서서 흐느끼는 모습에 괜히 콧날이 시큰해졌다. 열차 안에 있던 많은 젊은이들은 아마 그 모습을 보면서 자신의 어머니를 떠올렸을 것이다.

선배에게 받은 작은 엽서 내용처럼 열차 안에서, 나는 벌써 가족들이 있는 의정부, 그리고 동료들과 함께 하던 신촌을 그리워하고 있었다.

겨울 논산은 유난히 추웠다. 아마 하루 종일 바깥에서 훈련을 받아야 했기 때문에 그렇게 느꼈을 것이다. 외떨어진 채 제복을 입고 생활하는 것에서 느낀 생소함, 그리고 자꾸 현실에서 도망친 것 같은 자의식 때문에 나는 한동안 외로움을 탔다. 다음 과정이 어떻게 진행될지 모르는 지루함과 외로움을 달래기 위해 나는 군대에서 나눠 준 손바닥만 한 성경책에 일기를 적었다.

군대에서 일기를 쓰는 것은 금지되어 있었으므로 특별히 조심해야 했다. 성경책을 가지고 다니는 것은 자유로웠기 때문에, 나는 활자가 인쇄된 곳을 제외한 위아래의 여백에 글을 썼다. 여백이 좁았기 때문에 대개 서너 줄 정도로 단상을 정리할 수밖에 없었다.

남들 보지 않게 일기를 쓰려니 때로는 화장실에서, 혹은 빨래를 말리다가 혼자 남았을 때 재빨리 일기를 썼다. 불침번을 서다가 달빛에 의지해 쓰기도 했고, 쓰레기를 버리다가 쓰기도 했다.

이 작업은 3년간 계속되었다. 성경책의 첫 빈 공간에서 시작한 일기는 제대할 무렵이 되자 거의 끝 페이지에 다다랐다. 성경책을 항상 상의 윗주머니에 넣고 다녔기 때문에, 비 오는 날 행군하다가 온몸이 빗물에 젖으면 만년필로 쓴 일기 부분이 빗물에 번져서 잘 알아볼 수 없기도 했다.

나의 첫 성경책 일기는 다음과 같이 시작되었다.

어느덧 닷새. 군대가 무엇인지 잘은 모르겠지만 애초에 마음먹고 온 계획이 얼마나 토대가 부족한 관념이었는지 깨달아진다. 육체적 고통과 정신적 속박감들이 갖고 있는 무서움, 힘듦. 자꾸 김지하가 떠오른다. 나도 그 사람처럼 타는 목마름을 갖고 싶다.

면담이 모두 끝났다. 이젠 대기만 하면 된다. 어느 직군이 떨어질지 궁금하다. 아까 그 선배(수경사)가 말하던 모습이 떠오른다. 76학번이라고 했던가. 갑자기 슬퍼진다. 우리를 부여잡고 있는 이 거대한 구조의 힘. 그가 나를 잡았을 때는 그저 후배를 보고 반가웠기 때문이리라. 슬픈 일이다.

자꾸 학교 생각이 난다. 씨팔. 벌써부터 그런 생각이 들다니! 어쩌면 제대로 버티지 못할지도 모르겠다. 식기를 훔치는 동기들의 그 생활력(?). 나는 선을 가장한 하나의 소시민일지도 모른다.

자꾸 학교에서의 그 생각이 난다. 하지만 미선이 누나가 말했듯이 우리는 모두가 서로를 지켜보리라. 그것을 믿는다. 이 3년의 과정을 끝내고 나는 멋지게 복귀하리라. 우리의 사랑스런 믿음을 향해. Democratic!

1983. 1. 19.

나는 불침번을 서고 있다. 이 밤이 나에겐 의미가 없다. 잠. 잠. 상념은 시간을 쓰러뜨리지 못한다. 기나긴 공상은 시간의 소비를 반드시 동반하지는 않는다. 그것뿐이다. 할 말? 저 잠든 친구들을 바라보다가 도대체 무엇 때문에 저렇게 시체처럼 쓰러져 누워 있나 하는 생각이 든다.

우리 내무반 창가에는 나무가 하나 서 있다. 아카시아 비슷한 나무인데, 밑에서부터 가지가 갈라진 것을 보니 아카시아는 아니다. 어제의 찬바람에 몸을 맡겨도 뿌리는 흔들리지 않는다. 그 나무를 바라보며 '상록수'를 불렀다. 가슴이 뭉클해진다. 저 나무도 추운 것을 알리라. 하지만 그 운명을 극복하는 태도는 의연하다.

1983. 1. 20.

시작되었다. 기합의 연속. 힘들다. 물론 각오는 되어 있다. 나를 이기는 자세로 임한다. 어제 군목이 여러분은 사람입니까? 군인입니까? 물었을 때 '군인입니다' 하던 동기들. 나는 돌아오면서 '사람입니다! 사람입니다!' 하면서 헛헛해 했다.

정신교육관엘 갔었다. 수많은 자료들. 어느 정도 왜곡된 것도 있었다. 나는 누군가 '느낀 바가 있습니다.' 하는 소리를 듣고 서글퍼졌다. 진실이란 무엇인지. 내무반장님이 어제 새로 오셨다. 조금 무섭다. 긴장해야지.

정식훈련은 오늘부터다. 어제 준위 한 분이 들어와서 격려해 준 것이 너무 고맙다. "진정한 애국자는 여러분이다. 대령, 소장은 국가의 녹을 받

아먹지만 여러분은 조국을 지키려고 고생한다." 옳은 말이다. 고마운 일
이다.

1983. 1. 26.

어젯밤부터 비가 내렸다. 아침 점호 때 창밖으로 내다보던 빗물, 그 위
로 줄을 서 빛나던 불빛의 그림자. 내 정서의 출발은 빗물이었지. 지금 나에
게 다가온 이 흐린 날씨의 분위기는 너무나도 애상적이다. 억압적으로 불교
법회에 다녀오는데 군용버스에서 어린 아이들이 지나가며 손을 흔든다.

울긋불긋한 민간 복장 속에서 소리를 지르며 손을 흔드는 그들의 꽁무
니를 쳐다보다가, 문득 울컥하여 눈물이 핑 돈다. 이를 악물고 군가를 힘껏
불렀다. 길가의 푸른 나무에 맺힌 물방울을 손으로 훑으며 나약해져선 안
될 것이라는 생각이 들었다. 나의 백양로, 그 나른한 오후의 햇살. 아아!
더 쓸 수가 없다.

1983. 1. 30.

잊으려고 할수록, 강해지려고 할수록 바깥세상에 대한 그리움
이 더했다. 이런 향수병은 첫 휴가를 다녀올 때까지 10개 월 정도 지
속되었는데, 애인이 있거나 결혼한 상태에서 입대한 병사들의 경우
는 더욱 심했다. 어린 시절에 보았던 것처럼 간혹 변심한 애인 때문
에 탈영하는 병사들이 있었다. 힘든 군대 생활을 지탱하게 해주는
유일한 낙이 애인에 대한 그리움과 사랑, 얼마만 지나면 그녀를 볼
수 있다는 희망이었기에, 그 끈이 일방적으로 끊어졌을 때의 상처라
는 것은 다른 사람이 측량하기 어려운 것이었다.

그러나 한편에서 보면 외로움을 이겨내면서 조직 생활에 적응
하는 것도 인간이 성숙해가는 과정의 하나여서, 상병 말년부터는 자
기감정을 다스리는 데 익숙해지기 마련이었다. 군대에 안 가려고 별

의별 방법을 다 동원하는 사람들이 있다. 그러나 나는 군대가 갖고 있는 몇 가지의 문제점만 개선하면 상당히 좋은 경험이 될 수 있다고 확신하는 편이다.

군대는 정말 천태만상이다. 여자 친구를 공들여 사귀다가 3년만 기다려라, 기다릴게, 약속하고 들어온 병사들이 있다. 이런 친구들을 잘 구슬리면 전날의 뜨거운 밤 이야기를 생생하게 들을 수 있다.

"야, 그래서 그 다음에 어떻게 했어?"

"아이, 병장님도 다 아시면서. 슬그머니 불을 껐죠."

"그리고?"

"뭘요?"

"이 자식이? 인마, 바로 끝내 버렸냐고?"

"그럴 리가 있습니까? 3년을 참아야 하는데. 최대한으로 시간을 끌었죠. 아, 여관방 창문으로 동이 막 터 오는데 미치는 줄 알았어요. 얘를 놔두고 어떻게 가나, 그냥 이 길로 튀어 버릴까, 뭐 별생각이 다 나더라구요."

"튀긴 어딜 튀어, 인마."

"그러니까요. 그냥 입대했으니까 병장님도 만나고 다 그런 것 아닙니까?"

"이 자식, 아부 잘하는 거 보니까 군대 생활 꽃피겠다. 좋아, 다시 처음으로 돌아가서 상대방의 반응은? 횟수는? 육하원칙으로 자세히 묘사해. 마음에 안 들면 군장구보 한 시간이야. 알지?"

그러나 역시 재미있기로는 밑바닥 생활 경험이 다양한 웨이터 출신, 삐끼 출신들을 당해 낼 자들이 없었다. 그네들 말만 들으면 서울 장안에서 안 건드려 본 여자가 없을 정도다.

"제가 이래 봬도요, 영등포에서 댔다 하면요, 으아, 여자들이 사족을 못 썼다는 것 아닙니까?"

"그 인물에?"

"아이 참, 병장님. 생긴 건 이래도 제가 물건 하나는 죽이걸랑요."

"그래? 어디 한번 까봐! 어쭈, 제법인데! 야, 그런데 이건 뭐냐?"

"다마를 쬐깐한 걸로 하나 장만했습죠."

"야, 이게 정말 죽여 주냐?"

"제 말씀 좀 들어 보세요. 아참, 그런데 저 근무 나가야 되는데요."

"근무? 야, 김 일병. 지금 바빠? 나 이 녀석하고 할 이야기가 있으니까 근무 시간 좀 바꿔라. 그래. 상황실에 보고하고, 응? 그래. 수고해. 야, 계속해. 질질 끌지 말고 속전속결로 해, 인마."

"예. 그러니까요, 제가 나이트에서 뜰 때 말입니다. 으아, 죽여주는 아가씨 셋이 들어와설랑은요."

그러나 그런 녀석치고 여자가 면회 오는 것을 본 적이 없을뿐더러, 설사 면회를 오더라도 녀석들 말대로 죽여주게 예쁜 아가씨가 오는 경우는 드물었다.

군대 있을 때 애인이 변심하는 것을 고무신 거꾸로 신는다고 하는데, 내 기억으로는 거의 70~80%의 커플이 깨지는 것 같았다. 특히 위험한 시기가 상병 때인데, 1년이 지나고 2년이 되어 가는 시기에 여자들이 다른 남자를 사귀곤 했다. 하긴 편지 주고받는 것도 하루 이틀이지, 바깥에서 생활하는 여자들도 힘들긴 마찬가지일 테니

도덕적으로 뭐라고 하기도 애매하다. 나는 지금도 군대 3년을 기다려 준 아가씨들에게는 열녀문을 세워 줘야 한다고 생각한다.

세 번째 부류가 결혼하고 입대한 경우인데, 참 뭐라고 말할 수가 없다. 마누라와 갓난아기 사진을 잘 보이는 곳에 붙여 놓고는 아침저녁으로 고사를 지낸다. 결혼해서 입대한 사람이 제일 불쌍하다.

"병장님. 이, 이것 좀 보이소. 내, 내가 참 재주 많은 놈인 기라. 이, 이런 걸 어디서 만들어냈노?"

"미친놈! 내 아무리 들여다봐도 널 닮은 데가 하나도 없다. 옆집 아저씨 닮은 것 아니냐?"

"어, 어데예? 마, 여, 영락없구마."

그러고는 거울을 들여다본다.

내가 상병 때 일이다. 병장 하나가 휴가를 다녀와서는 밥도 안 먹고 드러누운 적이 있다. 왜 그런가 하고 알아봤더니 마누라가 바람이 났다는 것이다. 애가 둘이나 있었는데 둘째는 첫 휴가를 나가서 가졌다고 한다. 농촌 출신이었는데 참 서글서글하니 사람들에게 잘해서 모두에게 인기가 높은 양반이었다.

"참 내, 기가 막혀서. 아니, 마누라랑 자고 있는데 새벽에 뭔가 부스럭거리는 소리가 들리는 거야. 잠이 확 깨는데, 가만히 보니까 어떤 산도적놈 같은 녀석이 들어와서는 마누라랑 속닥이는 거야. 아니, 새벽 2~3시에 봉창을 넘어와서는 남의 마누라랑 소근거리는 게 수상한 거 아냐? 냅다 소리를 지르면서 덤벼들었더니, 쏜살같이 도망가는 거야. 참, 기가 막혀서."

"이런 도둑놈이 있나? 그래서?"

"그래서 마누라를 닦달했더니, 자기는 죽어도 모른다는 거야. 도둑이 든 게 아니냐고 그러더라고. 아니, 도둑하고 다정하게 소곤 거리는 년이 어디 있어? 그래, 안 되겠다 싶어 몽둥이로 두들겨 팼지. 그랬더니 이년이 눈을 확 까뒤집고는 오히려 덤벼드는 거야. 악을 바락바락 쓰면서 3년을 이제나 오나 저제나 오나 애새끼 끌어안고, 낮에는 밭 매고 밤에는 길쌈하면서 살림을 했더니 오히려 의심한다고, 이럴 수가 있느냐고, 엉엉 우는 거야. 그 말을 들으니 온몸에 힘이 확 빠지데. 사실 지가 고생은 했지. 홀시어머니 모시고 논밭일 해가면서 애들 키운 건 사실이니까. 그래서 몽둥이를 던져버리고는 건넌방으로 갔지. 잠이 오나? 이 생각 저 생각 하다가, 그래, 지년이 바람을 폈어도 애 엄만데, 또 얼마나 사내가 그리웠으면 그랬으랴. 에이, 나는 옛날에 술집 가서 안 해 봤냐. 없던 일로 하자, 이러구서는 아침에 내 방으로 건너갔지."

"그랬더니?"

"이년이 짐 싸서 튀어 버렸네. 깨끗하더라고. 쌀 판 돈도, 애 돼지 저금통도 싹 가져갔어, 이 빌어먹을 년이. 나중에 보니까 과수원 잡부 녀석하고 눈이 맞았더라고. 휴우."

노모와 어린아이들밖에 없는 집이라 걱정이 태산 같았다고 한다. 노모는 예순 몇인가 되었지만 눈도 잘 안 보일 정도로 조로한 분이었고, 아이들은 갓난아이였으니 당장 생계부터가 막막했던 것이다. 집에 있는 돈을 다 가져가 버렸으니 어떻게 할 것인가? 몇 푼 안 되는 휴가비까지 다 털어 주고 돌아왔다고 하는데, 그 병장 녀석은 며칠 동안을 이리 뒤척 저리 뒤척 하더니 금세 해쓱해지는 것이었다.

보다 못한 중대원들이 모금을 해서 노모 쌀값이라도 하라고 건네주었더니, 명색이 육군 병장인데 눈물을 흘리면서 말을 잇지 못했다. 배신당한 서러움에 복받치기도 했을 것이고, 중대원들에 대한 고마움에 뭉클했을 것이다.

"이러면 안 되는데, 이러면 미안해서……."

닭똥 같은 눈물을 두꺼비 같은 손으로 훔치면서 흐느끼는데, 손에 쥐어 준 돈 봉투가 부들부들 떨렸다. 그 모습이 너무 애잔해서 주변에 있던 중대원들이 다 같이 눈시울을 붉히고 말았다.

우리는 오늘도 걷는다

군대 생활은 행군의 연속이었다. 전방으로 안 갔다고 좋아하던 동기 녀석들도 나중에 만나면, 차라리 전방이 나을 뻔했다고 말하는 녀석들이 많다. 우리 사단은 전투 사단 바로 아래에 배치된 교육 사단이라 작전 개념도 역습을 주개념으로 했다. 상대적으로 훈련이 많았다. 내가 참여한 작전만 해도 40개는 넘는 것 같다.

중대 ATT, 대대 ATT, 연대 RCT는 일 년에 한두 번씩 기본으로 있는 데다가, 사단 기동훈련, 혹한기 훈련에 공지 합동훈련, 보전 기동훈련에 팀스피릿훈련, 유격훈련도 일 년에 한 번씩, 100킬로 행군은 일 년에 네 번, 200킬로 행군은 일 년에 두 번, 진지 보수공사도 일 년에 두 번씩 있고, 비상 진지 투입은 수시로 있었으니, 내무반 생활보다도 야전에서 텐트 치고 산 날이 압도적으로 많았다.

처음 자대로 배치된 지 사흘 만에 팀스피릿 훈련을 나갔다. 연대 본부에서는 104 주특기를 받았는데 하룻밤 새에 다시 105로 바뀌었다. 모르시는 분을 위해서 부연하자면, 104 주특기는 M60 기관총을 다루는 것이고, 105 주특기는 81밀리 박격포를 다루는 것이다. 그러니까 쉽게 이야기해서 기관총을 다루는 부대로 갈 것이 박격포를 다루는 부대로 바뀌었다는 이야기다. 그게 뭔지도 모르고 내가 3년간 살아야 하는 부대로 가 보니 어마어마한 쇳덩어리가 내무반에 거치되어 있는 것이 아닌가!

"야, 신병!"

"예. 이병 우 상 호!"

"뒤로 돌아 봐."

"다시 뒤로. 옆으로. 어때?"

"글쎄. 키는 됐는데요. 나가 봐야 알지요, 뭐."

신병이 오면 체격 조건을 먼저 따지는 것이 중화기 중대의 특징인데, 그도 그럴 것이 다른 중대의 병사들이 지는 짐에 비해 보통 15킬로에서 20킬로가 더 나가는 쇳덩이를 메고 다녀야 했기 때문이었다.

요즘은 신형이 나와서 바뀌었는지는 모르겠지만, 당시만 해도 81밀리 박격포는 네 부분으로 나뉘어 있었다. 사수와 부사수가 각각 포다리와 포열을 지고, 탄약수 두 명이 내포판과 외포판을 나누어 군장 위에 지고 행군하도록 되어 있었다. 그러니까 소총수는 낙오하면 그 낙오자만 차에 싣고 가면 그만이지만, 박격포 부대는 한 명이라도 낙오하면 나머지 사람이 그 사람 몫까지 쇳덩어리를 나누어지고 가야 했다. 박격포의 부속품 하나를 빼면 나머지가 무용지물이 되니까 말이다. 그러니까 낙오할 만한 놈이 소대로 배치되면 소대 전체가 발칵 뒤집어졌다.

첫 훈련이 팀스피릿이라는 것이 문제였다. 우리 부대의 작전 구역에서 뛰는 작전은 조금씩 꾀를 부릴 수 있는 여지가 있었지만, 팀스피릿 훈련은 예외 없이 실전처럼 뛰는 훈련이라 뭘 하나만 안 가

저가도 바로 검열관에게 적발되게 마련이었다.

갓 훈련소에서 배치된 신병이 새벽에 잠도 못 자고 대여섯 시간 열차를 타고 가서, 완전군장에 쇳덩이를 메고 첫 숙영지까지 서너 시간을 걸어간다는 것이 보통 일이 아니었다. 거기다 훈련소에서 새로 지급받은 군화에 뒤꿈치가 까진 상태였기 때문에, 두어 시간을 걷다가 그만 대열에서 처지고 말았다. 아무리 이를 악물고 걸어도 절뚝거리는 걸음으로는 대열에서 뒤처진 10여 미터를 따라붙을 수가 없었다. 고개를 몇 개 넘는 사이에 그 간격은 100여 미터로 벌어지고 말았다. 사수와 분대장이 계속 옆에서 윽박질렀지만, 체력에 한계가 오는 것을 어쩔 수가 없었다. 다행히 낙오는 하지 않았지만 분대의 대열에서 2, 300여 미터를 뒤처져 목적지에 왔다는 것은 용서받을 수 없는 죄였다. 일반적으로도 그런데 신병에게는 더욱 그랬다.

자대에 왔다. 갑자기 주특기가 104에서 105로 바뀔 줄이야. 지금은 팀스피릿 훈련 중이다. 여기는 원주 근처의 어느 산. 춥다. 하지만 무엇보다도 두려운 것은 행군이다. 발뒤꿈치 때문에 대열에서 많이 뒤처졌다. 11일부터 또 시작인데 코스가 아주 힘든 모양이다. 각오를 단단히 해야겠다. 그런데 다음에 또 일기를 쓸 수 있을까?

1983. 3. 9.

여기는 원주 근처. 산을 하나 넘어 방어 중이다. 일부러 약간 또라이처럼 행동하다 보니 진짜 바보가 되는 것 같다. 도대체 나는 무엇일까? 고참들 앞에서 아무 것도 나라는 인간을 보여줄 그 무엇이 없다. 운동도, 특기도.

군대 와서 가장 크게 느낀 것은 나는 특성이 없다는 것. 사실, 글도 잘

쓰지 못하면서 내가 할 수 있는 것은 고작 이것? 나는 이제 내 정서에 대해서도 자신이 없다. 제대한 선배들이 글을 못 쓰는 이유를 알 것 같다.

하지만 나는 지키고 싶다. 그런데 나는 악이 없다. 정신력! 육체적 고통을 이겨낼 그 구심력이 없다. 살아 있고 싶다. 재헌이 형이 보여준 그 깊이. 잃어버리지 않아야 할 민주와 자유에의 의지. 공부해야 한다. 고참들에게 터지는 한이 있어도, 내 것을 지켜야 한다.

저 계곡의 나무를 보라. 비탈진 곳에 뿌려진 씨앗도 하늘로 똑바로 오르고 있지 않은가? 똑바로.

1983. 3. 12.

야전에 임시로 마련된 의무대에 가서 발뒤꿈치 치료를 받았는데, 말이 치료지 그것은 흉하게 문드러진 살점 전체를 잘라내 버리고는, 과산화수소수로 거품을 내어 사정없이 소독을 한 후 거즈를 붙여 주는 것이었다.

'낙오하면 안 된다, 낙오하면 안 돼!'

정신을 바짝 차리고 이를 악물었더니 그 다음 행군부터는 뒤떨어지지 않을 수 있었다. 걱정하던 고참들이 안심이 되었는지 나중에는 농담도 걸고 격려도 해 주었다. 하지만 뒤꿈치는 훈련이 모두 끝나고도 2주일 이상을 치료받아야만 했다.

행군으로 시작해서 행군으로 끝나는 부대 생활이었기 때문에, 오래지 않아서 나는 요령을 터득할 수 있었다. 요령을 터득한 다음부터는 오히려 내무 생활을 할 때보다 행군을 하는 것이 더 마음 편했다. 내 발바닥은 흔히 말하는 곰 발바닥이 되어 갔다. 발톱도 두세 번 빠졌고, 발바닥의 굳은살도 대여섯 번은 벗겨 냈다. 허벅지와 장딴지, 엉덩이 쪽 근육이 신기할 정도로 단단해졌다. 책상에 앉아 시나 쓰던 문약한 먹물이 점점 군인 티가 나기 시작한 것이다.

100킬로 행군은 1박 2일 간 걷고, 200킬로 행군은 2박 3일 간 걷기 때문에 체력적으로나 정신적으로 극한의 상황에 직면한다. 그러한 한계점을 넘으면 그때부터는 관성으로 걷는데, 무엇보다도 고통스러운 것이 졸음이다. 군생활을 한 사람들 대부분이 행군하면서 졸았던 경험들을 이야기하는데 사실 신기하게도 이게 가능하다. 컴컴한 밤에 걸으니 이 녀석이 조는지 안 조는지를 알 수가 없다. 가끔 대열이 앞에서 정체되면 조금씩 속도를 늦추거나 일시적으로 정지할 때가 있는데, 이때 정지하지 않고 앞사람과 부딪히는 놈이 조는 놈이다.

"이거 봐라. 졸고 있지?"

그러면 여기저기서 고참이 한마디씩 하는데, 다시 걷기 시작하면 마찬가지다. 사실 졸면서 걸으면 힘도 안 들고 얼마나 편안한가? 그러나 그것은 평지에서의 이야기이고 산악 지대로 가면 졸 수가 없다. 잘못하면 낙상하기 딱 좋으니까.

나는 걷는 것을 좋아해서 나중에 차로 이동할 기회가 있어도 좀 약한 부하에게 양보하고 차라리 걷는 쪽을 택하곤 했다.

"하여튼 행군 체질이야."

주변에서 그런 이야기도 했지만, 내가 행군을 좋아하는 데는 그럴 만한 이유가 있었다. 보름달 뜬 밤에 산길을 걸으면 저절로 노래가 나왔다. 깜박거리는 민가의 불빛을 향해서 어둠 속을 걷는 것이 좋았다. 어쩌다 민가에서 불 때는 연기라도 보이면, 어릴 때 고향 생각이 나서 푸근했다. 길가에 핀 코스모스를 바라보는 것도 좋았고, 꼬마들이 따라오며 신기해하면 건빵 봉지를 건네주면서 어린 시절을 떠올리는 것도 즐거움이었다. 다들 고생하는데 나 혼자 편안하게 있는 것도 싫었고, 갓 들어온 신병 중에 옛날의 나처럼 걷기를 힘들어하는 녀석들 옆에서 말동무해 주는 것은 작은 기쁨이었다.

군대는 대학 나온 놈, 안 나온 놈의 구분이 없다. 잘사는 놈, 못사는 놈의 차별도 없다. 재벌 아들도 사격 못하면 기합을 받아야 한다. 대통령 아들도 축구 못하고 삽질 못하면 찬밥 신세다. 시간이 지나면 모두가 병장이 되어 분대나 소대를 통솔해야 한다. 신병 때 약골이던 놈도 훈련을 통해 강하게 단련되었다. 어떤 면에서 군대는 좋은 학교이기도 한 것이다.

작은 도둑, 큰 도둑

좌우간 군대만큼 도둑 많은 곳이 세상에 또 없을 것이다. 그런데 군대만큼 도둑놈 안 잡는 사회도 없다. 또 잃어버린 것 못 찾는 곳으로도 군대가 1등일 것이다.

논산 훈련소에서의 일이다. 하루는 식기 당번이라 컴컴한 저녁에 수돗가에서 식기를 닦는데, 갑자기 후다닥 하는 소리가 들렸다.

"식기 도둑이야!"

"잡아라!"

가만히 보니까 한 식기 당번이 닦으면서 옆으로 쌓아 놓은 식기를, 어떤 녀석이 번쩍 들고는 냅다 뛰고 있었고 다른 녀석들이 그 녀석을 잡으려고 쫓고 있었다. 수돗가에 남아 있던 다른 당번들은 저마다 자기 식기가 무사한지 확인하고는 모두가 배꼽을 쥐고 웃었다.

"야, 어제는 3중대 애들이 열 개나 잃어버렸대."

"정신 차려야지. 야, 대충 닦고 빨리 가자."

이런 무식한 도둑질이 수돗가에서 저녁마다 일어나고 있었다. 그도 그럴 것이 식기 개수가 부족한 중대에서는 어떻게든 그 수를 채워 놓아야지 다른 수가 없었다. 사실 집에 가져가자고 훔치는 것도 아니고 부족한 것을 채우려고 훔치는 건데, 개수를 세서 훔칠 수는 없고, 그냥 있는 대로 훔치다 보니 중대별로 부족한 식기가 점점 더 늘게 마련이다.

그러니 사실은 비슷한 개수의 식기가 그 안에서 돌고 도는 것인데, 막상 식기가 부족한 중대의 당번은 훈련소 일정이 끝나기 전까지 그것을 채워야 하기 때문에 호시탐탐 다른 중대의 빈틈을 노릴 수밖에 없다. 그래서 잃어버린 녀석을 멍청하다고 혼낼지언정 도둑질하는 놈을 나쁜 놈이라고 욕하는 걸 들어 본 적이 없다.

자대로 왔어도 상황은 비슷했다. 한번은 빨래를 해서 널어놓았는데 찾으러 가 보니 팬티와 러닝셔츠가 사라져 버렸다.

"표시했나?"

"표시요? 안 했습니다."

"가져가라고 아주 광고를 했구만. 인마, 그럼 어떻게 찾냐? 다 똑같은 것을 지급받았는데 어떻게 네 거라는 것을 증명하냐고?"

다음에 자세히 봤더니 팬티, 러닝셔츠마다 중대, 계급 그리고 이름이나 무슨 표시가 되어 있었다. 그리고 빨래 건조대에는 항상 보초를 세워 놓아서 다른 중대에서 못 가져가게 감시를 했다. 그러나 범인이 꼭 다른 중대에만 있는 것은 아니었다. 다른 소대에서 가져가서 교묘하게 표시를 바꾸어 놓으면, 뻔히 내 것인 줄 알면서도 달라고 할 수 없었다. 하늘같은 고참한테 '당신 팬티 좀 봅시다'라고 할 수도 없는 일이었다.

그러면 지급품이 적어서 그러느냐? 그것도 아니었다. 훈련이 끝나고 나면 속옷이 말도 안 되게 더러워져 있는데, 몇몇 병사들은 그것들을 빨기 귀찮아서 버리고 그만큼의 개수를 맞추어 놓기 위해 남의 것을 슬쩍하는 것이었다.

한번은 소대장이 속옷 검사를 했다. 위생 상태를 보는 것이다.

"속옷 검사를 하겠다. 실시!"

그리고 한 명씩 검사하던 소대장이 한 병사 앞에서 한참을 보다가 어이없이 웃었다.

"이게 뭔가? 엉?"

"도난 방지를 위해서 그랬습니다!"

평소에도 좀 답답했던 일병이 대답했다. 고개를 빼서 바라보던 소대원들이 배꼽을 잡고 웃었다. 검은 매직으로 팬티에 이런저런 표시를 했는데, 너무 심하게 표시해서 아예 팬티 전체가 검은색이 되다시피 했던 것이다.

"야, 속옷 내려 봐!"

"……."

"이거 봐라. 매직 자국이 살에 배어났잖아! 아주 문신을 새겼구나. 빨리 튀어가서 닦고 와!"

사실 속옷 정도는 웃어넘길 수 있지만 다른 장비로 넘어가면 문제가 심각해진다. 한번은 새벽에 비상이 걸려서 진지에 투입되었는데, 하루 종일 대기하다 보니 졸음이 밀려오는 것이었다. 점심을 먹고 나서도 비상이 안 풀리니까 분대원들이 꾸벅꾸벅 조는 것이었다. 이등병 주제에 잘 수가 없어서 앉아 있었는데, 나도 모르게 깜박 졸고 말았다. 비상이 풀려서 내무반으로 돌아가려는데, 내 대검이 사라져 버린 것이다. 졸고 있는 사이에 누가 슬쩍 대검집에서 대검만 빼 간 것이다.

고참들이 째려보는데 얼마나 당황스러웠는지 모른다. 일주일

내로 채워 놓으라는데 정말 고민이었다. 지나가는 병사들 얼굴은 안 보이고 대검만 눈에 들어오는 것이었다. 다행히 소대에 비축해 놓은 대검이 하나 있어서 기합만 받고 그냥 넘어간 적이 있다. 그러니 생각해 보면 그럴 경우를 대비해서 우리 소대에서도 어디선가 슬쩍했다는 이야기가 된다. 군대 물건은 돌고 도는 것이다.

그런데 군대 물건이 아니고 민간인의 물건을 훔치면 그것은 정말 심각한 문제가 된다. 내가 학생 운동을 해야겠다고 결심한 이유 중의 하나가 바로 이런 문제와도 관련이 있었다.

중대별로 운영비라는 것이 지급되는데, 주로 인사계와 중대장이 의논해서 사용했다. 지금은 이런 문제들이 거의 사라졌다고 하고, 또 당시에도 모든 부대가 그런 것은 아니었다.

가끔 인사계가 빠릿빠릿한 고참 병사 몇 명을 은밀히 부를 때가 있다. 그러면 고참 병사는 다시 똘똘한 부하 병사 몇 명을 차출해서는 새벽 한 시쯤에 소리 없이 부대를 빠져나간다. 이들은 몇 시간쯤 후에 부대로 돌아오는데, 다음 날 막사 뒤편에 가 보면 어김없이 합판이나 스티로폼 등이 몇 장씩 쌓여 있었다. 일부러 멀리 떨어진 민가에 가서 주인 모르게 슬쩍한 것이다.

그러면 그들은 그날 밤, 근무에서도 빠졌고 소주도 한잔씩 했다. 술 한잔이 들어간 그들은 도둑질을 무용담으로 바꿔 웃으며 이야기를 나누었는데, 옆에서 지켜본 나로서는 용납하기 어려웠다.

그들은 특별 외박이나 포상 휴가에서도 우선순위를 차지했다.

국민의 군대가 어떻게 국민의 재산을 훔칠 수가 있는가? 어쨌든 중대에 지급된 운영비가 있는데, 그것은 어디에다 쓰고 병사들을 동원해서 그런 짓을 한단 말인가? 나는 심각한 문제의식을 느꼈다. 아,

부정부패가 이런 거구나.

"박 병장님. 이거 나쁜 짓 아닙니까?"

"야, 인마. 몇십 장 있는 데서 서너 장 가져왔을 뿐인데 뭘 그래? 다 중대를 위해서 하는 일이야."

병사들은 죄의식은커녕 우리 집단을 위해서 고생했다는 자부심으로 무장되고, 약간의 혜택과 지휘관의 격려에 고무되곤 했다. 그런 작업에서 제외된 병사들은 오히려 그들을 부러워하기까지 했으니, 학교에서 선배들이 비판했던 군사 독재와 그 하수인, 부정부패와 국민의 고통이라는 것이 바로 이것이 아닌가 하는 생각에 이르게 된 것이다.

유격을 이틀 받았다. 온몸이 노곤하다. 중대장의 의도를 정확히 모르겠지만, 뭔가 소원해지는 듯한 느낌도 든다. 하늘로 오르는 구름. 산은 안개, 또 그 속의 풀잎 하나까지 다시금 생각을 많게 만드는 시기인 것 같다.

무엇 때문에 수많은 젊은이들이 진흙 속에서 뒹굴어야 하는지. 군대란 제도 속에서 서로에게 육체적 고통을 확인시키는 것이 무슨 의미가 있을까. 우리는 서로의 논리에 대해서 잘 안다.

위 아래로 나뉠 때 양분되는 논리의 대립조차도 거대한 역사의 인식틀인 것을. 군대는 그것을 이용한다. 근본적인 것도 있어선 안 된다. 그것은 이 조직의 일탈을, 바로 조직적 일탈을 유발한다.

오봉산 유격장. 몹시 피곤하다. 굵은 빗방울을 맞으며 뒹굴 때 새기던 조직적 폭력에의 분노, 그 눈물을 잊지 않으리.

1983. 7. 26.

중대장이란 어떤 존재인가. 2소대 포진에서 감시를 서며 중대장이 기합 주는 것을 본다. 무슨 일인가. 전체의 억압 구조에서, 그 중심이 되는 인물에게 꼼짝없이 매여 있는 사람들. 나도 그렇다. 소시민. 무력감. 그의 말 한마디에 벌벌 떨기 바라는 권위주의. 중대장.

학교가 그립다. 쓸쓸한 것은 싫지만, 그러나, 그래도 억압에 대한 반항과 저항은 있었다. 그러한 구조에 대항하려고 모인 사람들은 다 흩어졌는가? 아니다. 나는 그들을 잊지 않는다. 그들은 어찌될 것인가? 회의와 고통, 번민의 연말연시인가보다. 하늘이여, 뜻대로.

1983. 12. 21.

박상병을 깨우는 중. 병력들은 철야교육 중이다. 신병이 중대본부에 왔다. 권이병. 약하다.(의지, 체력) 알 수 없다. 내가 후견인이다. 정말 잘 해주고 싶다.

오늘 군장 꾸리는 연습을 했다. 쓰러질 것 같은 그의 모습 속에서, 나는 뭔가 형언할 수 없는 아픔을 느꼈다. 과연 내가 이를 괴롭힐 권리가 있는 것인가. '야간비행'은 인류에 큰 뜻이 있는 일이지만, 대체 군은 무엇인가. 영호에게 할 말이 없다.

1984. 1. 20.

형벌을 받는 기분으로 군 생활을 한다. 그것이 입대 후의 내 결심이다. 하지만 나는 제대로 형벌을 받고 있는 것일까? 행정반에 들어와서 얼마나 편한 생활을 하고 있는가.

아니다. 내가 내 밑에 사람들 없이 하는 것. 계급을 초월해 내 할 일을 하는 것. 때때로 시달림과 귀찮은 불규칙성을 극복하는 것이 형벌이 아닐까? 원식이가 박상병한테 화를 낸다. 그는 '상호가 네 종이냐'며 옳게 보고 있다.

이런 살아 있는 목소리들을 들을 때마다 내 가슴에선 뭉클하는 기운이 솟는다. 옳거니! 민중은 이렇게 샘솟는 뭉클함으로 맺어지는 것이겠지. 미선이 누나에게서 편지가 왔다. 고맙다, 박. 고맙다.

1984. 4. 13.

1985년 2월 12일 선거 때의 일이다. 당시 2 · 12 선거는 어용 야당이라는 비판을 받던 민한당이나 국민당과 달리 양김(김영삼과 김대중)이 주도해서 한 달 만에 새로 만든 신한민주당이 주목을 받고 있었다. 신한민주당 후보들은 그때까지 정치적 금기였던 직선제 개헌 문제를 정면으로 제기했는데, 이런 선명한 주장 때문에 상당한 바람이 불고 있었다. 신문마다 유세장을 가득 채운 유권자들의 사진이 실려 있었다. 민주화를 갈망하는 국민들의 열망이 표출되기 시작한 것이다.

그러나 군대 안에서까지 바깥의 이런 분위기가 이어지기는 어려웠다. 아니, 어쩌면 바깥에서 바람이 부니까 오히려 자신들의 안마당을 단속하려는 움직임이 강해졌다고나 할까? 선거를 앞두고 부쩍 장교들의 모임이 많아졌다.

부재자투표를 한다고 해서 선거 공보를 받아 든 병사들은 신이 났다. 모두가 태어나서 처음 해 보는 투표라 여러 가지로 떠들썩했다. 권리를 행사한다는 것은 그만큼 기분 좋은 일이다.

"야, 너 누구 찍을 건데?"

"여기 이 사람이요."

"왜?"

"우리 누나 주례 섰걸랑요."

"너는?"

"이 양반입니다. 우리 마을에 다리 놓아 줬다고 우리 아버지가 밀어줘야 한다고 그랬습니다."

가지가지였다. 정력이 세게 생겨야 한다는 둥, 군바리 월급 올려 줄 사람이어야 한다는 둥, 말도 안 되는 소리로 시끌벅적한데, 투표가 시작되면서 아예 이런 소리가 쑥 들어가 버렸다.

"야, 왜 그래?"

녀석은 아무 이야기도 않더니 바깥에 나가서 담배를 피워 무는 것이었다. 내 차례가 되어서 중대장실로 들어갔다. 투표소가 중대장실에 설치되어 있었는데, 투표를 처음 하는 병사가 많기 때문에 지도한다는 명목으로 중대장이 배석하고 있었다. 기표소가 설치되어 있었지만 중대장은 투표용지와 기표 도구를 자신이 앉아 있던 자리의 탁자 위에 올려놓도록 했다.

중대장이 신문을 보고 있어서 아무 생각 없이 기표 도구를 들고 인주를 찍었다. 그리고 투표용지를 당겨서 딱 찍으려는 순간, 중대장의 얼굴을 가리고 있던 신문지가 스르르 옆으로 밀려나면서 그 얼굴이 드러나는 것이 아닌가? 순간 당황했지만 나는 눈 딱 감고 내 생각대로 찍어 버렸다.

"어쭈, 우상호! 야당 찍었어?"

중대장이 한마디 하면서 나를 째려보는 것이었다. 나는 중대장들이 투표 전날 연대 장교 식당에 모여서 정신교육을 받고 회식도 했다는 사실을 상기하면서 속으로 이를 악물었다.

"남은 군 생활 잘해, 인마!"

거의 협박 수준이었다. 그나마 나는 소신도 있었고 병장이었기에 버텼지, 다른 병사들이야 생사여탈권을 쥐고 있는 중대장이 앉아 있는데 어떻게 야당을 찍을 수 있었겠는가? 상당수의 병사들이 당시 여당이었던 민정당을 찍을 수밖에 없었다. 개표 결과 신한민주당이 정치적으로 승리한 것으로 나타나자, 중대장은 오히려 쑥스러워했고 나에게 눈에 띄는 불이익도 없었다.

"우 병장님. 이럴 줄 알았으면 나도 확 찍어 버리는 건데 말입니다. 아, 참, 중대장이 딱 쳐다보니 겁이 나서 말입니다."

"그게 어디 쉬운 일이냐?"

비판적인 의식이 스스로에게 불이익을 가져올 수도 있고, 현실과 타협하는 것이 이익이 될 때도 있다. 그러나 중대를 위해서 민간인의 물품을 훔쳐오는 작은 일에서부터, 중대장의 압력 때문에 내 생각과 다른 후보를 선택하는 것에 이르기까지, 그것에 의해 정치가 왜곡되고 애먼 국민이 피해를 입는 것을 어떻게 받아들일 수가 있는가?

그리고 생각했다. 나 혼자 그러한 범죄에 동참하지 않는 소극적인 반대를 넘어서서, 그러한 범죄적 행위에 참여하지 않을 수 없는 사람들의 비인간적 상황까지 변화시켜야겠다고. 나는 구조를 보기 시작한 것이다. 내가 그토록 선배들을 비아냥거렸던 구조적 모순에 대한 자각이었다. 나는 학생 운동을 통해 사회를 변화시켜야겠다고 결심했다.

군대 축구와 잠버릇

돌이켜보면 군대에서의 경험만큼 값진 것도 없다. 그래서 군대 갔다 온 사람이 평생 군대 이야기를 하는 것 같다. 남자들끼리 부대 끼며 살다 보니 별의별 재미있는 일이 다 있는 데다, 극한 상황을 같이 겪다 보면 진한 전우애까지 생긴다.

남자들의 대화 중 여자들이 싫어하는 이야기로 첫째가 군대 이야기고, 둘째가 축구 이야기이며, 셋째가 군대에서 축구 한 이야기라고 하는 우스갯소리가 있다. 그러나 군대에서 축구 한 이야기를 빼면 할 이야기가 또 무엇이 있는가? 일요일만 되면 모두 운동복으로 갈아입고는 밀린 일들을 하기 시작한다. 빨래, 물청소에 편지쓰기, 모포 말리기 등 다양하다. 그러나 고참들은 할 일이 없으니 서로 모여서 내기를 한다.

"야, 3소대. 만원빵 어때?"

"좋아. 뒷말 없기다."

고참들끼리 합의하면 죽어도 해야 한다. 연병장에 집합한 병사들 사이에는 긴장감이 돈다. 내기 축구에서 지면 일주일 이상을 살벌하게 살아야 한다. 무조건 이겨야 한다. 지면 죽음이다. 그러나 축구가 끝나면 반드시 지는 편이 생긴다. 이게 문제다. 이긴 팀이 PX에서 사온 과자와 두유 따위를 먹으면서 웃고 있는 가운데 진 팀은 군장을 지고 이를 갈면서 연병장을 돌아야 한다.

"1소대! 다음 주에 두고 보자!"

그나마 돈내기를 한 경우 부하 병사들끼리 돈을 모아 건네주면 되지만, 만일 중대에 한 대밖에 없는 20인치 텔레비전 내기가 걸리면, 이건 정말 사력을 다해야 한다. 텔레비전을 잃으면 그 소대는 박살이 난다. 고참들이 다른 소대에 가서 빌붙어서 드라마나 축구 중계를 보게 되기 때문이다. 그런 경기를 하면 부상자가 있게 마련인데 부러지거나 기절한 것이 아니면 아무도 신경 쓰지 않았다.

내가 이등병일 때 박 상병이라고 정말 군생활 잘하고 성격 따뜻한 사람이 있었다. 이 양반이 다른 중대와 축구경기를 하다가 앞니가 부러져 버렸다. 공이 날아오니까 몸을 사리지 않고 뛰어들다가 다른 병사가 들이민 머리와 부딪친 것이다. 이 양반이 생긴 것도 희한하게 생겼는데 그 후 말을 할 때마다 위아래 앞니 빈자리가 까맣게 보일뿐더러 바람이 실실 빠지는 소리가 나니, 바보 영구가 말하는 것 같아서 안 웃는 사람이 없었다.

그러나 고참이 웃는 거야 모른 척하지만 쫄따구들이 웃으면 가만있을 리가 없었다. 그래서 본인이 없는 데서는 웃지만 박 상병이 나타나면 절대로 웃을 수 없었다. 그러나 이등병 중에 유난히 웃음이 많은 녀석이 있었는데, 그 녀석이 문제였다. 박 상병이 녀석에게 물었다.

"긍게, 내무반 청소 다 했냐?"

박 상병을 쳐다보던 녀석이 대답하면서 실실 웃고 말았다.

"예? 예. 히히히, 다했습니다, 이히히."

"어쭈? 니 시방 나 보고 웃었냐, 엉?"

"아닙니다. 상병님 보고 웃다니요. 으흐흐."

이 녀석은 웃음을 참으려고 다른 곳을 보며 대답을 했다.

"긍게, 나를 보고 말하라니께. 어째 딴 데를 자꾸 보냐 말이여."

"예? 예. 이히히. 흐흐흐."

열 받은 박 상병이 녀석을 패기 시작했다.

"시방 니가 내 이빨 부러진 거 보고 쪼개는데, 고참 무서운 줄얼 모르는구면."

그러나 녀석은 맞으면서도 웃음을 멈추지 못했다. 잘못했다고 하다가는 히히히 웃고, 얼굴이 빨개져서 눈에는 눈물이 그렁그렁하면서도 박 상병의 이만 보면 히히히 웃는 것이었다. 그러니 한참을 패던 박 상병도 나중에는 그 녀석을 보다가 웃고, 그 희한한 광경을 보던 소대원들도 모두가 배꼽이 빠지도록 웃고 말았다.

"아, 웃들 말어. 내가 국가에 충성한다고 이빨까정 바쳤는데, 왜 자꾸들 웃고 자빠졌는가 말이여."

그러고는 거울을 들여다보다가 자기도 우스운지 흐흐흐 웃는 것이었다.

내무반에서 불침번을 서다 보면 별의별 잠버릇을 다 보게 된다. 고참 옆에서 자면서 겁 없이 코를 고는 녀석들이 있다. 잠을 이루지 못한 고참이 녀석의 코를 휴지로 막아 버리면, 숨이 막힌 녀석이 푸우푸우 입으로 거친 숨소리를 낼 수밖에 없다. 다음 날은 본인이 아예 자발적으로 코를 휴지로 틀어막고 눕는다. 내가 상병 때 이등병이 하나 들어왔는데 이 녀석은 희한하게도 코를 골면서 동시에 이를 갈았다.

"드르렁. 뿌득뿌득뿌득, 드르렁, 뿌득뿌득뿌득."

이건 도저히 잠을 이룰 수가 없는 사운드다. 코와 입을 동시에 틀어막을 수도 없고, 자는 놈을 깨워 기합을 준 다음에 재워도 역시 마찬가지니 고참들이 포기하는 수밖에 없었다. 녀석의 별명은 이후 코이빨이 되었다.

나중에 내가 고참이 된 다음에 못하도록 막았지만 이등병 때는 불침번을 서면서 고참들 군화에 광을 내야 했다. 러닝셔츠 쪼가리에 살짝 물을 묻힌 다음 구두약을 발라서 군화에 문지르는데, 잘되는 경우에는 한 5분만 문지르면 제법 광이 나지만, 20분을 문질러도 광이 나지 않는 경우도 있었다. 네 사람 것만 닦아도 여덟 짝의 군화를 닦아야 했으니 시간이 보통 걸리는 것이 아니었다. 다음 날 아침 점호 시간에 고참이 자신의 군화를 보고 만족스럽지 않으면 은근히 중간 고참을 쪼았다.

"어째 요즘 군화가 시원찮다?"

그날은 화장실 뒤편으로 집합해서 기합을 받아야 했다. 그러면 그날 밤은 한 시간 이상을 더 공들여 군화를 닦아야 했다. 그러니 군생활 내내 항상 잠이 모자랄 수밖에 없다. 어떤 고참은 다음이 근무 시간인데 아무리 깨워도 일어나지 않았다.

"차 상병님, 차 상병님."

"으음, 왜?"

"근무 시간입니다."

"으음. 알았어."

그러나 근무 시간이 30분이 지나도록 안 나온다. 내무반에 들어가 보면 여전히 자고 있다.

"차 상병님, 차 상병님."

"으음, 왜?"

"근무 시간이라니까요."

"으음. 알았다니까."

알았다는 데 뭐라고 할 것인가? 몇 번을 더 깨우다가 결국 그 고참 시간까지 꼬박 네 시간 동안 불침번을 설 수밖에 없었다. 어떤 날은 취침 시간에 나가서 한 시간 정도 기합 받고 두 시간 잔 다음에 근무 서다가 다음 고참이 안 일어나서 밤새도록 불침번을 선 일도 있었다. 내가 고참 때는 불침번이 깨우는데 쫄따구가 깨운다고 안 일어나는 녀석이 있으면 아주 혼쭐이 빠지게 기합을 주었다. 군대는 자기 의무를 다해야 하는 사회다. 힘든 건 서로 마찬가지인데 계급이 높다고 부하 병사에게 고통을 전가하는 것은 옳은 자세가 아니다. 나는 생래적으로 특권 의식을 싫어했다.

모두들 요령을 피고 있다. 무어라고 말을 건네기도 어색하다. 어차피 쓸데없는 짓들을 하고 있다고 느끼고 있겠지. 하지만 나로서는 젊은이들의 이 개 같은 생활을 참을 수 없다. 더구나 그러한 것을 자연스럽게 여기고 있는 사람들의 무지, 無覺이 괴롭다.

이 화장실 안에 있는 낙서는 대부분 참자는 이야기뿐이다. 이것이 전통적인 소박성인가? 무엇을 위해서가 아니고 그냥 참는다. 산다는 것이 절대적이다. 어느 이등병의 '고기가 먹고 싶다'는 낙서가 어떻게 보면 희화적이지만, 비극적이기까지 한 것이다.

집에 가고 싶다고 이야기할까 하다가 그만 두었다. 비겁해질 것 같다.

내 마음의 작은 여유는 그대로 키우고 싶다. 김병장이 내게만 답장을 보냈다. 뭔가 이야기하고 싶은가 보다.

그래, 말을 배설해 버리자. 난 너무 오래 내 진실의 배설을 참아왔다. 그건 비겁해지기 가장 쉬운 일이다. 이제부터는 배설과 구토를 해야겠다.

1984. 6. 4.

어제는 볼펜을 손에 낀 채 잠이 들었다. 지금 라면을 끓여먹고 난 뒤라 배가 부르다. 라면 국물은 확실히 큰 배부름이다. 하지만 배부름은 나에게 배고픔을 두렵게 하고, 또 그것을 되도록 기피하려고 하게 만드는 것 같다.

요즘 선거 때다. 투표에 임하는 나의 자세는 아마 변함이 없으리라. 어떤 부정과 억압이 있다 해도 그 길로 나는 산다. 엄연한 부정과 비리들. 현실의 이해관계에 얽매여 묵인하고, 심지어 방조한다면 그것은 양심을 파는 일이다. 양심을 판 후에 남는 것은 무엇일까.

중대장이 병사들의 돈 10만원을 가지고 있다. 나는 무슨 일이 있어도 전축을 사 놓고 나갈 것이다. 그 돈은 중대원들의 선의의 총체이며, 또한 따뜻한 마음들의 집산물이다.

고맙다는 말 한마디 못한 나 자신, 누구 때문이었나. 개인의 사욕에 눈이 어두우면 그만큼 그 사욕의 영향으로 고통 받는 사람도 무시하게 되고, 급기야 그 사욕의 결과에 대해서도 무지하게 되는 것을……

1985. 2. 4.

군대에서도 가끔 영화 감상을 할 때가 있다. 또 문선대(문화선전대의 준말이다)가 와서 공연을 할 때가 있다. 보통 전쟁 영화나 홍콩 영화를 틀어 주는데 간혹 야한 영화를 틀어 줄 때가 있다. 내 기억으로 '반노'라는 영화가 가장 야했는데, 남자 배우와 여자 배우가 상반신이 드러나는 알몸으로 엉킨 장면이 여러 번 나올 뿐만 아니라 신음소리도 리얼했다. 또 문선대 공연을 하면 야한 복장의 여자 가수나 댄서가 나와서 춤을 추다가 가끔 야시시한 신음을 토할 때가 있는데, 그러면 병사들이 휘파람을 불거나 모자를 하늘로 집어 던졌다. 젊음의 피는 그 소리만으로도 환장을 했던 것이다.

하루는 그런 영화를 본 날 불침번을 서다가 내무반에 들어갔더니, 모두들 새근새근 잠이 들어 있었다. 그런데 평소와 다른 것이 20여 명 넘게 자고 있는 그들의 하반신 쪽에서 모포를 살짝 들어올리며 봉우리들이 일렬로 줄을 서 있는 것이 아닌가! 어떤 꿈들을 꾸고 있는지는 모르겠지만 야한 영화를 본 소대원들이 모두 받들어총을 하고 있었던 것이다. 나는 그들의 정중한 인사를 받으며 나지막하게 답례했다.

'쉬어!'

군 시절의 병사들이 여성에게 민감한 것은 당연한 것이었다. 동료 소대원 중에 제법 괜찮은 여동생을 가진 병사는 소대원들의 등쌀에 시달렸다. 면회실에 애인이나 여동생이 왔다는 소식이 들리면, 서로 경쟁적으로 내려가서 괜히 주변을 맴돌았다. 어떤 고참은 휴가 나가서 괜히 부하 병사의 여동생을 불러내서 함께 차를 마시기도 했다. 철모 안쪽에는 야한 달력 사진 혹은 주간지 사진을 비닐에 싸서 넣어 두는 것이 유행이었는데, 철모띠가 누르는 강도를 좀 누그러뜨리는 역할도 했지만, 대부분의 병사들은 행군 중 휴식 시간에 여자 그림을 들여다보면서 힘든 훈련에 지친 심신을 달랬다.

"요것아, 쪼깨만 기둘려라, 잉! 오빠 금방 제대하니께!"

여자 이야기를 하다 보니까 기억이 난다. 하루는 중요한 검열을 성공적으로 마치고 인사계가 수고했다고 몇 사람을 불러 밖으로 나가서 술을 마신 적이 있다. 중대원들이 휴가 나가면 단골로 들르는 다방이 있었는데 그곳에서 맥주를 마신 것이다.

다방 종업원이 세 명이었는데 그중의 한 명이 내 옆에 앉았다. 그때는 이미 마음속에 학생 운동을 하기로 결심한 때라 제법 진지해져 있을 때였다. 나는 그 여성에게 고향은 어디인지, 여기에는 어떻게 오게 되었는지 따위를 이것저것 묻다가, 고향으로 돌아가라고 충고했다. 처음엔 대수롭지 않게 받아넘기던 그 종업원은 내가 그 일을 그만두라고, 몸만 버리고 남는 게 하나 없는 거라고 자꾸 이야기하자 성질을 버럭 내면서 갑자기 반말을 하는 것이었다.

"야, 그걸 누가 모르냐, 엉? 그럼 너 나랑 결혼할래? 네가 나랑 결혼한다면 당장 그만둘게. 어디서 좀 배웠다고 공자님 말씀 늘어놓는데, 너처럼 말하는 놈들이 제일 밥맛이야. 야, 너야 그렇게 멋있게 떠들고 돌아가 버리면 그만이지만 남는 우리는 힘들어. 우리는 뭐, 하고 싶어서 이 짓 하는 줄 아니? 야, 고상한 척하지 말고 그냥 즐겁게 놀자고 그래. 그런 놈들이 훨씬 솔직하고 편해."

다방 마담이 미스 김이 취해서 그런 거니까 이해하라고 끌고 갔지만, 나는 쇠망치로 맞은 기분이었다. 데리고 살 것도 아니면서 고상하게 충고하지 말라고, 그것이 더 자신의 고단한 삶을 힘들게 하는 거라고 울부짖던 그녀의 말이 자꾸만 귓가에서 맴돌았다.

■■■■

담배와 고등어

아버지가 돌아가셨다. 성남에 있는 서울 공항에서 국군의 날 행사 연습을 하느라고 파견 나가 있던 중에 누나가 찾아와서 그 소식을 전해 주었다. 눈이 퉁퉁 부은 누나와 함께 의정부로 가는데, 밖에서는 비가 계속해서 내렸다.

결국 아버지가 돌아가셨구나. 돌아가시기 전에 나를 많이 찾으셨다고 했다. 그러셨겠지. 아버지와 관련된 여러 장면들이 주마등처럼 스치고 지나갔다. 이불에 오줌 싼 다음 날 소금 얻어오라고 대문 밖으로 쫓겨났던 기억부터, 술이 취해 같이 넘어오던 그 달 밝은 신작로, 서울로 짐을 옮기면서 아버지가 너 사는 데로 가는 게 좋으냐고 물어보시던 일, 좋다고 하니 그러면 되었다면서도 자꾸 고향을 뒤돌아보시던 스산했던 모습, 비 오는 날 호박 부침에 소주 한 병 사드렸더니 좋아하시며 웃던 종암동 단칸방 시절, 그리고 입대하면서 큰절을 올리자 건강하게 돌아오라고 하시던 모습. 식민과 분단, 전쟁과 근대화의 모진 풍랑 속에서 비틀거리던 한 많은 인생에 종지부를 찍은 것이다.

아버지의 장례를 치르는 내내 비가 억수로 내렸다. 나는 아무 말 없이 벽에 기대어 앉아 비 내리는 바깥을 바라보았다. 그 많은 땅을 가지고 태어난 양반이 본인이 묻힐 단 한 평의 땅도 없이 돌아가셨기에 결국 친지의 도움을 받을 수밖에 없었다. 김포의 야산에 아버지의 시신을 묻고 돌아왔다. 그리고 사흘 후 삼우제를 지내기 위해 다시 묘소를 찾았다. 비는 계속해서 그칠 줄을 몰랐다.

외삼촌에게 빌린 승합차는 와이퍼가 고장이 나 버렸다. 밖을 내다보던 기사 양반이 이 정도 비는 괜찮으니 그냥 가자고 해서 삼우제를 지내고 집으로 향했다. 원당을 지났을까, 조그마한 언덕길을 올라가는데 바로 앞에서 낡은 군용 트럭이 검은 연기를 뿜어내며 천천히 올라갔다. 성격 급한 기사가 중앙선을 넘어서 추월하려고 속도를 내는 순간 갑자기 언덕 위에서 거대한 트레일러가 급하게 넘어오고 있었다.

"끼이이이익!"

우리 차를 발견하고 빗길에 브레이크를 밟은 12톤짜리 트레일러는 예리한 마찰음을 내면서 뒤꽁무니가 앞으로 나오기 시작했고 옆으로 피하던 우리 차와 대번에 부딪히고 말았다.

"쾅! 빠지직! 쿵!"

몇 번의 굉음을 내면서 우리 가족이 탄 차가 옆쪽의 야산 비탈을 들이박았고, 거대한 트럭은 거의 길을 가로막다시피 서 버렸다. 사고가 난 것이다.

잠시 후 정신을 차려 보니 우리 차의 지붕은 거의 좌석 가까이 찌그러져 내려앉았는데 차 안 사방에 유리조각과 피가 튀어 있었다. 손발을 움직여 보니 나는 다친 데가 없었지만 다른 가족들은 모두가 피투성이였다. 얼른 깨진 창문으로 기어 나와서 다른 가족들을 차 밖으로 끌어내기 시작했다. 다행히 다른 가족들은 다치긴 했어도 걸을 수가 있었는데, 작은형은 완전히 의식불명 상태였다. 창문에 머리를 기댄 채 자고 있다가 그 충격을 고스란히 받은 것 같았고, 얼굴 한쪽이 함몰되어 있었다.

지나가는 트럭 하나를 겨우 애원해서 잡았고, 트럭 뒤 짐칸에 올라타고 우리는 병원으로 향했다. 내리는 비를 고스란히 맞으며 피투성이가 된 채 울부짖던 가족들 모습은 흡사 공포 영화를 보는 것처럼 끔찍했다.

아버지의 죽음과 연이어 다가온 가족들의 교통사고. 나는 실감이 나질 않았다. 무슨 악몽을 꾸는 것 같았다. 몇 군데 병원을 옮겨 다니다 오류동에 있는 덕산 병원 중환자실에 의식을 잃은 작은형을 뉘여 놓고, 나는 바깥 대기 의자에 앉아 간절히 기도했다.

'살려 주세요. 하나님! 형은 아무 죄가 없습니다. 살려 주세요.'

며칠이 지나도 형은 의식을 찾지 못했다. 흉하게 일그러진 얼굴, 마비된 신경과 의식 속에서 가냘프게 숨을 이어갈 뿐이었다.

작은형은 둘째 아들로 태어나서 항상 뒷전으로 밀리는 생활을 해 왔다. 옷도 항상 물려받았고, 뭐든지 두 번째로 해야 했다. 힘든 일은 대개 작은형을 시켰는데, 형은 불만을 토로하지도 않고 묵묵히 심부름을 했으며, 동료들 사이에서는 의리 있고 대범한 친구로 인정을 받아 인기가 많았다. 집안 형편 때문에 공고로 진학한 것도 당연하게 생각했고, 나중에 안양에 있는 한라양행에서 용접공으로 일하다가 공군에 자원입대해서 중사로 제대했다.

친구 좋아하고 술 좋아하는 것은 집안 내력이니 더 말할 필요도 없었다. 작은형은 비교적 선이 굵은 편이었는데, 월급을 타면 얼마 안 가서 친구들에게 다 써 버렸다. 쩨쩨한 것을 싫어했고 남 앞에서 기죽는 것을 싫어했다.

내가 대학 다닐 때는 청주에서 공군 중사로 있었는데, 가끔 내려가면 코가 삐뚤어지게 술을 사 주었다. 형은 사직동에 있는 작은 아파트에서 자취를 했는데 다른 물건들은 형편없었지만 전축 같은 것은 아주 좋은 걸 샀다. 그러니까 폼 잡는 것을 좋아하는 스타일이었던 것이다.

나는 입대하기 전에 인사를 한다고 형을 찾아 갔다.

둘이서 술을 먹다가 어린 시절부터 줄줄이 이야기가 나왔다. 배꼽을 잡고 웃기도 했다가, 누나 은혜를 잊으면 안 된다고도 했다가, 나중에는 서로 어머니를 자기가 모시겠다고 다투기도 했다가 하면서 밤이 깊어 갔다. 얼큰하게 취했을 무렵, 형이 3차를 가자고 해서 시장통에 있는 고갈빗집을 갔다. 구운 고등어가 두 마리 나왔고, 소주잔으로 건배를 했다.

"이 녀석이 내 동생인데요, 연대생이에요. 잘생겼죠? 하하하."

작은형은 주인아주머니에게 쓸데없는 소리를 하고 있었다.

"내가 제일 아끼는 동생이에요."

"형, 그럼 또 다른 동생이라도 있어?"

"어, 그렇지, 하나밖에 없는 동생이지. 하하하. 아, 취한다. 아줌마, 여기 담배 하나 주세요."

"담배 없어. 다 떨어졌어."

그래서 내가 술김에 벌떡 일어났다.

"아니, 우리 형이 담배를 달라는데 담배가 없으면 안 되지. 형. 내가 사 올게."

"야, 됐어. 야, 됐다니까."

그러나 나는 쏜살같이 2층 계단을 내려가 주변을 뒤졌다. 3차까지 갔으니 나도 술에 제법 취해 있었다. 겨우 가게를 뒤져서 담배를 샀는데 뒤도 안 돌아보고 뛰어나왔기 때문에 도대체 어느 집에서 나왔는지를 알 수가 없었다. 이런 낭패가 있나? 30분을 헤매 다니다가 할 수 없이 택시를 타고 형이 자취하던 사직 아파트로 돌아올 수밖에 없었다.

문이 잠겨 있는 것을 보니 형은 그때까지 술집에서 나를 기다리는 모양이었다. 나는 할 수 없이 아파트 입구의 길가에 앉아 있었다.

택시를 잡을 때부터 조금씩 내리던 눈발이 갑자기 함박눈으로 변해서 펑펑 쏟아지기 시작했다.

"야, 눈 잘 온다. 우상호 군대 간다고 잘 온다."

이러면서 혼자서 중얼거리고 앉아 있는데, 한 30분쯤 지나니까 저 아래서 누군가 고래고래 소리를 지르며 올라오고 있었다.

"상호야! 우상호!"

작은형이었다. 200미터쯤 떨어진 거린데 내가 안 보이는지 계속 내 이름을 부르는 것이었다.

"상호야! 상호야!"

밤인 데다가 함박눈 때문에 앞을 분간할 수 없는데, 공군복을 입은 형은 쌓인 눈 사이로 미끄러질 듯 미끄러질 듯 하면서 걸어오고 있었다. 눈 내리는 밤길에 목이 터져라 걱정스럽게 내 이름을 부르며 걸어오는 형의 모습이 왠지 정겹고 믿음직했다.

"형! 나 여기 있어!"

"야, 인마. 사라져서 걱정했잖아. 너 그 집 못 찾아서 헤맸지?"

"응. 그냥 뛰어나오는 바람에 입구를 몰라서…….."

"야, 그래서 먹던 것 그냥 싸 왔다. 여기 봐라, 고갈비. 하하하."

"어, 형. 나도 이거."

"어? 담배. 하하하."

그때까지 손에 쥐고 있던 솔담배를 내밀었다. 눈발이 흩날리는 아파트 입구에서 우리 형제는 서로 끌어안고 한참을 웃었다.

나는 중환자실 앞에서 몇 번이나 그 눈 오는 밤의 포옹을 떠올리며 눈을 감았다.

'아버지, 작은형 데려가지 마세요. 작은형한테는 아버지도 아무할 말 없잖아요? 아버지 마음 제가 잘 아니까요, 제발 작은형 좀 살려주세요.'

나는 닥치는 대로 기도했다. 그러나 중환자실의 형은 영 깨어나질 않았다. 누워 있는 형과 인사하고 부대로 복귀한 후 2개월쯤 지났을까, 가족에게서 연락이 왔다. 작은형이 기적적으로 의식을 회복했다는 것이다. 마지막 휴가를 나갔을 때 형은 조금씩 움직일 수준이되었다. 물론 얼굴은 엉망이었지만 그것은 나중에 성형을 하면 된다고 담당 의사가 이야기했다. 나는 그 휴가 내내 형 옆에 있었다. 그리고 희망과 미래에 대해서 이야기했다. 형은 꿈을 꾸듯이 그런 이야기를 듣고 있었다.

그리고 나는 다시 부대로 복귀했다. 몸은 부대에 있었지만 한 걸음을 떼기 위해 무진 애를 쓰던 형 생각만 났다. 그러나 희망을 보고 돌아왔기 때문에 훨씬 마음이 가벼웠다. 그리고 해가 바뀌어 1985년이 되었다. 갑자기 인사계가 찾는다고 해서 행정반으로 들어갔더니 놀라지 말라며 소식을 전해 주었다. 작은형이 죽었다는 것이다. 믿을 수가 없었다. 발걸음을 떼던 형이었고, 삶의 의욕을 불태우던 형이었다.

휴가증을 들고 급히 집으로 갔더니 모두들 울고 있었다.

"철길에서 기차에 뛰어들었다더라. 으이구, 불쌍한 자식."

어머니는 거의 정신을 잃었다. 설에는 도움을 주신 친척집에 인사도 갈 정도로 제법 움직일 수 있었다고 했다. 집에 있기 갑갑하면 집 근처 산책도 했단다. 가끔 치료비 때문에 진 빚 걱정을 했지만, 나중에 돈 벌어서 갚을 거라는 말을 하기도 했단다. 사귀던 여자 친구를 계속 못 만나게 했는데, 하루는 서울을 다녀와서 통 말이 없더라고 했다.

작은형 방에 들어갔더니 풀어 놓고 간 시계, 주민등록증, 그리고 동전 몇 개가 책상 위에 놓여 있었다. 신분이 드러나지 않게 하려고 모든 것을 두고 나간 것이었다. 일기도 없었고 유서도 없었다. 나는 답답했다. 어떤 절망이 형을 죽음에 이르게 한 것일까? 어떤 고통이 형을 죽음으로 몰고 간 것일까?

작은형이 죽을 때 충돌했던 기차의 기관사를 찾아갔다. 그는 죄인처럼 미안하다는 말을 계속했다. 나는 기관사님 잘못이 아니라고 했다.

"너무 컴컴해서 잘 보이지는 않았는데요, 사람이 철길에 앉아 있더라구요. 등을 돌리고 앉아 있었는데, 술 취한 사람인가 싶어 제동을 걸면서 계속 경적을 울렸지만 오히려 고개를 더 숙이더라구요.

너무 가까운 거리라 급제동을 했지만, 어떻게 할 수가 없었어요. 죄
송합니다."

　인사를 하고 나오는데 겨울의 매서운 바람이 몰려왔다. 그해 겨
울에는 눈이 왜 그렇게 많이 내렸는지 곳곳에 눈이 쌓여 있었다. 버
스를 기다리는데 갑자기 함박눈 사이로 상호야, 상호야, 큰 소리로
부르며 걸어오던 그날 밤 형의 모습이 떠올랐다. 형이 내밀던 고갈
비와 소주, 내 등을 두드리며 안심하던 그 환한 얼굴. 나는 고개를 숙
이며 혀엉~ 하고 불러 보았다. 갑자기 눈에서 뜨거운 눈물이 흘러내
렸다.

　그랬구나. 형이 그랬구나. 다가오는 기차 소리를 듣고는 고개를
더 숙였구나. 눈물을 훔쳐 냈지만 주체할 수 없을 정도로 솟아나왔
다. 추운 겨울밤, 철로에 등을 돌리고 앉아서 그 생의 마지막 순간을
혼자서 쓸쓸하게 끝냈구나.

　어느 허름한 선술집에서 소주를 털어 넣으며 몇 번인가를 망설
이다가, 그 먼 거리를 절룩거리며 두세 시간 이상 걸어와, 평소에는
눈여겨보지 않았을 그 생소한 자리에 앉아서 눈물을 흘리다가, 이를
악물었겠지. 기차가 다가오는 소리를 들으며, 마지막으로 누군가를
목메어 부르다 부서져 갔을 불쌍한 작은형.

　벽제의 화장장에서 화장한 작은형의 유골은 눈 쌓인 계곡에 뿌
려졌다. 부대로 돌아온 나는 말수가 적어진 채 하루하루를 보냈다.

　　여기는 광장이다. 학관 뒤다. 이제 부대에 들어가야 한다.
　　작은형이 죽었다. 자살했다. 열차를 들이받았다. 8시 30분. 형이 그
　　걸음으로 다가간 철도. 왜 죽었을까? 어머니의 울음소리. 화장터. 그 한 줌

04 이등병의 은밀한 일기
189

의 유골. 나는 소주 두 병을 마시고 부대에 들어갔다.

작은형은 이제 사라져 날아갔다. 나는 그것을 정리하고 싶다. 안양에서 누나의 사는 모습을 보았다. 누나. 행복하길, 행복하길.

작은형의 죽음은 무슨 의미를 지니는 것일까? 살아 있는 사람들의 가슴을 이리 저며 놓고, 형은 죽음을 각오하는 그 휘황한 눈빛으로 열차와 맞선 것일까? 죽음 이후의 슬픔. 정리가 안 된다.

1985. 3. 10.

오후 안골이다. 또 팀스피릿 훈련 중이다. 이제 방어가 끝나고 내일이면 공격을 할 것이다. 지금 밖에선 병사들이 오락을 하고 있다. 무심코 수첩을 꺼내다가 작은형이 웃고 서 있는 사진을 보았다. 눈물이 울컥 치미는 것을 참았다. 죽으면 우리 식구들의 부담을 줄일 수 있을 거라고 생각했을까? 어머니가 어떻게 생활하고 계시는지 불안하기만 하다.

1985. 3. 24.

그저께 집에 갔었다. 청주에 갔더니 어머니가 또 울고 계셨다. 반가워하시기에 오길 잘했다고 생각했다. 작은형의 죽음이 준 상처는 아직 치유되지 않았나 보다. 어제는 칠남이 이모 댁에 갔었다. 소영이 누나 결혼식 준비가 한창이었다. 부대로 오려는데 어머니가 바깥에까지 나와서 서 계셨다. 내가 가야 할 험난한 길과 어머니, 이 두 가지는 두고두고 나를 괴롭힐 것이다. 지금도 가슴이 아프다.

1985. 5. 9.

밤 8시쯤 여기는 전역 대기자들이 거쳐 가는 사단 보충대 막사다. 개구리복을 입고 오늘 대대를 빠져나왔다. 기분이 이상하다. 갖가지 상념이 많다. 특히 등록금 마련이 관건이다. 1년을 휴학할까 하는 생각도 든다. 작은형 생각도 난다. 우울하다.

1985. 6. 1.

군대에서의 기록은 여기서 끝났다. 불행한 가족들에게 느끼는 연민과 이후 행보 사이에서의 번민을 여전히 해결하지 못한 채 나는 제대했다. 채 탈고하지 못한 몇 편의 시와 3년간 내게 가장 큰 힘이 된 성경 일기장, 군대에서 받은 몇 통의 편지, 그것이 내 짐의 전부였다.

어둠이 깊을수록 새벽은 가까이 있다.

05

세상의 그 무엇이라도 되자

쥐꼬리 월급

제대 후 학생 운동에 참여하기로 결심은 했지만 당장 급한 것은 학비 문제였다. 나는 서대문구 연희 1동 개천가에 자취방을 얻고 일자리를 알아봤다. 파트타임으로 일하는 자리는 몇 개 있었지만, 그걸로 학비를 마련하는 것은 어림도 없었다. 막막해하고 있는데 내 사정을 들은 주인아저씨가 자기 공장에 나가자고 해서 한시름 놓았다.

그분은 나이는 30대 중후반이었지만 공장 경력이 20년도 넘는 베테랑 노동자였다. 예쁘장한 아주머니와 3살 난 아들 하나, 그리고 처제와 같이 살았는데, 그렇게 가정이 화목할 수가 없었다. 내게도 한 식구처럼 대해 주셨는데, 나중에 학생 운동을 하면서부터는 모든 것을 알게 할 수가 없어서 일부러 거리를 두곤 했다. 지금도 그게 자꾸 미안하다.

공장은 화곡동에 있었는데 주로 철골 조립과 문짝 조립을 하는 회사였다. 한 사오백 평쯤 하는 공장 마당에 쇳덩어리들이 가득 있었고, 그 한편에서 산소로 H빔, I빔을 절단하거나 문과 프레임을 만들기 위해 용접을 했다. 그렇게 만들어진 철골이나 문짝을 싣고 현장에 가서 직접 조립하는 팀이 있었는데, 그들은 한 달이나 두 달씩 현장에 기거하며 일을 했다.

나는 특별한 기술이 없어서 한 달에 20만 원을 받고 일하기로 했다. 군대에서 나름대로 단련이 되었다고 생각하면서 일에 달라붙었는데, 쇠 만지는 일은 장난이 아니었다. 트러스(삼각형이나 오각형으로 얽어 짜서 지붕이나 다리에 도리로 쓰는 구조물을 말한다)에 들어가는 철골 구조물을 네 사람이 나르는데 정신이 번쩍 들었다. 다른 쪽은 멀쩡한데 내가 들고 있는 쪽만 자꾸 밑으로 처지는 것이었다.

"어이! 똑바로 안 들어? 그거 놓치면 발가락뼈 으스러지는 거 알지?"

모두들 나를 보며 빙그레 웃는데, 나는 땀을 뻘뻘 흘리면서 마치 혼자만 일하는 것처럼 힘을 쓰지만 정작 다른 사람들을 따라잡지는 못했다.

"어이. 군대에서 쇳덩어리 메고 다녔다면서 왜 이렇게 힘을 못 써? 몇 킬로짜리를 멘 거야?"

"완전 군장에 포다리를 메면 한 35킬로는 되지요."

"35킬로? 하하하. 이 트러스 지지대가 300킬로는 된다. 하하하."

300킬로? 히야, 한숨이 다 나왔다. 이들은 보통 10년에서 20년 이상 되는 경력자였는데, 별로 체중도 안 나가는 사람들이 보통 강단이 아니었다. 처음에는 저 녀석이 어떤 녀석인가 보느라고 아무도 말을 걸지 않더니, 내가 10분도 안 쉬고 몇 시간을 일하니까, 며칠 후 한 사람이 다가와 어깨를 툭 쳤다.

"어이, 우!"

"예?"

"쉬었다 해. 왜 그렇게 바보같이 일하나?"

그러면서 씩 웃는 것이었다. 합격이었던 것이다. 그 다음 날부터는 자신들이 쉴 때마다 옆으로 불러서 이런저런 이야기를 건네기도 했다.

"어이, 이 일이 말이야, 힘들긴 해도 기술만 있으면 먹고 살 만해. 그러니까 자네도 시다만 할 게 아니라 점심시간에 용접 같은 거 연습해서 다른 공장에 가라고. 경력자라고 하면 지금보다 50%는 더 받을 수 있거든. 내가 쉬엄쉬엄 가르쳐 줄 테니까. 알겠어?"

나는 그분들에게 내가 대학생이라는 사실을 숨겼고, 그분들은 내가 대학생이라는 사실을 몰랐기 때문에 나에게 그처럼 호의를 베풀어 주었다.

공장 직원들은 가까운 밥집에 대 놓고 밥을 먹었는데, 일에 지쳐서 그랬는지 그렇게 맛있을 수가 없었다. 담백한 뭇국에 고등어조림, 오뎅볶음과 파래무침 따위의 밑반찬, 그리고 두부가 들어간 김치찌개가 나오는데, 두 그릇을 후딱 먹고 얼음이 둥둥 뜬 냉수를 냉면 대접으로 마시고 나면 세상이 다 내 것 같았다.

"어이, 한잔 하고 가."

일이 끝나면 대개 동료들끼리 공장 앞 구멍가게 파라솔에 앉아서 간단하게 한잔씩 하고 집으로 향했는데, 술값은 한 사람이 낼 때도 있었고, 다 함께 나눠서 낼 때도 있었다. 구멍가게에 자기 이름으로 된 작은 수첩이 있어서 거기다 날짜와 액수를 적으면 되는 것인데, 월급날 한 달 치 외상값을 갚으면 또 주인이 맥주 한두 병을 내놓

왔다.

유리로 된 맥주잔에 소주를 3분의 2쯤 따른 다음에 멸치나 오징어포 같은 것을 안주로 해서 한 잔씩 쭉 들이켜고 일어나는 것이 퇴근 후 술자리인데, 간혹 누가 한턱낸다고 하면, 도토리묵이나 돼지고기가 조금 들어간 김치찌개 따위가 추가되었다. 간이 샤워장에서 먼지와 쇳가루를 닦아 내고 공장을 나와 그렇게 한 잔을 들이켜면, 하루의 노동에 찌들었던 몸과 마음이 확 풀리는 것이 그렇게 상쾌할 수가 없었다.

나중에 나는 인천에 있는 동방 유량 공장의 신축 공사장에 파견 나가서 일을 했는데, 뻥 뚫린 건물 안에 스티로폼을 깔고 임시로 장판을 깐 숙소에서 먹고 잤다. 토요일 저녁에 서울을 가려고 옷을 입는데 작업반장이 내 월급이 나왔다면서 노란 봉투를 건네주었다. 주머니에 밀어넣고 버스를 탄 후 열어 보았다. 20만 원이 들어 있어야 할 봉투에 13만 원밖에 없었다.

내역을 읽어 보니, 그 전달 말일까지 일한 것에서 식대를 뺀 것이었다. 그러니까 월급날까지의 날짜를 계산한 것이 아니어서 액수가 적었던 것이다. 계산법은 이해가 가는데, 정작 13만 원을 받고 보니 허탈했다. 뼈 빠지게 일하고 13만 원이라. 갑자기 눈물이 핑 돌았다. 자취방 월세 5만 원 내고, 쌀 사고, 어머니 내의 한 벌 사고, 차비하면 등록금은커녕 한 달 먹고 살 일도 막막했다.

이 몇 달간의 경험은 내게 결코 책으로 배울 수 없었던 것들을 가르쳐 주었다. 대부분의 노동자들은 그렇게 살았다. 그들은 게으름이라고는 몰랐으며, 방탕하지도 않았다. 그들은 부양해야 할 가족들을 위해 죽도록 일을 했다. 그런데도 가난했다. 노동 운동을 한다고 들어간 것이 아니라, 정말 돈이 급해서 공장 생활을 한 것이었기 때문에 그들과 크게 다를 바 없는 처지에서 노동 현실을 경험한 것이다. 그 경험은 1987년 7, 8, 9월 노동자 대투쟁 당시에 노동계를 이해하는 데 큰 도움이 되었다.

　지금도 눈에 선하다. 나중에 공장을 그만두면서 내 신분이 드러났을 때 멀거니 나를 쳐다보던 그 노동자들의 표정, 저놈은 우리랑 신분이 다른 놈이었구나 하는 표정으로 떨떠름하게 돌아서던, 내 다정했던 공장 동료들의 뒷모습 말이다. 지금도 내 몸에는 당시 날카로운 철판에 긁힌 흉터가 남아 있는데, 그 흉터를 들여다보고 있으면 내게 용접을 가르쳐 주려고 잔뜩 몸을 구부렸던 그분들의 굵은 손마디가 생각난다.

그 누구의 잘못도 아니다

학생 운동을 하기로 마음을 먹고 1985년 2학기에 복학을 했지만, 어떻게 학생 운동을 해야 하는지 몰랐다. 그래서 2년 후배 중에 당시 우리 과에서 학생회장을 하고 있던 오연호라는 후배를 만났다. 그 친구는 다음 해에 총학생회 교육부장을 하다가 감옥에 갔다 온 후 월간 '말'지 기자를 거쳐서 지금은 '오마이뉴스' 대표 이사로 있다.

"학번을 속이면 불편할 텐데 괜찮겠어요?"

"뭐, 이것저것 신경 써서야 일이 되겠냐?"

"하긴 후배들에게 새로운 자극이 되긴 할 거예요."

그는 나를 문과대학의 리더 격인 친구에게 소개를 했다.

군대 가기 전에 과에서 비공개 세미나를 해 보긴 했지만, 처음부터 운동권이 아니었던 나는 철학과 사회과학에 대한 체계적인 공부가 부족했다. 여러 경험을 통해 내게 내재된 선험적인 문제 인식만으로는 다른 사람을 설득하거나 이끌어갈 수가 없었다. 당시 운동권 학생들은 독서와 토론을 통해 학교에서 가르쳐 주지 않는 우리 사회의 문제들에 대해서 탐구하고 있었다.

소개 받은 친구는 난감해 했다. 학생 운동을 하다가 군대에 가는 경우는 있어도, 나처럼 군대를 제대한 후 학생 운동을 시작하겠다고 나서는 촌놈은 흔치 않아서 어떤 수준의 팀에 나를 끼워 주어야 할지 판단하기가 어려웠던 모양이었다. 나는 그들과 상의한 끝에 복학하면 같은 학년이 될 84학번들의 세미나팀으로 들어가기로 했다. 나는 그에게 부탁을 했다.

"내가 81학번인 것을 알면 후배들이 부담스러워할 테니까, 그냥 84학번인 걸로 해 주었으면 좋겠다. 그게 나도 편하고."

각각 과가 다른 사람들이고, 또 서로 가명을 쓰기 때문에 이것이 가능했던 것이다. 처음 팀에 들어가 인사를 했다.

"국문과 84 강타입니다."

"국문과? 처음 보는데? 어디 숨어 있었지?"

그러자 당시 지도를 맡은 사학과 83학번이 얼른 끼어들었다. 그녀는 내가 81학번인 것을 알고 있었다.

"네가 웬만한 사람은 다 알고 있는 것 같지? 하지만 모르는 사람도 많아."

이렇게 학생 운동 조직에 편입을 했는데, 굳은 결심은 했지만 같이 생활하다 보니 불편한 일도 있었다. 같은 팀에 있는 84학번 녀석이 내가 알고 있는 81학번 대학원생하고 같이 있으면 급히 자리를 피해야 했다.

"야, 강타, 이 자식아. 정신 좀 차려라, 엉?"

간혹 그러면서 뒤통수를 탁 치는 녀석이 사회학과에 있었다. 3년 후배면 한참 아랜데, 아무리 격의 없는 애정 표현이라지만 욕지거리를 듣고 구타까지 당할 때는 은근히 약이 오르기도 했다.

결국 내 학번이 들통 나는 일이 벌어지고 말았다. 1986년 3월에 총학생회 선거와 단과대 학생회 선거를 하는 데, 이 선거 관리를 맡은 아이 중에 우리 팀원이 있었다. 내가 투표용지를 받으면서 표시를 한 국문과 명부를 보다가 내 학번을 보고 만 것이다. 난리가 났다. 84학번들끼리 모여서 회의를 했다고 했다.

"선배인데 우리가 큰 실수를 한 거니까 정식으로 사과하고 형이라고 부르자."

"아니, 우리가 뭘 잘못했어? 본인이 학번을 숨긴 건데. 이왕 부르던 거니까 모른 척하고 계속 반말하자고. 그게 또 본인이 원하는 거니까."

"맞아. 학생 운동을 하면 다 동지지, 뭐. 안 그래?"

"야, 너 같으면 87학번이 반말해도 동지니까 참겠냐?"

"그건 죽지. 바로 죽는 거지."

어쩌고저쩌고하다가 일단은 현행 방식을 유지하기로 결론을 내렸다고 했다. 그들 중 가장 강력하게 반말을 하자고 주장했던 여학생을 우연히 마주쳤는데, 그 여학생이 갑자기 얼굴을 붉히면서 말을 더듬거리는 것이었다.

나는 그때까지도 그들이 내 학번과 나이를 안다는 걸 모르고 있었다.

"어이, 둘리. 어디 가니?"

평소 같으면 "어, 나 식당 가는데 너도 같이 갈래?"라고 해야 하는 데, "에? 아…… 그냥, 뭐…… 저기…… 나…… 식당에…….'라고 하더니, 황급히 도망을 가버리는 것이었다.

그 친구는 결국 나에게 제일 먼저 형이라고 부르는 바람에 84학번들의 웃음거리가 됐다.

얼마 후 그들이 내 나이를 알고 있다는 사실을 알았지만, 나는 예전처럼 친근하게 대하면서 그들도 나를 자연스럽게 대하도록 유도했다. 중요한 것은 민주화 운동이지 나이가 아니라는 생각에는 변함이 없었다. 후배들이 동료처럼 대하다 보니, 나중에 내 동기가 휴가를 나와서 보고 황당했던지 후배들에게 뭐라고 했다가 오히려 면박을 당하기도 했다.

학생 운동권에 합류한 나의 첫 가두시위는 영등포에서 있었다. 은밀한 장소로 모이게 한 후 팀 선배가 약도를 그리면서 집결 장소를 지정해 주었다. 당시 경찰이 운동권 학생들과 학교 건물을 도청한다는 소문이 퍼져서 가능하면 말을 하지 않고 종이에 글씨를 썼다. 선배는 글씨를 쓰면서 다들 이해했는지 눈빛을 확인했다. 모두 끄덕거리면 다 이해한 것이고 질문이 있으면 역시 종이에 썼다. 다 전달이 되면 그 자리에서 메모했던 종이들을 불태워 버렸다.

시위를 하면 수백 명의 전경이 바로 달려와 학생들을 연행했기 때문에 가능한 한 시간을 끌며 대열을 유지해야 했다. 또한 학생들이 충분히 도망갈 수 있도록 대열의 앞과 뒤에서 전경과 싸우며 시간을 벌 전투조가 필요했다. 그건 2, 3학년 남학생들의 몫이었다. 유인물과 플래카드 등 시위에 필요한 물품을 나르는 것은 주로 여학생들이 맡았다.

이윽고 약속한 시위 시간이 되자, 흩어져 있던 학생들이 영등포시장 횡단보도 근처로 모여들기 시작했다. 서로의 눈이 빛났다. 긴장하고 있다는 표시다. 오후 6시 5분. 약속 시간에서 5분이 지났는데도 아무 신호가 없으면 불안했다. 그러나 횡단보도의 파란불이 켜지는 순간 갑자기 정적을 깨고 주동자가 구호를 외치며 도로로 뛰어나갔다.

"군사 독재 타도하자! 민주 정부 수립하자!"

그러면 인도에서 물건을 구경하는 척하던 학생들이 우르르 차도로 뛰어들면서 각자 맡은 역할을 시작했다. 어느새 마스크를 쓴 두 명의 남학생이 여학생이 꺼내 놓은 플래카드를 펼쳐 들었다. 대열의 앞과 뒤를 보호하기로 한 학생들은 차량의 진행을 일시적으로 통제하면서, 어느 쪽에서 전경들이 뛰어오는지를 감시했다. 유인물을 운반한 여학생들은 가능한 한 인도 쪽으로 다가가서 무슨 일인가 구경하는 시민들에게 '우리의 주장'이라는 제목의 유인물을 나눠주었다.

당시 이런 가두시위는 특별한 경우가 아니면 10분 이상을 끌기가 어려웠다. 가장 가까운 곳에 있던 전경들이 사력을 다해 뛰어오기 때문이다. 전경들이 몇 백 미터 떨어진 곳에서 뛰어오는 모습이 보이면, 학생들은 술렁이면서 자신들이 도망가야 할 곳을 찾았다. 대개 경찰들이 백여 미터쯤 접근했을 때 해산이라고 외치고 도망치기 시작하는데, 사람이 많은 시장 안으로 들어가서 반대편 출구로 나오는 것이 일반적이었다.

만일 주동자가 그날 잡혀가기로 마음을 먹은 경우에는 끝까지 남아서 전경들과 몸싸움을 하며 시간을 벌었다. 맨 먼저 달려온 수십 명의 전경이 주동자를 잡기 위해 실랑이를 벌이면 그만큼 다른 학생들을 잡는 데는 신경을 쓸 수 없었기 때문이다. 그런 모습을 본 주동자의 직계 후배들이 차마 도망을 못 가고 옆에 남아 싸우는 경우가 있었는데, 그러면 주동자는 목이 쉬도록 소리를 질렀다.

"야, 너 빨리 안 튀어? 죽을래? 빨리 가, 인마!"

"형!"

"아, 이 자식! 빨리 튀라니까!"

"혀엉!"

그러다 같이 잡혀 들어가는 경우도 다반사였다. 잡혀가서 감옥에서 썩을 선배를 생각하니 차마 후배의 발길이 떨어지지 않은 것이지만, 그 후배 녀석은 훈방이나 구류를 살고 나온다 해도 경찰의 리스트에 올라가서 요주의 대상이 되기 마련이었다.

각자 흩어져서 모였다가 또다시 흩어져서 도망을 가는 것이기 때문에 누가 붙잡혔는지 알 수가 없었다. 그래서 시위가 끝나면 팀별로 모일 장소를 미리 정하는 데, 대개 학교 앞 단골 선술집이었다. 두세 시간이 지나도 안 나타나는 아이가 있으면 잡혀간 것이다. 막걸리를 마시면서 기다리다가 안 나타나는 녀석이 있으면, 몇 사람을 그 녀석의 집으로 보내서 위험한 물건들을 치웠다. 불온서적을 읽었는지, 그 주변 동료는 누구인지 등을 알아내기 위해 경찰이 잡힌 녀석의 방을 수색할 것이기 때문이다.

과 후배 중에 달리기가 영 젬병인 여학생이 하나 있었는데, 그 친구는 가두시위만 나가면 잡혀서 구류를 살고 나왔다.

"야, 요령 있게 도망 좀 다녀. 사람 많은 데로 가란 말이야. 이젠 두부 사줄 돈도 없어."

"저도 알아요. 그런데 한 백 미터만 뛰면요. 숨이 탁 막혀요. 어, 이거 이러다 죽는 거 아냐? 이런 생각이 들 정도거든요. 그러니까 그냥 잡히는 게 낫죠. 제가 어떻게 전경을 따돌려요?"

"그러면 좀 일찍 도망가면 되잖아?"

"그럴 것 같으면 왜 가두에 나가요? 나갔으면 끝까지 싸워야죠."

"그러니까 끝까지 싸우고 끝까지 뛰란 말이야!"

"됐어요. 전 못 뛰어요! 하나라도 잘할래요."

이런 후배들과 이야기해 봤자 내 속만 시커멓게 탈 뿐이다. 잡힌 사람이 하나도 없으면 그날 술자리는 화기애애하지만, 잡혀간 친구가 있는 경우에는 침울해진다.

방을 치우러 간 친구가 돌아오면 모두가 조용히 술을 마셨다.

"당분간 조심들 해라. 너희들 이름을 불 친구는 아니지만 혹시 수첩에 이름을 써 놓았을지도 모르니까. 아무튼 오늘 수고들 했다. 자, 건배하자."

침울한 분위기를 바꾸기 위해 노래나 부르자고 하면 김민기의 '친구' 같은 슬픈 노래를 부르게 되고, 그러다가 한 녀석이 울기 시작하면 걷잡을 수가 없었다.

"형! 사실은요…… 양파 잡혀가는 걸 제가 봤거든요?"

"뭐? 왜 진작 이야기 안 했어?"

"양파가 저랑 시장 안에서 뛰고 있는데요. 어떤 가게 아저씨가 발을 걸었어요. 그런데 바로 뒤에 전경이 달려오는 바람에……. 넘어진 양파랑 눈이 마주쳤는데, 저는 그냥……."

"야, 그럼 넘어지는 걸 보고서도 너 혼자 튀었단 말이야?"

녀석은 놀란 동료들이 쳐다보고 있는 가운데 자기감정에 복받쳐 울었다. 흐느끼는 녀석을 바라보고 있는 내 가슴이 아려 왔다. 동료가 잡혀가는 걸 보면서도 혼자 도망친 사실 때문에 얼마나 가책이 되었을까?

"네 잘못이 아니다. 누구라도 그 상황에서는 그렇게 했을 거야. 너까지 잡혀가면 안 되잖아. 네가 잘 판단한 거야. 양파도 너를 이해할 거다."

결국 아이들끼리 서로 끌어안고 울어 버렸다. 엎질러진 막걸리가 탁자 위를 천천히 흐르다 무릎 위로 한 방울 두 방울 떨어져 내리고 있었다. 답답한 현실이 언제까지 지속될 것인지 예측할 수도 없는 가운데 그렇게 한 명 두 명 상처를 받았다.

금지된 시간들

당시 운동권 학생들은 잡혀갈 경우를 대비해서 일기를 쓰는 것, 동료들끼리 사진을 찍거나 편지를 쓰는 것 등을 모두 금지하고 있었다. 다 증거물이 되어서 동료까지 잡혀가기 때문이었다. 모든 기록은 금지되었고 항상 가명이나 별명만 부르도록 했다. 원래는 가명도 3개월에 한 번씩 바꾸도록 하였으나 매번 그렇게 하자니 귀찮기도 하고 헷갈리기도 했다.

"야, 너 세리가 오늘의 책에서 보자고 그러더라."

"가만 있자, 세리가 누구더라? 아, 요술이었지."

"야, 요술이가 세리가 되었다는 걸 말하면 어떻게 해? 짭새가 도청했으면 다 알아 버렸겠다."

"맞아. 도청했으면 어떻게 하지? 에이, 요술이더러 또 이름 바꾸라고 해야겠다."

그런 식이었으니 가명을 바꾸는 것이 그다지 효용성이 없었다.

경찰에 연행되거나 미행을 당하지 않기 위한 갖가지 규율이 있었다. 약속 장소로 이동할 때는 한 번 이상 버스를 갈아타도록 하였고, 가능하면 버스에서 지하철로, 그리고 다시 버스로 갈아타는 방식을 권장했다. 약속 장소는 만일을 대비해 도망갈 수 있는 후문이 있는 곳을 선택하고, 15분 이상 상대방이 늦으면 무조건 그 자리를 떠난 후 제2의 약속 장소에서 한 시간 후에 만나는 것이 규율이었다.

한번은 20분을 기다려도 만나기로 한 사람이 안 오기에 불안한 마음으로 자리를 떠서 제2의 장소로 간 적이 있었다. 거기서도 안 나타나서 확실히 잡혔구나 생각하고 여러 가지 후속 대책을 고민하고 있는데, 그제서야 상대방이 헐레벌떡 오는 것이 아닌가! 이유를 물으니 늦잠을 잤다는 것이었다. 그러니까 규율은 거의 CIA 수준으로 만들어 놓았지만, 군대도 안 간 어린 학생들이 일일이 다 지키기는 어려운 일이었다.

그러나 수배자들은 이런 규율을 지키지 않다 보면 바로 연행될 수 있기 때문에 비교적 조심들 했다. 한번은 이런 일이 있었다. 수배자 두 사람이 다방에서 만나고 있는데 사복형사가 들어왔다. 입구에서부터 몇 사람을 찍어서 주민등록증 검사를 하는 것이었다. 긴장해서 그 광경을 지켜보던 수배자는 자신들을 잡기 위해 온 것이 아닌 것을 알고 다소 안심하면서 위조한 가짜 신분증을 꺼내 들었다.

"잠깐 실례하겠습니다. 신분증 좀 보여 주시겠습니까?"

한 명이 미리 준비한 신분증을 꺼내서 형사에게 내밀자, 형사는 신분증을 보지도 않은 채, 그 친구의 손목에 갑자기 수갑을 채우는 것이었다. 다른 테이블에서 신분증 검사를 한 것은 말하자면 일종의 트릭이었던 것이다.

"미행이다!"

"와당탕! 쨍강!"

다른 한 친구는 순간적으로 테이블을 형사 쪽으로 엎어 버리고는 미리 봐 둔 후문으로 재빨리 달려 나갔고, 정문에 대기하고 있던 형사들이 급히 따라갔지만 그 친구는 이미 사라져 버리고 난 다음이었다.

당시에는 서울대, 연대, 고대를 비교하는 말들이 많이 떠돌았는데, 가령 이런 것들이다. 서울대 수배자들은 애인을 만나다 잡히고, 연대 수배자들은 숨어 있던 집이 들통나서 잡히며, 고대 수배자들은 술 마시다 취해서 잡힌다는 것이다. 재미로 누가 만든 말이었을 것이다. 그러나 본인의 명예 때문에 말할 수는 없지만, 지금 여야 국회의원이나 지구당위원장 중에 여기에 해당되는 사람이 일부 있다는 것만은 밝혀 둔다.

워낙 많은 학생들이 연행되어 구속되었고 가까운 곳에 경찰이나 그 정보원들이 항상 있었기 때문에, 5공화국 시절의 대학 생활을 생각하면 밝은 그림이 별로 없다. 항상 주위를 살펴봐야 하고, 뭔가를 감추거나 포기해야만 했다. 한창 꿈에 부풀어서 미래를 설계해야 할 20대 초반의 청춘들이었음에도 불구하고, 당시 그들에게 그 시절은 이를 악물고 감내해야만 했던 금지된 시간들이었다.

금지된 것 중에 가장 가슴 아픈 것은 역시 연애였다. 1, 2학년들은 이성 친구를 사귀면 학생운동을 포기하는 경우가 많았다. 왜 안 그렇겠는가? 보고 싶은 사람이 있는데, 매일 세미나와 가두시위로 꽉 짜인 일정과 두려운 상황만이 강요되었으니 견디기 어려웠을 것이다. 그렇게 그만두는 친구들이 생기게 되면, 조직을 이끌어야 하는 입장의 선배들은 난감해지곤 했다. 그래서 사사로운 감정을 잘 다스리자고 결의를 다졌다.

역사의 진보에 헌신하기 위해서는 개인의 사사로운 행복을 포기해야 하니, 이성 친구를 사귀고 있거나 누군가를 마음에 두고 있던 친구들은 번민이 남다를 수밖에 없었다. 술을 마시며 헤어져야겠다고 결심하다가 술이 취하면 보고 싶어서 자기도 모르게 연락을 하고, 다음 날은 자신이 한 일을 후회하는 그런 날들이 거듭되었다. 그러다 어느 시점에 이르면 결단을 내렸다.

내가 아끼는 후배 중에 그런 결단을 한 녀석이 있었다. 그렇게 결심을 하고서도 어쩔 수 없이 흔들리는 자신을 돌아보면서, 그 녀석은 이를 악물었다고 했다. 여자 친구에게 헤어지자고, 자신은 여자보다 역사를 선택할 수밖에 없다고 일방적으로 선언하고 돌아 나와서는 혼자 술을 마신 모양이었다.

"꽃님아!"

방에 혼자 앉아 있다 보니 자신도 모르게 눈물이 흐르면서 자꾸 여자 친구의 얼굴이 어른거렸단다. 이러면 안 되겠다 싶어서 피우던 담배로 팔목을 지졌다고 했다. 팔목에서 살 타는 냄새가 나고 고통이 밀려오자 정신이 맑아오고 더욱 비장해졌다고 했다. 그 후로도 여자 친구의 얼굴이 못 견디게 보고 싶을 때는 담뱃불로 팔을 지졌는데, 그 흉터는 애아버지가 된 지금도 그의 팔목에 남아 있다.

하긴, 돌아보면 아프게 지져댄 것이 어찌 팔뚝뿐이었으랴. 소 팔고 논 팔아 자신을 대학에 보내 준 부모님을 생각하면서, 시위를 주동하기 전날 애인과 마지막 인사를 나누면서, 고문에 못 이겨 동지의 이름을 불고 난 그 어두운 취조실 구석에 주저앉아 자신을 저주하면서, 스무 살 팔팔한 젊은이들의 가슴마다 고통의 인두질 자국이 새겨지고 있었다.

좋은 세상이 오면

그 시기에 우리가 꿈꾼 것은 무엇이었을까? 무엇 때문에 우리는 그런 사적인 행복들을 포기했을까? 모두들 좋은 세상이 오길 바랐다. 정의가 강물처럼 흐르는 그런 세상, 자유가 샘물처럼 솟는 그런 세상, 자신의 권력욕을 위해 동족을 학살하지 않는 그런 세상, 서로가 서로의 어깨에 손을 얹고 미소 짓는 그런 세상. 존 레논이 '이매진'이라는 노래에서 말했던 그런 세상을 원한 것이다. 우리는 얼빠진 이상주의자였을까?

이 시기에 나도 많은 것을 떠나보내고 많은 것을 포기해야만 했다. 당연하게도 나는 연애를 하지 않았다. 연애는커녕 여자 근처에도 가지 않았다. 누군가 관심이 끌리는 여학생이 있으면 일부러 차갑게 대했고, 그래도 호감이 가면 일부러 마주칠 수 있는 자리를 피했다.

그때 나는 연애 원칙이라는 개똥철학을 체계화했는데, 가령 내가 마음에 두고 있는 여자가 다른 남자를 마음에 두고 있으면 포기한다, 내가 마음에 두고 있는 여자를 다른 남자가 좋아해도 포기한다, 뭐 이런 식이었다. 사실상 연애를 하겠다는 원칙이 아니라, 연애

05 세상의 그 무엇이라도 되자

211

를 포기하겠다는 원칙이었다. 어쨌든 이런 습관은 그 후로도 상당히 오랜 기간 지속되었다.

조금 혼란스러웠던 것은 나중에 감옥에 갔더니, 난다 긴다 하는 학생 운동가들의 애인들이 면회를 오는 것이 아닌가? 그때 면회를 오시던 어머니가 하신 말씀은 "너는 어떻게 애인도 하나 못 만들어서 늙은 어미가 매일 면회 오도록 고생시키냐?"

내 동료 격인 고학번 그룹은 노동 현장으로 떠나가기 시작했는데, 그들이 현장에 간다고 해서 송별회를 한 날 밤은 잠이 오질 않았다. 특히 함께 문학회 생활을 했고, 내가 학생운동을 하는 데 영향을 주었던 친구 박래군과 문준호 선배가 현장에 간다고 했을 때는 팔하나가 떨어져 나가는 것 같은 외로움이 밀려왔다.

그들을 떠나보내는 것은 슬펐으며, 그렇게 노동 현장으로 간 사람들 중에는 상처 입은 새처럼 날개 하나가 찢긴 채 돌아오는 이들도 있었다.

남아 있는 새들은 그래서 또 아파했다. 잡혀가고 떠나가는 사람들을 보는 것은 내 가까운 미래를 보는 것이기도 했지만, 그때 왜 그렇게 아쉬웠던 것일까. 강한 척했지만 사실은 나도 많이 외롭고 힘들었던 것 같다.

그중에서도 나를 많이 괴롭혔던 것은 문학에 관한 것이었다. 고교 시절부터 시인이 되기를 꿈꾸어 왔다. 당시에도 밤이면 연희동의 자취방에서 이런저런 시상을 매만지곤 했는데, 그렇게 시에 연연해하는 내가 자꾸 사치스럽게 느껴졌다. 나보다 훌륭한 많은 동료들이 신분 상승의 꿈을 접고 저토록 열심히 역사를 위해 헌신하고 있는데, 나는 왜 그토록 시에 대한 미련을 접지 못했던 것일까.

'문학에 대한 미련이 결정적인 순간 나의 결단을 흔들리게 할지도 모른다. 집착을 버리자. 떨쳐 버리자.'

그래서 시를 쓰다가도 원고지를 멀리 밀어 놓고는 역사 서적이나 경제학 서적을 펼쳐 놓는데, 몇 페이지 읽다가는 나도 모르게 또 원고지를 끌어당기기 일쑤였다. 몇 번을 그러다가 밤이 새기도 했는데, 후배들에게는 철저해지라고 요구하면서도 정작 내 개인의 사적인 욕심은 버리지 못하는 것 같아서 괴로웠다.

결국 그동안 써 두었던 시들을 정리해서 1986년 오월 문학상에 응모했고, 시 부문에 당선되었다. 같은 해 가을에는 윤동주 문학상을 받았다. 그때 그런 생각을 했다,

'이제 이 정도로 됐다. 자꾸 연연해하지 말자. 좋은 세상이 오면 그때 다시 시를 시작하자. 좋은 세상이 오면 더 좋은 시를 쓸 수 있겠지.'

담배로 손목을 지지던 후배처럼 자꾸 눈물이 나왔다. 나는 완성된 원고를 제외한 습작들을 화장실에서 태워 버렸다. 손이 부들부들 떨렸지만 이를 악물었다. 원고지와 창작 노트는 서랍 깊숙이 모습을 감추어 버렸다. 대신 나는 점점 더 학생운동의 중심부를 향해 걸어가기 시작했다.

나는 촌놈이었고, 가난한 집안에서 성장했으며, 등록금이 없어서 대학 내내 고생했다. 작은형이 자살한 이후 어머니의 유일한 꿈은 내가 잘 되는 것이었다. 눈물이 그렁그렁한 채 이를 악물면서, 너는 반드시 성공해야 한다, 하시던 어머니의 모습은 내 성장 과정의 모든 것이었다. 그러나 나는 어머니가 원했던 것과는 정반대의 길로 가고 있었다.

구속되어 감옥에 갈지도 모르고, 좋은 직장은커녕 공장에 취업하게 될 것이며, 심지어는 목숨을 잃을지도 모른다. 이런 생각을 하고 있으면 가슴이 찢어지도록 아렸다. 누군가가 내게 건 희망을 꺾어 버린다는 것이 그에게 얼마나 큰 절망이 될 것인지 알면서도 그것을 행해야 한다는 것, 그리고 그날이 점점 더 가까워지고 있다는 느낌 때문에 나는 고통스러웠다.

1986년 4·19혁명 기념일이었다. 남대문에서 시경(서울시경찰국) 쪽의 도로에서 가두시위가 있었는데, 나는 후방 전투조를 책임졌다. 용돈을 아껴서 미리 만든 화염병을 쇼핑백에 넣고 버스를 탔는데, 자꾸 신나 냄새가 나는 것 같아 다른 승객들의 눈치를 살펴야 했다.

이윽고 시위가 시작되었고, 워낙 도로가 넓은 데다가 전경들이 바로 달려왔기 때문에 시위자들은 도망치기 바빴다. 준비한 화염병을 쓸 수도 없었다. 대열의 맨 뒤에 있던 나는 대열이 흩어진 후 인도로 올라가서 태연하게 걸었지만 거기에도 워낙 경찰이 많이 깔려 있어서 쇼핑백을 들고 걷는 것이 위험해 보였다. 그렇다고 용돈을 아껴서 만든 화염병을 그냥 버리고 갈 수가 없어서 버스를 타고 집까지 오고 말았다.

연희동 자취방으로 돌아온 나는 깜짝 놀라고 말았다. 예고도 없이 어머니가 와 계셨던 것이다. 나는 얼른 집 뒤로 돌아가서 구석의 잡동사니 속에 쇼핑백을 밀어 놓고는 방으로 들어갔다. 바로 방으로 들어오지 않은 내가 수상했던지, 어머니는 나의 안부를 묻고 손수 해온 밑반찬을 꺼내시다가 살그머니 밖으로 나가셨다. 그러더니 어떻게 찾으셨는지 쇼핑백을 들고 황급히 방으로 들어오셨다.

"너, 너, 이게 뭐냐? 엉? 이거 불 나는 거, 그거 아니냐?"

"예? 아, 그거요? 아니, 후배가 좀 맡아 달라고 해서 그냥 보관만 하는 거예요."

나는 무척 당황했다. 어머니는 잔뜩 겁이 나서 말씀도 제대로 못 하셨다.

"너 어쩌려고 그러냐? 너 이러다가 잡혀가기라도 하면 완전히 끝장 나는 거 몰라?"

"아니에요. 그냥 맡아 주기만 하는 거라니까요."

작은 밥상에 마주 앉아서 밥을 먹는데 입으로 뭐가 들어가는지 알 수가 없었다. 아무 생각도 나지 않고 그냥 멍하기만 했다.

"어머니, 죄송해요. 좋은 세상이 오면 그때 잘 모실게요."

자꾸 눈물이 나오려고 해서 입 안 가득히 밥 덩어리를 밀어넣었다.

■ ■ ■ ■

어둠이 깊을수록
새벽은 가까이 있다

2 · 12 선거를 통해 개헌이 중요한 사회적 이슈가 되었지만, 여야 간에 지루한 공방전만 계속되었다. 전두환 대통령을 중심으로한 5공 세력은 개헌을 검토할 수 있다고 말하면서도 야당과의 협상에 성의 있게 응하지 않았고, 오히려 경찰력을 더욱 증강시켜 정치적 반대자들을 잡아들였다. 1986년의 정국은 팽팽한 긴장의 연속이었다.

야당은 개헌서명운동본부 현판식을 통해서 대규모 군중집회를 열어 정권 측을 압박했다. 광주와 부산에서 있었던 군중집회는 성공적으로 개최되었고, 그 기세를 몰아 수도권에서도 바람을 일으키려고 했다.

1986년 5월 3일에 인천에서 개최된 야당의 현판식에는 서울에서도 대거 참여하기로 했다. 후배 몇 명과 함께 인천으로 가는 버스를 탔는데, 중간중간 경찰들이 검문하면서 학생처럼 보이는 친구들을 내리도록 했다. 일종의 예비검속이었다.

주안에서 내린 우리는 묻고 물어서 시민회관을 찾아갔다. 우리가 도착할 때쯤 해서는 제법 사람들이 많이 모여 있었다. 후배들을 데리고 시민회관 건너편 길 쪽으로 걷고 있는데 누군가 나를 불러 세웠다.

"야, 우상호!"

뒤를 돌아보다가 깜짝 놀라고 말았다.

"어? 야, 박래군!"

제대한 후 바로 노동 운동권으로 간 래군이를 만난 것이다. 작업복 차림에 특유의 사람 좋은 미소를 띠고 있는 녀석은 어느새 노동자 분위기를 물씬 풍기고 있었다. 우리는 서로를 억세게 끌어안았다.

"살아 있었구나."

"자아식!"

내부 깊숙한 곳에서 무엇인가 뜨거운 것이 치밀어 올랐다. 문학회 가입할 때 처음 만난 친구이자 나를 과 세미나팀으로 끌어들였던 녀석, 시위 중에 붙잡혀서 군대로 강제 징집된 후 편지를 보내서 힘을 내자고 하던 그 녀석이다. 녀석이 복학을 안 하고 노동 운동을 하겠다고 했을 때 왜 그렇게 마음이 허전하던지. 그런데 이렇게 집회 현장에서 만난 것이다.

"야, 몸조심해, 인마!"

"그래, 건강해라. 다음에 보자!"

짧은 인사를 나누고는 그렇게 또 우리는 헤어졌다. 노동자들 속으로 손 흔들며 달려가는 그의 뒷모습이 아름다웠다.

그날 인천 집회는 결국 진압하려는 경찰들과 학생 노동자들의 공방전 속에서 막을 내렸다. 다음 날 모든 언론 지면은 '5·3 인천 소요 사태'라는 커다란 제목으로 분위기를 잡더니, 5공 세력은 결국 이 집회를 주도했던 사람들을 지명수배하면서 더욱더 강압적인 분위기를 만들었다. 숨을 쉴 수 없을 정도의 억압적인 분위기, 언론에 의한 계속된 매도 속에서 학생 운동에 참여했던 후배들의 동요가 점점 심해졌다. 도저히 정권의 강한 물리력을 이겨낼 수 없을 것이라는 패배 의식이 스멀스멀 번졌다. 한 명 두 명 팀을 떠났다.

"다들 눈치채고 있겠지만, 왕눈이가 운동을 정리했다. 개인 사정 때문이니까 다들 이해하고 남은 사람들이 더 열심히 하자."

"……."

같은 팀에 있던 동료 하나가 운동을 정리해 버리면 팀 분위기는 한동안 뒤숭숭했다. 모두가 힘든 상황이라 오로지 같이 하는 동료들이 있다는 것 하나로 버티고 있었기 때문이었다. 팀을 떠난 친구도 예전 동료들에게 미안한 나머지 한동안 피해 다니거나 아예 휴학을 했다.

가두시위 계획이 잡혀서 약속된 거리에 나가 보면, 어느새 경찰이 배치되어 있어서 취소되는 일들이 많아졌다. 누군가 내부에서 정보를 흘리고 있다는 불신도 늘었다. 결국 서로가 서로를 믿지 못했다.

"걔 좀 이상하던데, 프락치 아니냐?"

"야, 그게 문제가 아니야. 저기 산적 형 있잖아? 저번에 다방에서 정보과 형사 만나는 것을 누가 봤대."

"정말? 야, 그 형, 지난번 깨진 시위 주동하기로 했던 형이잖아?"

"이 자식들이 어디서 루머를 재생산하고 있어! 또 그 따위 소리 하는 거 들으면 가만 안 있는다!"

야당과 재야 단체의 활동도 현저하게 둔해졌다. 당시 민청협 의장이었던 김근태 씨를 비롯한 재야 지도부 대부분이 구속되고 수배되었다. 암담해졌다. 학생운동 내부의 논쟁도 점점 격렬해졌다. 민민투니 자민투니 하는 파벌들이 생겨나면서 서로 자신들이 옳다고 주장하는 논쟁이 치열해졌다. 그런 문건만 귀신같이 구해다 보는 후배들도 있었다.

그런 동료들의 이탈과 분열도 힘이 빠지는 일이었지만, 무엇보다도 우리를 가장 두렵게 만든 것은 경찰의 고문이었다. 전두환 정권과 민주화 운동 진영 간의 대립이 치열해지면서 각종 고문 사건들이 터져 나왔다. 국민들을 분노하게 만든 것은 부천 경찰서 성고문 사건이었다.

그 사건은 당사자인 권인숙 씨가 자신이 부천 경찰서에서 당했던 성고문의 진상을 용기 있게 폭로하면서 사회 문제가 되었다. 젊은 여성의 수치심을 자극하여 정보를 캐내려던 문귀동 경찰관이 구속되었다. 그러나 그 사건을 통해서 많은 사람들은 밀실에서 자행되고 있는 경찰의 은밀한 고문에 주목하기 시작했다.

다음으로 폭로된 고문 사건은 김근태 민청협 의장에 대한 전기 고문 사건이었다. 고문을 한다는 소문은 무성했지만 끔찍한 전기 고문의 방법과 유형이 피해자에 의해 자세히 알려진 것은 처음 있는 일이었다. 자신을 발가벗긴 채 물을 끼얹고 전기 찜질을 했다는, 더구나 신체의 은밀한 부분에 전기를 가했다는 그의 구체적인 증언에서는 몸서리를 칠 수밖에 없었다.

성고문과 전기고문에 대한 생생한 기록은 우리 모두를 전율케 했다. 과연 우리가 그러한 혹독한 고문을 이겨 낼 수 있을까 하는 반문을 하게 되었고, 자기는 그러한 고문을 이겨 낼 자신이 없어서 학생 운동을 못하겠다고 포기하는 친구도 있었다.

"하루라도 잠을 못 자게 하면 형에 대해서 모든 것을 불 수밖에 없을 거예요."

"잠은 안 잘 수 있는데 한 끼라도 밥을 안 주면 도저히 버틸 수가 없을 거야."

"나는 겨드랑이를 간지럽히면 모든 걸 이야기하게 될 거야."

동료들끼리 모이면 시답잖은 농담을 하기도 했지만, 그만큼 고문에 대한 공포가 내면화하고 있음을 나타내는 것이기도 했다.

그러던 와중에 서울대학생인 박종철 군이 치안본부 분실에서 물고문으로 숨지는 사건이 1987년 1월 발생했다. 고문에 대한 폭로와 반대 운동에도 불구하고 결국은 사람이 죽고야 말았던 것이다.

신문에 실린 박종철 군의 사진을 보면 순박한 표정의 앳된 대학생 그 자체였다. 그는 선배의 행적과 거처를 추궁하는 경찰관에게 끝내 그 정보를 넘겨주지 않았고, 그 결과로 목숨을 잃고 말았다.

그것은 또 다른 우리의 얼굴이기도 했다. 민주화 운동의 과정에서 죽을 수도 있다는 현실감은 우리를 더욱 비장하게 만들었다.

'어둠이 깊을수록 새벽은 가까이 있다.'는 말은 시련에 직면할 때마다 우리를 버티게 하는 힘이 되어 주었지만, 우리는 흔들리지 않을 수 없었다. 정말 어둠이 걷힐 수 있는 것일까? 저 장막 너머에 빛이 있기는 한 것일까? 우리의 목숨을 바쳐도 헛된 것이 되지는 않을까?

학생과 학생운동

1986년을 보내고 운명의 1987년이 시작되었다. 유난히 추운 겨울이었다. 자취방 연탄보일러가 몇 번이나 얼어붙어서 그것을 녹이느라고 고생을 했는데, 나중에는 그것도 귀찮아서 전기장판 위에 이불을 깔고 지냈다. 4학년이 되는 기분이 남달랐다. 스물여섯이 된 것이다.

하루는 지하 지도부를 구성하고 있던 한 친구가 내게 와서 새로운 제안을 했다.

"형, 학생회장 선거에 나가지 않을래요?"

"뭔 장?"

"학생회장. 연대 학생회장."

"너 농담하냐?"

나는 어이가 없어서 피식 웃었다. 당시만 해도 복학생이 학생회장을 하는 예가 없었다. 학생회장은커녕 학생운동을 하다가도 군대에 갔다 오면 서서히 멀리하는 것이 보통이었다.

그날은 그렇게 넘어갔는데, 이 친구가 몇 번이나 찾아와서 설득을 했다. 지금 학생운동이 위기다, 이를 벗어나려면 누군가가 나서

서 대중 운동의 새 흐름을 만들어야 하는 데 형이 적임자다, 이것이 설득의 요지였다.

1986년 10월 말에 있었던 건대에서의 집회는 학생운동 전체에 엄청난 타격을 주었다. 천여 명이 넘는 학생들이 구속되었는데, 연세대의 경우만 하더라도 주축이 되는 2, 3학년이 대거 잡혀가는 바람에 모든 면에서 정상적인 활동이 불가능했다. 군대 용어로 하면 전투력 손실이 2분의 1 가까이 되는 셈이었다. 그런 물리적인 피해 말고도 학생 운동에 용공좌경(민주주의를 반대하고 공산주의에 동조하는 경향이나 그런 세력을 부정적으로 이르는 말이다)이라는 이미지가 덧씌워진 것도 큰 문제였다.

그러나 건대의 경험은 내게는 다른 면에서 새로운 문제의식을 불러일으켰다. 건대 집회 전에 있었던 교내 시위에서 다리가 부러진 나는 깁스를 하고 집에 누워 있었다. 그런데 그날 급하게 후배 두 명이 집으로 뛰어왔다.

"형, 큰일 났어요. 경찰들이 건대를 봉쇄하고 헬기까지 동원해서 무차별적으로 학생들을 연행하고 있대요. 불까지 났는데 옥상에서 떨어진 애들도 있대요. 죽은 아이들도 있는 것 같아요."

정신이 번쩍 들었다. 다음 날 목발을 짚고 학교로 나갔다. 사태가 완벽하게 파악된 것은 아니지만 상당히 심각한 것 같았다. 신문마다 검은 연기가 피어오르는 건대 건물 사진과 줄줄이 연행되고 있는 학생들의 사진이 대문짝만 하게 실려 있었다. 나중에 보니 다행히도 숨진 학생은 없었다.

각과 차원에서 동맹 휴업을 결의하자는 방침을 정하고 과 토론회를 열었다. 나는 당연히 수업 거부가 쉽게 결정될 것으로 판단했다. 경찰들이 워낙 강경 진압을 했고, 우리 과에서도 잡혀간 친구들이 많았으니까. 그러나 토론회는 다른 방향으로 전개되었다.

"물론 경찰들이 나쁘죠. 학생들도 많이 다쳤다고 들었어요. 하지만 그 친구들이 그곳에서 무슨 주장을 했고 어떤 행동을 했는지 우리가 알 수 없잖아요? 수업을 꼭 들어야 한다는 것이 아니라, 상황도 모르고 수업을 거부할 수는 없지요."

"사람이 죽었을지도 모른다니까 참 슬퍼요. 답답하고요. 하지만 왜 그 친구들은 사전에 우리에게 의논하지 않았을까요? 우리 생각은 이렇다, 그래서 나는 이런 행동을 한다. 그랬으면 우리가 지금 이렇게 이야기를 길게 할 필요가 없을 텐데요. 자기들끼리 들어가 놓고는, 이제 와서 독재 정권이 나쁘니까 수업을 거부하자고 하면 우리는 뭔가요? 운동권들이 일단 일을 벌이면 나중에 수업이나 거부하는 사람인가요?"

국문과 3학년의 수업 거부는 부결되었다. 그래서 나중에 결과를 취합할 때 나는 다른 동료들의 웃음거리가 됐다. 그러나 어떤 과의 어느 학년이 동맹 휴업에 동참했느냐 하는 것보다 더 소중한 학생들의 절절한 소리를 나는 들었다. 나는 연희동 자취방에 우두커니 앉아서 내가 비운동권이었을 때를 떠올렸다. 어느새 나는 그 시절을 잊고 있었다. 나는 슬그머니 내 멱살을 잡아 보았다.

'운동이 뭔가? 왜 하는가?'

수업 거부를 거부하면서 한 여학생은 계속 울먹였다 그녀는 왜 울먹였을까? 아무 문제의식 없이 대학 생활을 하는 것처럼 보이지만 그들도 동시대의 대학생으로서 많이 생각하고 고민했을 것이다. 학교에 붙인 대자보를 보거나 서점에서 운동권들이 보는 책을 남몰래 사서 읽어도 보았을 것이고, 그래서 나름대로 결론을 내리기도 했을 것이다.

운동권에 깊숙이 관여한 친구들은 조직적으로 함께 행동하지 않는 사람들을 비겁하거나 생각 없는 부류로 속단했다. 술이라도 몇 잔 걸치고 쌓였던 화풀이를 할 때는 버러지 같은 놈들, 쓰레기 같은 놈들이라는 표현도 거침없이 할 때가 있었다. 그러나 비운동권이었던 나의 경험으로 볼 때 그것은 지나친 편견이다. 시대의 고민은 좀더 치열하게 살든 그렇지 않든 우리 모두의 것이었다.

그들도 독재에 반대했고 민주화를 원했다. 그러나 행동하지는 않았다. 대신 그들은 우리에게 물었다. 운동권, 당신들은 뭐냐고. 그렇게 잘났냐고. 너희들끼리 몰려다니고 너희들끼리 민주화 할 것처럼 잘난 체했지만, 그래서 뭐냐고. 운동권에 대한 불신과 거리감 때문에 그들은 이중으로 고통 받고 있었다. 과거 1, 2학년 때 나도 그런 느낌으로 살았기에 어떤 의미에서 그들은 또 다른 나였다.

나는 학생운동의 지도부가 이 문제를 정면으로 검토하면서 일대 반성의 시간을 가져야 한다고 생각했다. 문제는 우리 내부에 있다. 이것이 화두였다. 학우들을 믿고 우리 스스로 변화하자. 이것이 나의 캐치프레이즈였다.

나는 다음에 찾아온 그 지도부에게 학생회장 선거에 나가겠다고 이야기하면서 전제 조건을 걸었다. 만약 당선되면 대중 운동에 관한 한 전권을 달라는 것이었다. 내 문제의식을 갖고 내 방식대로 해 보겠다는 것이었다. 나를 믿으면 맡겨 달라는 것이었는데, 그쪽에서 답이 왔다. 예스였다. 1987년 2월 중순이었으니까 후보 등록일까지 20일도 채 안 남았을 때였다.

총학생회가 부활된 것은 1984년이었고, 그 이전에는 학도호국단이라는 조직이 있었다. 학생장이라고 불리기도 했던 학도호국단장은 학생들의 투표로 선출되는 것이 아닌 만큼 대표성에 한계가 있었다. 총학생회의 부활은 대학 민주주의의 복원이라는 측면에서 상당한 의의가 있었다.

그러나 학생 운동을 워낙 극심하게 탄압해서 학생회장 후보가 되려면 각오를 단단히 해야 했다. 학생회장으로 활동하다 구속되면 3년 정도 감옥 생활을 해야 하는 것은 물론, 오랜 수배 생활도 참고 견뎌야 했다. 나는 어떤 희생을 하더라도 대중 운동을 크게 일으켜서 민주화를 앞당기고 싶었다.

1987년 3월 학생회장 선거에 나선 나는 선거 방식의 변화부터 꾀했다. 어떻게 하면 학생들이 관심을 갖고 참여할 수 있을 것인가가 최대 고민이었다. 요즘 학생회 선거에서 흔히 사용되는 문화 유세나 학내 이슈가 1987년에 처음으로 등장했다. 나의 캐치프레이즈는 '다가가는 총학생회, 모여드는 총학생회'였다.

정치 집회에 가까웠던 이전의 유세와는 다르게, 각 후보들의 경쟁에 불꽃이 튀었고, 유세전 자체도 재미있게 준비했다. 그래서 1차 유세를 처음 시작할 때에는 학생들이 5백여 명 정도 모인데 비해 끝날 무렵에는 천여 명 가까운 학생들이 모였다. 3백여 명 이상이 모이기 어려웠던 당시 정치 집회 상황으로 보면 상당한 진전이었다. 그 다음 2차 유세는 소문이 나서 그랬는지 시작할 때부터 1천 5백여 명 정도가 모였고 마지막 유세에는 2천여 명이 운집했다. 학생들의 관심을 고조시키고 참여 열기를 높이는 데 성공한 것이다.

각 신문도 연대 학생회 선거에 대해 보도하였고, 가는 곳마다 학생회 선거를 화제 삼아 이야기꽃을 피웠다. 나는 보람을 느꼈다. 지하 지도부에 있던 친구가 찾아와서 격려해 주었다.

"잘했어, 형!"

"뭐, 이제 시작인데."

"다른 학교에서도 많이 와서 보고 갔어. 연락이 꽤 오던데. 학생회 선거 관련 문건 좀 달라고."

"그래?"

변화의 작은 계기가 만들어지고 있었다.

1987년 총학생회 선거 당시 지원 유세에 문화적 양식을 도입했을 때의 일이다.

상대측 지지 유세를 하기 위해 한 친구가 구부정한 자세로 기타를 메고 무대에 올라왔다. 그는 기타 줄을 몇 번 퉁기더니 인사말을 했다.

"안녕하세요? 신과대학 84학번입니다. 저는 기호 2번을 지지합니다. 그래서 제가 직접 만든 노래를 하나 들려드리겠습니다."

짧게 인사를 마친 그가 노래를 부르는데 정말 기가 막힌 노래였다. 내 경쟁자를 지지하는 노래였지만, 나는 그 노래 속에 빠져들었다. 옆에 있던 내 러닝메이트가 나를 툭 칠 정도였다. 그때 그 노래가 '솔아 솔아 푸르른 솔아'였고, 노래를 부른 사람은 바로 안치환이었다. 1990년대 초·중반까지 대학가를 풍미하던 그 노래는 이렇게 세상에 발표되었다.

얼마 전에 연희동에 있는 목욕탕에 아이들을 데리고 갔는데, 누가 '형' 하고 불러서 돌아보았더니, 이제는 유명한 가수가 된 안치환이 서 있는 것이 아닌가? 자세히 보았더니 아들의 등을 밀어 주고 있었다. 어느덧 나이가 들어서 서로 아이들을 데리고 목욕탕에서 벗은 몸으로 만나니 그렇게 반가울 수가 없었다. 나는 지금도 그가 좋은 심성을 가졌기 때문에 좋은 가수가 될 수 있었다고 믿고 있다.

총학생회장이 된 후 나는 몇 가지 원칙을 정해서 밀고 나갔다. 일단은 시도 때도 없이 관성적으로 하던 집회와 시위를 대폭 줄였다. 특히 집회가 열리면 당연히 진행하던 교문에서의 격돌을 가능한 한 줄였다. 화염병 던지고 돌 던지는 시위를 줄인 것이다. 이런 형태의 시위는 당시만 해도 두 가지 문제를 안고 있었다.

그 중 하나는, 운동권 학생들 내부에서 소영웅주의를 확산했다는 것으로, 누가 얼마나 잘 싸웠는지가 기준이 되었다. 누가 대중 운동을 잘했는지가 아니라, 누가 얼마나 경찰과 몸싸움을 잘하였는지가 이들 내부의 운동성 기준이 되는 것은 문제였다. 그러다 보니 학생들 중에는 집회 참석은 뒤로 한 채, 교문에서 전경과 싸울 때만 내려오는 친구들도 있었다.

더 큰 문제는 비운동권 학생들이 이러한 폭력적 격돌에 부담을 갖고 있었다는 점이다. 많은 사람을 참여시키는 것이 목적임에도 불구하고, 폭력 시위는 사실 다수 학생들의 참여를 유도하기에는 어려움이 많았다. 나는 비폭력 시위를 정착시키기 위해 노력하였고, 그들만의 리그로 보일 수 있는 모든 요소들을 척결하기 위해 노력했다. 소수의 폭력보다 다수의 비폭력이 훨씬 위력적이라는 것은 나중에 6월 항쟁에서 입증되었다.

학생들의 관심을 고조시키는 데는 성공했지만, 신뢰를 회복하고 참여를 증대시키는 데까지는 더 많은 노력이 필요했다. 나는 가능한 한 학생회실에 있기보다는 교정의 학생들과 자연스럽게 대화하는 시간을 많이 가지려고 노력했다. 처음에는 어색해하던 그들도 나중에는 지나가는 나를 불러 격려해 줄 정도가 되었다.

"힘내세요!"

얼굴도 모르던 학생들이 까르르 웃으며 던지는 한마디가 얼마나 든든한지 몰랐다. 그러나 학생회 행사에 참여하는 학생들이 늘어나기 시작한 와중에 나는 예상치 못한 문제에 직면했다.

어느 날 대자보가 나붙었다. 제목은 '이불 속에서 자주, 민주, 통일을 외치는 총학생회는 각성하라'였다. 직접 내려가서 그 내용을 읽어 보니, 독재 정권이 권력을 연장하기 위한 음모를 노골화하는데, 도대체 왜 투쟁을 하지 않느냐는 것이었다. 교문에서 혹은 가두에서 화염병과 돌을 던지는 시위를 하지 않는 것이 이불 속에서 민주주의를 외치는 것과 같다는 것이었다.

주로 서클 활동을 하던 86학번들이 주축이 되어서 이런 불만을 터뜨린 것이다. 어떻게 보면 그들의 열정이 기특하였지만, 내가 추진하고 있는 운동 방식의 변화에 대한 철학적 반발이었다. 나는 즉시 이 문제에 대한 공개 토론회를 조직했다. 총학생회의 비폭력적인 대중 운동 방식에 대해 열정적인 후배들이 원색적인 비판을 하기 시작했다.

"지금 투쟁을 하자는 겁니까, 말자는 겁니까? 독재 정권의 음모를 분쇄하려면 거리에서 가열차게 싸워야지 한가하게 학교 안에서 합창 대회나 하는 것이 민주화 운동입니까? 만약 투쟁하는 것이 겁나면 총학생회는 뒤로 빠지세요. 저희들이 앞장설 테니까."

나는 그들의 주장을 경청했다. 민주화를 위해 자신의 몸을 불사를 각오를 하는 것은 좋은데, 그들에게 부족한 것은 더불어 함께 하는 것이 얼마나 더 위력적인가, 그리고 더불어 함께 하려면 우리가 어떻게 해야 하는가에 대한 문제의식이었다. 나에게는 확고한 소신이 있었다.

"여러분, 생각해 보세요. 2백 명이 교문에서 화염병 시위를 해서 경찰들을 50미터 물러나게 하는 것이 민주화에 더 도움이 되겠어요, 아니면 2천여 명이 촛불을 들고 교문 앞에서 기도를 하는 것이 더 도움이 되겠어요? 저는 후자가 더욱더 주목 받을 것이라고 생각합니다. 그리고 거리의 시민들이 볼 때 우리가 각목을 들고 전경과 싸우는 것이 더 결의가 높다고 느낄까요, 아니면 경찰의 페퍼포그 차 앞에 앉아서 미동도 않는 것이 더 결의가 높다고 느낄까요? 나는 후자라고 생각합니다. 우리는 어쩔 수 없는 경우에만 방어적 폭력을 써야 한다고 생각해요. 우리는 폭력 집단이 아닙니다. 눈앞에 있는 전경들을 보지 말고, 그 뒤에서 우리를 지켜보고 있는 시민들을 향해서 감동적인 운동을 해야 합니다. 다수가 동의해 주고 다수가 참여했을 때만이 민주화가 가능합니다. 이것이 지난 몇 년간의 경험을 통해서 우리가 내린 결론이 아닙니까?"

그들을 완전히 설득할 수는 없었다. 그러나 다수의 비운동권 학생들이 점점 더 행동에 나서고 함께 참여하게 되었을 때, 나를 비판하던 사람들이 누구보다도 기뻐했고 누구보다 나를 믿어 주었다.

하나의 방식을 택해서 관성적으로 움직여 오던 그룹을 변화시
킨다는 것은 참으로 어렵다. 개혁이 어려운 것은 바로 내부로부터의
반발에 직면하게 되기 때문이다. 그러나 내부의 동의만 얻는다면 개
혁은 반 이상 성공한 것이나 다름없다.

6월의 서사시

1980년대를 생각할 때마다 나는 호머의 서사시를 읽는 느낌을 갖는다. 기승전결로 이어지는 역사의 흐름도 그렇고, 한 개인이 아닌 수많은 인물들 모두가 다 주인공인 것도 그렇다. 대통령 선거에서의 분열만 제외한다면 중간과 결말이 해피엔딩의 성격을 갖는 것도 그렇다.

1987년 4월 13일 오후 3시 반쯤이었다. 도서관 앞 민주광장에서 약 2백여 명의 학생들과 토론회를 진행하고 있었는데, 학생회 집행부 중의 한 명이 석간신문을 한 장 가져왔다.

'전두환 대통령, 개헌 안 한다'

굵직한 글씨가 1면 톱기사로 인쇄되어 있었다. 내용인즉, 개헌에 대한 여야 합의가 이루어지지 않았기 때문에 개헌이 불가능하다는 판단을 내리고 현행대로 가겠다는 것이었다. 이른바 4.13 호헌 선언이었다. 개헌을 주장하던 야당과 재야 단체, 그리고 학생 운동 진영은 이제 5공 정권과의 대격돌을 피할 수 없는 것으로 판단했다.

5.18 광주민주화운동 기념 주간에는 김승훈 신부가 박종철 군 고문치사 사건이 은폐 조작되었다는 충격적인 사실을 폭로했다. 그

사실은 당시 감옥에 있던 재야 인사가 고문 사건으로 들어왔던 경관에게 들은 이야기를 전달한 것이었다. 정국이 발칵 뒤집혔고 재수사에 들어간 검찰은 박처원 치안경감 등 당시 이 사건에 연루된 경찰의 고위 간부들을 구속했다.

어린 학생을 물고문해서 숨지게 한 것도 모자라 다시 사건의 진상을 축소 은폐했다는 사실에 국민들은 분노했다. 그런 와중에 민정당에서 대통령 후보를 지명하는 전당대회를 6월 10일에 하겠다는 발표가 있었다. 그 발표가 있은 직후에 재야 단체와 야당을 주축으로 한 국민운동본부가 6월 10일 대규모 집회를 갖겠다고 계획을 세웠다. 1987년 5월 하순이었다.

당시 학생 운동의 지도부였던 서대협(서울지역 대학생 대표자 협의회)은 즉시 전체 학생회장단 회의를 소집했다.

"이제 더 이상 물러설 곳이 없는 것 같습니다. 어떻게 대응해야 할 것인지 여러분의 의견을 말씀해 주십시오."

당시 서대협 의장을 맡고 있던 이인영이 사회를 보았다.

"재야 쪽 계획을 먼저 말씀해 주시겠습니까?"

당시 재야 쪽 접촉을 담당하고 있던 간부 한 명이 일어나서 말했다.

"재야는 6월 10일 대규모 집회를 하자는 입장이고, 여기에 민주당 쪽도 반대하는 것은 아닙니다. 다만 학생과의 조직적 연대는 민주당이 반대하고 있습니다."

"왜 그렇죠?"

"아무래도 작년 5.3 투쟁이나 건대 투쟁 때 학생 운동에 덧씌워진 용공 이미지 때문에 주저하는 것 같습니다. 학생 단체가 개입하면 언론의 공격을 받을 가능성이 있다고 판단하는 거죠."

"쳇! 오히려 잘못된 언론의 공격을 폭로해야지 그게 뭡니까?"

"그러게 말이야. 학생들 없이 집회가 되나? 웃기고 있네."

"자, 자, 그러지 말고 외부의 움직임은 보고를 들었으니 우리의 행동 계획에 대해 의논합시다."

논의 결과 민자당의 대통령 후보 대회가 있는 6월 10일, 학생들의 총궐기를 이끌어내기로 결의했다. 그리고 총궐기에 대한 의지를 보이기 위해 학생회장단의 단식 농성을 결정했다. 그러한 학생 운동 진영의 투쟁 계획은 즉시 비밀리에 전국의 각 대학에 전달되었고, 각 지역의 학생 연대 조직도 비슷한 계획 아래 총궐기 준비에 들어갔다. 중요한 것은 과연 몇 명의 학생들이 6월 10일 거리로 나올 수 있을 것인가 하는 점이었다. 학생회장 중에서는 6월 10일이 기말고사 기간이기 때문에 사실상 총궐기는 어렵다고 주장하는 사람도 있었다.

"지금 총궐기 말씀들을 하시지만, 솔직히 시험 기간에 학생들이 거리에 나오겠습니까? 안타깝지만 조직화된 일부 학생만 동원하는 것으로 하고, 차라리 내실 있게 준비해서 하반기에 잘하는 게 좋을 것 같네요."

대학별로 조직력에 차이가 있는 것은 사실이었다. 학내 조직이 심각한 분열 상태에 있는 학교는 모든 역량을 집중하는 데 어려움이 있었다. 그리고 일부 비운동권이 학생회장을 맡고 있는 학교는 총학생회와 각 단과대학 사이에 심각한 괴리가 있었다. 그러나 지금의 이 국면을 돌파하지 않는다면 박정희 정권처럼 수십 년간의 장기 집권을 막을 수 없을 것이라고 생각했다.

서대협 지도부는 강력하게 밀어붙였다. 우선은 단식 농성을 하면서 세부적인 계획을 세워서 점검했다. 나는 각 학교의 동원 역량을 시험해 볼 필요가 있다고 생각했다. 또한 단위별 동원 방식을 가동해서 조별 움직임에 익숙해질 필요도 있었다. 문화부장들의 반대를 무릅쓰고 서울 지역 문화제를 개최했다. 4~5일 동안 준비한 행사였음에도 7~8천여 명이 참석했다. 행사가 끝난 후 학생회장들을 모아서 6월 10일 학교별로 가두에 동원할 수 있는 역량을 점검해 보았다.

"우리 학교는 대략 500명입니다."

"우리는 최대 천 명까지는 책임지겠습니다."

"2천 명입니다."

"어휴, 가능하겠어요?"

"자신 있습니다."

서울에서만 대략 만 오천여 명이 가능한 것으로 파악되었다. 전해에 최대로 모인 인원이 대략 5천에서 6천여 명이었던 것에 비해, 세 배 정도의 대중 역량이 확대된 것을 확인할 수 있었다.

'만 오천 여 명이 거리로 나온다?'

총학생회실에서 유리창 너머로 교정을 바라보면서 나는 생각에 잠겼다. 만 오천여 명이면 웬만한 경찰 병력이 있더라도 상대할 만한 규모였다. 자신감이 생겼다. 머릿속에서 서울 중심가의 지도가 계속 빙빙 돌고 있었다.

"야아, 오늘도 무지하게 찌겠는 걸?"

"그러게 말이야. 머리가 다 벗겨지겠다."

그해 여름은 유난히도 더웠다. 연일 33도에서 34도를 웃도는 무더위가 계속되었다. 그런 뙤약볕을 고스란히 받으며 아스팔트에 앉아 있으면 정신이 멍해졌다. 아스팔트의 열기 때문에 모든 것이 흔들려 보였다.

6월 9일, 서울 지역 각 대학교에서 동시에 교내 집회를 개최했다. 이 집회는 말하자면 다음 날인 6월 10일 총궐기를 위한 예비 집회의 성격을 갖는 것이었다. 연세대에서도 오후 2시부터 도서관 앞에서 집회를 시작했다.

"이제 전두환 정권과 물러설 수 없는 일대 결전이 시작되었습니다. 내일은 이 나라의 민주주의가 사느냐, 아니면 독재 정권을 연장하느냐 하는 것을 결정하는 중요한 궐기일입니다. 우리 모두 물러서지 말고 치열하게 투쟁합시다. 내일 시청 앞에서 만납시다."

오후 4시쯤부터 시위 대열은 스크럼을 짜고 교문으로 나갔다. 예상한 대로 경찰들은 최루탄을 퍼부었다.

"쏜다! 후퇴!"

"조심해! 옆으로 흩어져!"

그러나 학생들은 옆으로 살짝 피할 뿐 물러서지 않았다. 경찰들은 위협을 느꼈는지 직격탄을 쏘아 대기 시작했다. 직격탄은 거의 총탄이나 다를 바 없었다. 시위대의 맨 앞은 전경과 불과 10~20미터 정도로 워낙 가까운 거리라 피할 곳도 마땅찮았다.

"따따따땅!"

집중적으로 최루탄, 지랄탄 쏘는 소리가 들렸다. 잠시 후 교문 쪽에서 한 학생이 쓰러져 있는 모습이 눈에 띄었다. 누군가가 뛰어가 쓰러진 학생을 부축해 세운 후, 교문 안쪽의 잔디밭까지 데려갔다.

"피다, 피! 빨리 병원으로!"

교문 쪽에 있다가 전경이 던진 돌에 맞거나 직격 최루탄을 맞고 피 흘리는 일은 그리 드문 일이 아니었다. 그 학생을 세브란스 병원으로 옮기게 하고는 시위를 계속했다.

오후 5시쯤 도서관 앞 광장에 모여 시위대를 정리하기 시작했다. 모두 최루탄과 땀이 범벅이 되어 얼굴이 엉망이었다. 정성원 투쟁위원장이 마이크를 잡았다.

"자, 지금부터 분실물들이 주인을 찾는 시간이 되겠습니다. 먼저 여성용 손목시계입니다. 붉은색 가죽이네요. 별로 좋은 것 같지는 않네요. 다음은 안경입니다. 이런, 한쪽이 깨졌지만 테는 멀쩡합니다. 보이는 게 없어서 제대로 투쟁할 수 있을까요?"

물건을 잃어버린 학생들은 뒷머리를 긁으며 후다닥 나와서 자기 것을 챙겨 갔고, 그런 모습이 재미있어서 여기저기 웃음이 터져 나왔다.

"자, 이번엔 운동화 한 짝입니다. 좀 빨아서 신어야겠군요."

투쟁위원장이 번쩍 들고 있는 운동화 한 짝을 보면서 학생들이 와르르 웃었다. 그러나 몇 번을 재촉해도 운동화의 주인공은 단상으로 나오지 않았다. 5시 20분쯤 총학생회실로 올라갔는데 병원으로 옮긴 학생이 심상치 않다는 소식이 전달되었다. 급히 병원 응급실로 뛰어갔더니 학생들 대여섯 명이 어두운 표정으로 바깥에 서 있었다. 응급실로 옮긴 학생이 의식을 잃고 혼수상태에 빠졌다는 것이었다. 급히 가족에게 연락을 취했다.

"무슨 과입니까?"

"경영학과 86학번인데요. 동아리는 만화사랑입니다."

"이름은요?"

"한열이입니다. 이한열이요."

그는 그때부터 27일간을 세브란스 병원 중환자실에서 뇌사 상태로 누워 있어야 했다. 길고도 긴 고통의 시간이 시작되고 있었다.

10여 년이 지나서 가족들이 보관하고 있는 이한열 열사의 유품을 확인할 기회가 있었는데 최루탄 피격 당시 입고 있던 피 묻은 티셔츠 옆에 운동화 한 짝이 놓여 있었다. 그제서야 나는 그날 단상으로 운동화 한 짝을 찾으러 나오지 못한 사람이 이한열 군이었다는 것을 알게 되었다.

6월 10일, 연세대학교 건너편 버스정류장에서 버스를 타고 명동으로 향했다. 몇 명의 여학생이 힐끔 쳐다보다가 배시시 웃어 보였다. 1학년처럼 보였다. 겉으로는 웃고 있지만, 그들은 지금 속으로 얼마나 떨고 있을까?

처음 가두시위를 나갈 때가 떠올랐다. 입이 바짝바짝 타고 다리가 후들거렸지.

오후 5시 50분. 명동의 롯데 백화점 앞. 긴장한 표정의 학생들이 삼삼오오 짝을 지어 왔다 갔다 하는 모습이 눈에 띄었다. 낯익은 얼굴의 학생들은 지나치면서 가볍게 눈인사를 보냈다. 엄청난 수의 전경들이 시청 일대와 명동의 주요 요지에 배치되어 있었다.

오후 6시. 애국가가 흘러나왔다. 애국가가 흘러나오면 거리로 뛰어들기로 약속이 되어 있었다. 때맞춰 비둘기들이 명동 하늘 위로 날아오르고 있었다. 나는 구호를 외치며 주변에 있던 학생들과 함께 도로로 뛰어들었다. 백화점 안에서 물건을 구경하는 척하며 기다리던 학생들이 달려 나오는 모습들이 보였다. 명동 지하도 입구에 배치되어 있던 전경들이 멀리서 달려오는 것도 보였다. 그때부터 경찰과 쫓고 쫓기는 공방전이 시작되었다.

"독재 타도! 호헌 철폐!"

"한열이를 살려 내라!"

도로로 나왔다가는 골목으로 쫓기고, 다시 도로로 나왔다가는 골목으로 쫓기기를 한 시간 가까이 했다. 최루탄 연기가 자욱하게 도로를 덮기 시작했다. 지나가던 시민들이 최루탄 때문에 건물 벽에 손을 짚고 기대어 서서 콜록거렸다.

골목으로 들어가면 마스크를 벗고는 휴지로 눈물을 닦아냈다. 기침을 하는 사람, 토하는 사람들로 정신이 없었다. 골목에서 눈물을 닦고 있는데, 갑자기 주변 학생들이 하늘을 향해서 환성을 질렀다.

고개를 젖혀 위를 보았더니 빌딩에서 하얀 두루마리 휴지들이 떨어져 내리고 있었다. 흰색 꼬리를 나부끼며 온통 최루탄 가루를 뒤집어쓴 학생들 위로 떨어져 내리는 휴지들. 마치 하얀 새들이 내려오는 것 같았다. 빌딩에 있던 직장인들이 휴지를 던져 주고 있었다.

동생 또래의 학생들이 최루탄 연기에 콜록거리며 서로 휴지를 나눠 쓰고 있는 모습이 안쓰러웠던 모양이다. 가슴 한구석이 뭉클해져 왔다. 그동안 참고 참았던 설움이 복받칠 것도 같았다.

"자, 학우 여러분! 다시 나갑시다."

학생들의 함성이 몇 배는 더 커져 있었다. 그것은 단순한 휴지가 아니었다. 민주주의를 원한다는, 그래서 너희들의 노력을 지지한다는 희망의 메시지였다. 우리는 힘을 내어 다시 도로로 뛰어들었다. 그리고 계속해서 앞으로 나아갔다.

오후 7시 20분. 도로로 뛰어드는 대열이 많아졌다. 퇴계로 쪽에서도 학생들이 밀려왔다. 전경들이 일시적으로 남대문 쪽으로 밀려난 사이에 엄청난 수의 사람들이 신세계 백화점 앞의 분수대로 모여들었다. 이만여 명이 훨씬 넘는 인원이었다.

"오오, 이럴 수가!"

"민주주의 만세!"

사방에서 환성이 터져 나왔다. 신세계 백화점 앞 분수대 주변을 가득 채운 그 인파는 평소 꿈에서나 볼 수 있던 장면이었다. 고작 2, 3백여 명이 모여서 5분 만에 해산된 후 시민들의 발이 걸려 경찰서로 넘겨지던 지난 시절을 생각하니 목이 메어 왔다.

"이겼구나! 이제 이겼어!"

상업은행 앞쪽에서 전경 1개 소대 정도가 무장해제 되고 있었다.

헬멧과 방독면을 벗겨 놓고 보니 다 같은 또래의 젊은이들이었다. 최루탄 연기에 눈을 못 뜨는 그들을 신세계 백화점 앞 분수대로 데려가서 세수를 시켰다. 그리고 모든 무기를 내려놓게 한 후 '아침이슬'을 부르게 했다.

긴 밤 지새우고 풀잎마다 맺힌

진주보다 더 고운 아침 이슬처럼

내 맘의 설움이 알알이 맺힐 때

아침 동산에 올라 작은 미소를 배운다

노래를 따라 부르던 일부 전경들이 눈물을 흘리다 고개를 숙였다. 지켜보던 우리의 눈에서도 눈물이 흘러내렸다. 그들을 와락 부둥켜안고 싶어졌다.

비극적인 상황이 동시대의 젊은이들에게 강요되고 있다는 것이 너무도 가슴 아팠다. 전경들은 다시 그들의 상관이 있는 곳으로 보내졌다. 어차피 그들은 새로운 무기를 지급받고 다시 우리와 대치하겠지만, 적어도 같이 부른 '아침 이슬'은 잊지 않을 것이라고 생각했다.

시위는 밤 10시까지 계속되었지만, 자신감이 생긴 시위의 행렬은 끊이질 않았다. 밤늦게까지 거리에 있던 수백 명의 시위대는 경찰에게 쫓겨서 명동 성당에 갇혀 버렸다. 그것은 우리가 예상하지 못한 상황이었다. 경찰은 그들을 완전히 봉쇄했고, 밖으로 나오는 사람들은 현장에서 연행했다.

섬처럼 고립된 명동 성당 농성이 시작되었다. 우리는 마실 물도 없이, 먹을 음식도 없이 4박 5일을 버텨야 했다. 직장인들이 점심시간에 그곳을 지나다 빵을 던져 주기도 했고, 계성여고 여학생들이 도시락을 건네주기도 했다.

'우리는 오빠, 언니들을 지지합니다.'

맨발로 앉아서 여학생들이 준 도시락 뚜껑을 열던 친구들이 그런 쪽지를 읽고는 목이 메어 울었다. 명동 성당은 민주화의 성지가 되어 갔다.

하룻밤이 지나고 각 학교에서 보고 집회를 가졌다. 모두 전날의 일들을 자랑스럽게 이야기했다. 시민들이 보여준 뜨거운 반응에 감동한 나머지 눈물을 글썽이는 학생들도 있었다.

"우리는 시민들이 민주화를 얼마나 바라고 있는지 눈으로 확인할 수 있었습니다."

신문과 방송마다 엄청난 규모의 시위 대열과 시민들의 반응을 보도했고, 명동 성당에 갇힌 시위대 상황을 시시각각으로 전했다. 각 학교가 동서남북으로 나누어 돌아가면서 명동 일대에서 시위를 이어가도록 함과 동시에 학생회장단 전체회의를 다시 열었다. 6월 13일이었다.

확인해 본 결과 6월 10일에 거리로 쏟아져 나온 학생들의 숫자는 3만여 명에 가까웠다. 애초에 학생회장들이 예상한 것보다 두 배 가까이 많은 숫자였다. 여세를 몰아서 다음 궐기 날짜를 6월 18일로 정했다.

6월 10일에 거리로 나오지 않았던 학생들이 대규모로 교내 집회에 참석하기 시작했다. 물꼬가 터진 것이다. 나는 우리의 계획과 학내 분위기를 명동 성당에 있던 학생 지도부에게 전달했고, 가능한 한 평화적 방식으로 해산해서 각 학교로 복귀하도록 했다. 이미 투쟁의 물꼬가 터진 상황이었기 때문에, 제한된 공간에서 소수가 결사 투쟁을 하기보다는 다수가 결집해서 전국적인 대중 투쟁으로 만들어 나가는 작업이 필요하다고 생각했다.

명동 성당 시위대의 해산을 반대한 사람들은 그대로 해산할 경우 어렵게 시작된 투쟁의 열기가 급격히 식을 것이라고 주장했다. 그러나 나는 투쟁의 힘을 이어갈 자신이 있었다. 6월 10일, 거대한 역사의 파도를 보았기 때문이었다.

■■■
도망갈 곳은 이제 없다

명동 성당 시위대가 경찰이 제공한 버스를 타고 해산한 다음 날, 낯선 손님이 총학생회실로 찾아왔다. 국민운동본부의 문동환 박사님과 민통련의 오대영 정책실장님이었다. 국민운동본부의 다음 계획이 야당 일부의 반대 때문에 어려워졌는데, 학생들은 무슨 생각을 하고 있는지 직접 알아보러 오셨다는 것이었다. 우리의 6월 18일 2차 총궐기 계획을 말씀 드렸더니 얼굴이 환해지셨다.

"아마 국민운동본부가 직접 집회를 주도하기는 어려울 텐데 다른 방식으로 함께 할 방법이 없을까?"

"저희는 그날의 전술적 이슈를 최루탄 추방으로 잡고 있는데요. 국민운동본부가 그와 관련한 프로그램을 잡아 주실 수는 없을까요"

"오, 그러면 우리가 그날을 '최루탄 추방의 날'로 정해서 국민들의 관심을 그쪽으로 유도해 볼게. 공청회 같은 것도 생각해 볼 수 있고 말이지."

"그러면 저희도 집회 명칭을 '최루탄 추방 대행진'으로 정하도록 의논해 보겠습니다."

"그렇지. 그러면 되겠구먼. 자, 그럼 고생들 해요."

그 무렵이었을 것이다. 전두환 정권이 위수령이나 비상계엄을 선포하려 한다는 정보가 들어왔다. 우리는 바짝 긴장하지 않을 수 없었다. 다시 급하게 학생회장단 전체회의를 소집했다. 모두들 극도로 긴장했다. 의논 끝에 몇 가지 방침을 정했다.

첫째, 군대가 투입되면 각 학교별로 오후 2시에 매일 교문 앞으로 집결한다. 둘째, 학교 앞에서 해산되면 오후 6시에 시청과 명동으로 집결한다. 셋째, 주동자는 가능한 한 학교별로 미리 20여 명까지 선정해 둔다. 넷째, 이를 대비해서 과별로 비상연락망을 만든다.

"모두들 신변 정리들을 잘해 둡시다."

침묵이 흘렀다. 그리고는 무거운 얼굴로 헤어졌다. 회의가 끝난 후 나는 생각에 잠겼다.

'또다시 1980년 5월 광주와 같은 상황이 온다면, 나는 어떻게 해야 하나?'

가슴이 떨려 왔다. 사진첩에서 보았던 죽어 간 사람들의 영상들이 떠올랐다. 감옥에서 돌아가신 박관현 열사, 도청에서 숨진 윤상원 열사 등 책에서 보았던 분들의 최후가 떠올랐다.

'죽을 수도 있다!'

눈을 감았다. 전기고문, 물고문, 박종철 열사, 병원에서 의식을 못 찾고 있는 이한열 군.

'도망갈 곳은 이제 없다!'

이를 악물었다. 그리고 시의 한 구절을 반복해서 암송했다.

'아아, 그들의 총탄에 쓰러진다 해도 눈물을 닦고 일어서야지.'

6월 18일의 시위에는 6월 10일보다 훨씬 더 많은 사람들이 참여했다. 그리고 직장인들의 참여가 두드러지게 나타났다. 처음에는 박수를 치면서 지켜보던 '넥타이 부대'가 조직적으로 참여하기 시작했다. 헬멧을 쓴 전경도, 자욱한 최루탄도 이미 두려움의 대상이 아니었다.

"그동안 우리는 학생들의 시위를 바라보면서 박수를 보냈습니다. 그러나 시민 여러분! 우리 기성세대가 제 역할을 하지 못하는 바람에 애꿎은 학생들만 잡혀가고 있습니다. 박수 부대 역할만 하지 말고 우리가 나섭시다!"

"옳소! 우리도 나섭시다!"

"호헌 철폐! 독재 타도!"

시장으로 들어가면 상인들이 물과 음료수를 건네주었다. 남대문 시장, 영등포 시장, 동대문 시장 등 서울 전역이 박수와 환호성의 도가니가 되었다.

"야, 이놈들아! 학생 안 풀어 줘?"

시장 안에서 경찰이 학생을 연행하려 하면 오히려 상인들에게 쫓겨서 도망쳐야 했다.

직장인, 시장 상인, 노동자, 농민들의 참여로 이제 민주화 운동은 전 계층, 전국적인 규모로 발전하고 있었다. 해일 같은 민주화 열기가 한반도로 상륙한 것이다.

다음 궐기일은 6월 26일로 정해졌다. 전두환 대통령과 김영삼 통일민주당 총재와의 회담도 결렬되었다. 국민운동본부는 예정대로 6월 26일 민주화 대행진을 개최한다고 발표했다.

우리는 주장의 내용을 구체화하기 시작했다. 직선제 쟁취를 메인슬로건으로 설정했고, 독재 정권을 지원하는 미국에 대한 반대 의사도 분명히 했다. 이것은 미국과 전두환 정권에게 보내는 우리의 분명한 의사 표시였다.

6월 26일 시위는 사상 최대 규모로 전국에서 진행되었다. 읍·면·동 단위까지 진행된 그날 시위에 참여한 인원이 무려 2백만 명에 달하는 것으로 집계되었다. 서울 지역에서만 거의 9만 명에 가까운 학생들이 시위에 참여했다. 시민들까지 포함하면 아마 수십만 명이 거리로 쏟아져 나왔을 것이다. 수만 명의 경찰은 거의 손을 놓고 있을 수밖에 없었다.

"가자! 청와대로!"

"가자! 민주화로!"

6월 29일, 결국 국민들의 민주화 열기에 굴복한 5공 정권은 노태우 씨를 통해서 직선제 개헌을 받아들이겠다고 발표했다. 4. 19 혁명 이후 최대의 민주화 운동이었던 6월 항쟁은 이렇게 막을 내렸다.

사람들은 6월 항쟁을 화려한 승리의 기록으로만 칭송한다. 그러나 직접 그 항쟁을 준비하고 참여한 한 사람의 입장에서 보면, 그것은 기나긴 고통과 희생의 기록이다. 1970년대부터 구속되고, 죽어 가면서도 역사의 발전을 믿고 헌신해 온 수많은 분들이 없었다면 그것은 가능할 수가 없었다.

물고문에 희생된 박종철 열사와 최루탄에 숨진 이한열 열사처럼 자신의 생명을 민주의 제단에 바친 사람들도 있었다. 두려움을 이겨 내고 한 걸음씩 거리로 나와 준 수많은 학생들과 시민들이야말로 참다운 6월의 주역이었다. 그리고 그들은 앞으로도 이 나라의 주역이 될 것이다.

모두를 대신한 죽음

이한열 열사의 부검은 세브란스 병원에서 진행되었다. 검사, 가족 대표, 학생 대표가 입회했다. 혹시 있을지 모르는 은폐 시도를 막기 위해서였다. 나는 학생 대표로 부검에 입회하기로 했다.

이한열 열사의 시신이 부검실로 옮겨지고, 세브란스 병원의 의대 교수님인 부검의는 간단하게 부검 절차에 대해 설명했다. 사실 사람의 시신을 가까이서 본 적이 없기 때문에 나는 극도로 긴장하고 있었다.

"처음 보는 사람은 토하거나 심지어 실신하는 경우도 있습니다."

입회한 검사가 걱정스럽다는 시선으로 말을 건넸다. 나는 대답하지 않았다. 흰 천을 걷어 낸 이한열 열사의 얼굴은 너무도 평온해 보였다.

'한열아!'

나는 울컥한 심정을 숨길 수가 없었다.

'결국은 너를 살려 내지 못했구나! 미안하다, 미안하다.'

"먼저 각종 장기를 부검할 겁니다. 이것은 고인이 어떤 과정을 거쳐서 죽음에 이르게 되었는지 의학적으로 규명하기 위해서입니다."

나는 두 눈을 부릅뜨고 모든 과정을 지켜보았다. 하나라도 놓쳐서 진실 규명이 이루어지지 않는다면 평생 그 짐을 지고 가야만 할 것이기 때문이다.

부검이 진행될수록 사람의 육신이란 죽음에 이르고 나면 아무것도 아니라는 생각만이 더해졌다. 간, 폐, 위장 등 여러 장기를 자세히 살펴보고, 조직의 일부분을 떼어 내서 별도의 용기들에 각각 담았다.

"다음은 최루탄 파편을 찾기 위해 뇌를 조사하겠습니다. 아마 파편을 발견한다면 선행 사인이 밝혀지겠죠. 먼저 외관 검사부터 하겠습니다."

목덜미 위쪽 뒤통수에서 작은 구멍이 세 개 발견되었다. 부검의는 능숙하게 뇌 부분을 열었다. 그리고 뒤통수 근처의 물질을 별도의 용기에 담았다.

"여기서는 파편을 찾기 어려우니 현미경이 있는 검사실로 올라가서 찾아야겠습니다. 같이 가시겠습니까?"

나는 고개를 끄덕였다. 부검의는 뇌에서 검출한 물질을 편평한 기기 위에 올려놓고 손가락으로 더듬기 시작했다. 나는 그의 손가락에서 눈을 떼지 못했다. 얼마나 시간이 지났을까? 부검의가 한숨을 토해 내었다.

"여기 뭔가가 있군요."

그는 현미경을 통해서 그 물체를 들여다보더니 내게도 보라고 권했다.

약 3, 4밀리의 삼각형 물체 하나와 더 작은 최루탄 조각 한두 개가 그곳에 놓여 있었다. 부검에 입회한 검사가 현미경을 들여다보더니 사무적으로 말했다.

"이 물질이 최루탄의 일부였는지만 밝히면 되겠군요."

부검의는 고개를 끄덕이고는 그 물체들을 별도의 페트리접시(세포나 조직 일부를 배양하기 위해 만든 둥글고 납작한 유리 접시를 말한다)에 담았다.

"자, 부검은 다 끝났습니다."

시신은 다시 봉합이 되었다. 언뜻 보면 깊게 잠이 든 사람처럼 보였다. 이한열 열사의 얼굴 위에 하얀 천이 덮이자, 갑자기 다리에서 힘이 빠져나가는 것 같았다. 현기증이었다.

7월 5일 새벽 2시, 세브란스 병원 중환자실에서 27일간 가쁜 숨을 내쉬던 이한열 군이 숨을 거두었다. 중환자실에서 지하 복도를 통해 영안실까지 이한열 군의 침상을 밀고 가면서 나는 억세게 이를 악물었다. 우리를 단합시키고, 우리를 용기 있게 만들었던 작은 예수가 우리를 대신해서 이렇게 세상을 떠났다.

그랬다. 그가 중환자실에 누워 있는 동안 수천 명의 학생들이 밤을 새우며 세브란스 병원을 지켰다. 학생회실에서 회의를 마치고 새벽에 나가 보니, 학생 둘이 도란도란 대화를 나누고 있었다. 나는 그들의 대화를 엿듣다가 몇 번이나 눈물을 흘려야 했다.

"나는 사실 너를 별로 좋아하지 않았어."

"그래? 왜?"

"미팅만 하러 다니고 아무 생각 없이 사는 앤 줄 알았지. 너 날라리라고 소문났잖아."

"하하하하."

웃음이 터져 나온다.

"야, 미팅하러 다니면 다 날라리냐? 나라고 전두환 정권을 지지했겠니?"

"글쎄 말이야. 그런 생각까지는 못했고 데모하는 데 참여 안 하니까. 어쨌든 미안하다. 내가 너무 편협했고 너를 잘못 본 것 같아."

"뭘 그런 걸 갖고. 사실 나도 너희들 별로였어."

"왜? 운동권이어서?"

"너희들 목에 힘주고 다녔잖아? 세상일은 자기들만이 다 아는 것처럼 잘난 체를 하고, 노골적으로 우리 무시하고, 툭하면 수업 거부하자고 그러고. 좋은 일 하려고 하는 건 알겠는데, 어쨌든 같은 과 학생이라는 느낌이 안 들었어. 야, 운동권 하려면 옷도 그렇게 지저분해야 되냐?"

"하하하하. 야, 이 정도면 깨끗한 거야. 저기 쟤 있지? 사회학과 쟤. 쟤는 속옷도 2주일에 한 번 갈아입어."

"뭐? 진짜?"

"하하하하하."

운동권과 비운동권의 벽이 허물어지고 있었다. 그 6월에 운동권이 어디 따로 있었던가? 민주주의를 향한 대장정에서는 모두가 하나였다. 한열이를 지키며 그들은 서로에게 자기를 고백하고 있었다. 아침 일찍 학생식당에 가면 여기저기서 옹기종기 모여 앉아 아침들을 먹는다.

"회장님, 이리 와서 같이 드세요."

"야, 웬 김밥이지? 맛있겠네."

"이 친구가요, 엄마랑 밤새 쌌대요. 10인분도 넘어요."

여학생이 수줍은 듯 웃었다.

"엄마가? 소풍 간다고 속였구나."

"아니에요. 어젯밤 11시쯤 병원에 있다가 집에 갔는데요, 엄마가 물어보더라구요. 이한열이라는 아이 어떠냐구요. 그래서 학생들이 밤을 새워 지킨다니까, 아침은 어떻게 먹냐구 물어보길래, 식당에서 사 먹는다고 그랬더니……."

나는 김밥을 입 안 가득 밀어 넣었다. 더 이상 이야기하면 눈물이 날 것 같았다.

'병원에 누워 있는 한열이, 그리고 그 병원을 지키는 학생들이 다 당신 자식 같으셨구나. 당신 딸을 밤새우게 하지 못했으니 아침이라도 손수 먹이시려고 이렇게 김밥을 싸셨구나.'

"애도 새벽같이 일어나서 같이 김밥 말았대요. 이쁘죠?"

"야, 너 웬일이냐? 얻어먹으려고 별 아양을 다 떠네?"

"하하하하하."

낮에는 거리에 나가 최루탄과 땀으로 범벅이 되도록 싸우고, 밤이면 병원에서 한열이를 지키면서, 우리는 굳건하게 하나가 되고 있었다. 그렇게 쌓여 가는 감동 하나하나가 점점 더 우리의 신념으로 굳어지고 있었다.

7월 9일, 이한열 군의 장례식은 민주 국민장으로 치러졌다. 학교 교정은 이미 발 디딜 틈 없이 인파로 가득 차 있었다. 문익환 목사님의 조사로 눈물 바다가 된 영결식이 끝나고, 신촌 로터리를 거쳐 시청 앞에 이르렀을 때 나는 놀라고 말았다. 그 넓은 시청 앞 광장이 추모 인파로 가득 채워져 있었던 것이다.

이한열 열사는 6월 10일 오지 못했던 그 시청 앞에 비록 고인이 되어 도착했지만, 이미 혼자가 아니었다. 신촌에서 시청 앞, 그리고 을지로로 이어지는 서울의 전 거리가 온통 추모 인파였다. 그리고 광주로 내려가는 길목마다 추모 현수막이 걸려 있었다. 광주도청 앞에도 수십만 명의 인파가 모여서 이한열 군을 기다리고 있었다.

이미 어둠이 내린 광주 망월동 묘역에 이한열 군이 안장되었을 때, 김찬국 교수님이 기도하셨다.

"주여! 이 길 잃은 어린 양을 받아 주소서. 이 나라 민주주의를 위해 싸우다 희생된 그의 젊은 넋이 이곳 망월동에서 더욱 빛을 발하게 해 주옵소서. 그는 비록 갔지만 그의 뜻이 이 세상 온 젊은이들 속에 살아서 기필코 실현되도록 도와주시옵소서."

가족들의 오열 속에서 나는 이를 악물었다. 1987년 6월, 그 순간부터 나의 시계는 멈춰 서 버렸다. 1980년 광주에서 희생된 열사들 옆에, 이한열 군은 우리 모두를 대신해서 그렇게 묻혔다.

■ ■ ■ ■

국가모독죄

"수갑이 조이면 이야기하라구."

수사관은 선심 쓰듯이 말을 건넸지만 나는 대답하지 않았다. 건장한 체격의 두 수사관이 내 양쪽으로 앉아 있었기 때문에 승용차 뒷자리에서 옴짝달싹할 수가 없었다. 스쳐 지나가는 서울 거리가 갑자기 낯선 나라처럼 느껴졌다.

'저는 지금 잡혀가고 있어요!'

속으로 이렇게 외쳐 보다가 나도 모르게 피식 웃었다.

"자, 이제부터 고개 숙이고!"

수사관이 손바닥으로 머리를 내리눌렀다. 목적지가 가까워진 모양이었다.

장안동 경찰청 분실은 밖에서 보았을 때는 평범한 회사 건물처럼 보였지만, 그 안에 들어가니 사뭇 분위기가 달랐다. 좁은 복도의 입구마다 철문을 설치해 놓고 전경이 보초를 서고 있었다. 취조실에 들어서니 전체적으로 컴컴한 것이 무슨 암실에 들어간 것 같았는데, 한쪽으로 군대식 침상이 있고, 그 반대쪽에는 취조용 책상과 의자가 있었다. 취조용 책상 위에만 백열등이 하나 달려 있었다. 구석에는

세상의 그 무엇이라도 될 수 있다면

252

변기와 욕조가 있었는데, 책상 높이의 칸막이만 되어 있어서 모든 행동을 감시할 수가 있었다. 창문은 그 변기 위쪽으로 있지만, 바깥에서 막아 놓아 대낮에도 양옆으로 희미한 빛이 들어올 뿐이었다.

'저런 욕조에서 박종철 열사가 숨져 갔구나.'

텅 빈 욕조가 왠지 스산하게 느껴졌다.

이한열 군의 사십구일재를 지낸 1987년 8월 21일, 나는 경찰에 연행되었다. 이한열 군을 사망케 한 경찰들에게 무혐의 처리를 한 검찰에 항의하기 위해 덕수궁 정문 앞에서 시위를 주도하던 중이었다. 경찰이 배치되어 있었지만 나는 개의치 않고 검찰청 쪽으로 걸어갔다.

"잡아!"

"막아라!"

드잡이가 벌어졌고, 경찰 대여섯 명이 내 사지를 번쩍 들어 올렸다. 이미 내 입가에서는 피가 흐르고 있었다.

사실 이런 무모한 방식의 투쟁은 총학생회장으로서는 해선 안될 경솔한 행동이었지만, 이한열 군의 죽음에 일말의 책임감을 느끼고 고통스러워하던 나로서는 다른 선택의 여지가 없었다. 그가 나 대신 죽은 것이라는 죄의식에서 자유로울 수가 없었던 것이다.

경찰은 의외의 인물을 잡긴 했는데 구속할 죄목이 마땅찮아서 고민스러운 모양이었다. 6·29 선언을 통해 6월 항쟁의 역사적 의미를 집권층이 인정한 상황에서, 이한열 군의 사십구일재를 주도했다는 것만으로 나를 구속시킬 수는 없었다. 학교에서 진행한 집회는 대개 평화 집회였으니 집회와 시위에 관한 법률 위반으로 처벌하기도 난감했던 모양이다. 결국 나중에는 내가 '뉴욕타임즈'와 기자회견을 한 사실을 문제 삼았다.

해당 법의 근거는 국가모독죄였다. 이 법은 국내 민주 인사들이 해외 언론을 통해 정부를 비판하는 것을 막을 목적으로 만들어졌는데, 막상 이 법으로 처벌된 사람의 숫자는 서너 명밖에 되지 않았다. 그러니까 제목은 국가모독죄이지만 내용은 외국 언론과의 인터뷰 금지법이었던 것이다. 나중에 내가 감옥에서 나온 후 이 조항은 삭제되었다.

그때 나를 인터뷰한 기자는 니콜라스 크리스토프였다. 그는 후일 북경의 천안문 사태를 취재해서 퓰리처상을 수상한 저명 언론인으로, 지금은 '뉴욕 타임즈'의 칼럼니스트로 활동하고 있다. 그 인터뷰 기사는 '뉴욕 타임즈'에서 제법 크게 게재했기 때문에 미국에 있던 교포들로부터 전화를 몇 통 받기도 했다.

여기에 '왜 한국 학생들이 투쟁하는가?'라는 제목으로 실렸던 문제의 '뉴욕 타임즈' 기사 일부를 옮겨 본다.

Q: 학생들은 6.29 선언으로 원하는 것을 얻지 않았는가?
A: 미국인들은 우리가 대통령 직선제를 얻어 냈기 때문에 일이 끝났다고 생각한다. 그러나 그것은 시작에 불과하다. 현 정부 인사들은 그 자리에 있을 권리가 없으며, 또 민주주의에 대해 전혀 알지 못한다.

Q: 정부가 자유를 약속하지 않았는가?
A: 만약 한 도둑이 집에 들어가 모든 것을 약탈했다고 가정해 보

자. 이때 이웃 사람들이 말리면서 소란을 피웠다고 하자. 그래서 도둑이 신변에 위협을 느껴 사람들을 무마하려고 깨진 라디오 하나를 남겨 두고 갔다고 하자. 그래도 그는 여전히 도둑이다. 그리고 만약 그가 와서 그 집을 도와주려고 한다면 아무도 믿지 않을 것이다. 우리는 현 정부의 집권 연장을 정당화시켜 줄 몇 가지 선심을 원하는 것이 아니라, 이 정부의 폐지를 원한다.

Q: 시위가 더 있을 것으로 보는가?
A: 우리는 가두시위뿐 아니라 우리의 요구를 관철하기 위한 다른 방법들도 강구할 것이다.

Q: 또 다른 폭력과 거리에서의 충돌이 있을 것인가?
A: 아니다. 우리는 국민들이 우려하는 시위는 하지 않을 것이다. 우리는 평화적인 시위를 할 것이다. 그러나 정부가 경찰을 동원해서 폭력으로 우리를 막으려고 한다면 약간의 폭력 행위가 있을 것이다. 우리는 가만히 서서 밀리지는 않을 것이다.

Q: 학생으로서 폭력을 사용하는 것이 옳은가?
A: 폭력은 상황에 따라 정당화될 수도 있다. 예를 들어 나치에 대한 폭력은 정당한 것이었다.

Q: 현 정부가 진정으로 나치와 같은가?
A: 정확한 비교를 하기는 어렵다. 나치에 점령된 프랑스에서의 압박은, 그것이 외국으로부터 온 것이기 때문에 더 가혹했을 것이

다. 그러나 우리는 군사 파시즘에 대항에 싸우고 있다. 한국의 파시즘은 히틀러의 나치즘과 직접적으로 관계가 있다.

Q: 그렇게 말하면 감옥에 가지 않겠는가?
A: 감옥에 가는 것은 두렵지 않다. 학생 지도자로서 그것은 당연한 일이다.

밤샘 조사 끝에 구속이 결정되었다. 조사한 결과에 따라 구속하는 것이 아니라 구속하기 위해 조사했던 것이다. 나는 이미 각오하고 있었다. 다만 계속 고생할 바깥의 동료들에게 미안할 따름이었다.
나는 6월 항쟁이 미완의 항쟁이라는 것을 온몸으로 느끼기 시작했다.

서울 구치소

구속영장이 떨어진 후 동대문 경찰서 유치장에 있다가 서대문구 현저동에 있는 서울 구치소로 송치되었다. 입고 있던 옷을 보관하고 푸른색 수의와 검정 고무신으로 갈아입으니 그제서야 감옥에 온 것을 실감할 수가 있었다.

12사 상 13방. 서대문구 현저동에 있던 서울 구치소(구 서대문 형무소)는 일제 강점기에 지어져서 수많은 독립지사들이 갇혀 있다가 처형당한 곳이었는데, 내가 수감되어 있던 중에 경기도 의왕시로 이사를 갔다. 서대문에 있던 서울 구치소는 이제 서대문 형무소 역사관으로 바뀌어 수많은 사람들의 역사 교육장으로 쓰이고 있다. 신기한 것은 다른 건물들은 철거 되었는데, 내가 있던 12사 건물은 지금도 남아 있다는 것이다.

당시 서울 구치소에는 6미터 높이의 담장과 감시 망루가 있는 외벽 안에 죄수들을 가두어 두는 사동이 있었다. 각 사동은 2층으로 되어 있고, 층마다 양쪽으로 죄수들이 생활하는 방이 길게 늘어서 있었다. 보안과 건물과 면회실이 따로 있고, 한편으로는 목욕탕과 비좁은 운동장, 그리고 사람들이 가장 궁금해 하는 교수대도 있었다.

방바닥은 두꺼운 나무판자로 만든 마룻바닥이고, 방 한구석에 화장실이 있었다. 화장실이라고는 하지만 조준을 잘해야 하는 푸세식이어서 한 명이라도 일을 보면 냄새가 온 방 안에 진동했다. 가로로 아홉 걸음이 채 안 되는 좁은 방에 열두 명에서 열여덟 명까지 생활했으니 보통 답답한 것이 아니었다. 당연히 독방 생활을 할 줄 알았던 나는 12사 상층의 절도방으로 배치되었다. 아마 다른 양심수들과 격리하기 위해서 그랬던 모양이다.

구치소에서는 비슷한 죄명에 따라 한 방을 쓰도록 했다. 가령 도둑질한 사람은 절도방, 사기꾼은 사기방, 폭력으로 들어온 사람은 폭력방, 교통사고를 낸 사람은 교통방에 수감되었다. 미성년자는 소년수방이 따로 있으며, 사형수나 무기수, 대형 비리 사범이나 조직폭력배, 양심수는 독방을 썼다.

"학생이니까 괴롭히지들 마!"

담당 교도관이 한마디 하고 문을 닫았다.

"뭐야? 학생이야?"

죄수들은 실망한 기색이 역력했다. 신입이 들어오면 이렇게 저렇게 골려 먹으면서 재미있게 시간을 보낼 수 있는데, 양심수가 들어오면 그럴 수가 없었기 때문이다. 하루하루가 빨리 지나가서 사회로 나가고 싶은 것이 모두의 바람이었다.

갇혀 있는 생활은 시간과의 싸움이었다. 한 시간이 그렇게 더디게 흘러갈 수가 없었다. 모든 시간이 정지된 것 같은 느낌이었다. 조그마한 식구통으로 밥이 들어와야 점심때구나 하는 것을 알 수 있었다. 어차피 시간을 안다 해도 특별히 할 일은 없건만, 처음 얼마간은 지금 몇 시쯤 되었을까 궁금했다.

닫혀 있는 공간도 답답했다. 좁은 방 안에서 아무리 서성거려도 늘 그 자리일 뿐이었다. 세상과 절연된 것 같은 막막함이 찾아왔다. 그리고 그것은 참을 수 없는 그리움으로 변했다. 바깥세상의 모든 것이 그리움의 대상이 되었다. 저녁 무렵, 쇠창살을 붙잡고 바깥을 내다보면, 건너편 종로구 무악동 산동네 불빛 사이로 퇴근하는 사람들의 뒷모습이 어슴푸레 보였다.

아아, 가족들과 함께 먹는 따뜻한 저녁밥, 친구들과 함께 마시는 생맥주 한잔, 그들의 웃음소리, 그들과의 어깨동무에서 전해지는 그 훈훈함이 떠오르면 울컥 뜨거운 것이 치밀어 올랐다.

'강해져야 한다! 약해지면 지는 것이다!'

고개를 강하게 흔들며 쇠창살을 놓고 자리에 앉았다.

같이 생활하던 절도범 중에 60대 노인 한 분이 있었다. 전과 5범인데, 뭐 대단한 범죄도 아니고 슈퍼에서 물건을 훔치다 잡혀왔다고 했다. 여간 해서 자기 이야기를 안 하는 분이라 궁금했는데, 다른 사람 이야기를 들어 보니 워낙 자주 감옥을 드나들다 보니 가족들도 연락을 끊고 이사해 버렸다고 했다.

출소했는데 갈 곳이 없어서 일주일 만에 일부러 잡혀왔다니, 그래도 재워 주고 먹여 주는 데라고는 감옥밖에 없다고 생각했던 모양이다. 그 노인은 저녁때만 되면 맨손체조를 하는 척하면서 창가 쪽으로 가서 하염없이 밖을 바라보았다.

가족들도 포기했다는 데 뭐가 그렇게 그리운 것이 남아 있을까?

어두운 바깥세상을 물끄러미 넘겨다보는 노인의 힘없는 백발에서
나는 괜한 연민을 느끼곤 했다. 그곳에서의 하루는 마치 일 년처럼
길었다. 하물며 몇십 년씩 생활한 사람들이야 말해 무엇 할 것인가!

감옥의 밤

　3개월쯤 지나 서울 구치소가 의왕시로 옮긴 후에는 독방 생활을 하게 되어 더욱 적막했다. 지금은 신문이나 친구들의 편지도 받아 볼 수 있지만, 1987년과 1988년 당시에는 그게 불가능했다. 바깥에서 무슨 일이 벌어지고 있는지 누가 면회를 와야만 알 수가 있었지만, 푸른 수의 차림으로 어머니를 대면하는 것은 차라리 고통이었다.

　"자, 이제 그만합시다."

　교도관을 따라 자리에서 일어나면 면회실 저편 어머니의 얼굴이 마치 영화의 마지막 장면처럼 일순 정지되면서 클로즈업되곤 했다.

　"철커덩, 쿵!"

　육중한 문이 닫히는 소리, 저벅저벅 멀어져 가는 교도관의 발자국 소리. 다시금 무거운 적막이 찾아왔다. 어머니가 면회를 다녀간 후면 나는 한동안 눈을 감고 앉아 있었다.

　"상황이 점점 어려워지는군."

　동료들로부터 간간이 전해 듣는 소식만으로는 충분치 않았으나, 1987년 대통령 선거를 앞두고 복잡한 문제들이 연이어 일어난 것 같았다. 분열도 가속화하고 있었고, 학생 운동 내부의 논쟁도 격해지고 있는 듯했다. 그러나 감옥 안에서 내가 할 수 있는 일은 없었다. 거의 매일 새로운 학생 운동가들이 잡혀와서 감옥의 빈 방을 채워 가고 있었다.

무엇인가를 기록하고 싶다는 열망에 사로잡혔지만, 편지 쓰는 것만 허락되었기 때문에 가능하지가 않았다. 서대문에 있을 때, 박호정이라는 친구의 도움을 받아서 볼펜 심을 하나 훔쳐서는 군대에서처럼 일기를 쓰기 시작했다. 책의 속표지를 뜯어서 거기에 써 내려갔다.

취침 후 1시간쯤 어제가 추석이었다. 명절이 별것은 아니지만 어머니가 넣어 주신 한복을 입었다. …중략… 혼자 침잠할 수 있는 시간이 충분치 못하다. 너무 일찍 들어와 갖는 문제. 책임이 크다.
문득 버스 소리, 택시 소리, 민가의 불빛이 아슴푸레하다. 그곳은 나의 조국이다. 너무나 가슴 아픈, 그러나 사랑스런 한반도여!
1987. 10. 8.

잠에서 깨어나 쓴다. 어제 들은 소식으로는 DJ 신당이 창당될 모양이다. …중략… 되도록 바깥일에 초연하려고 해도 되지 않는다. 책임감 때문일까? 새로운 민주 정부는 강력한 추진력과 진보적 개혁 의지를 갖고 있어야 하며, 그 바탕은 국민의 단결된 힘과 지지인 것이다. …하략…
1987. 10. 28.

멀리서 심야 샤우팅 소리가 들려오다 멎었다. 5사 쪽인 것 같다. 오늘로서 연행된 지 3개월째이다. 참 빨리도 시간이 흘렀다. 오늘 문득 바깥 생각을 많이 했다. 백양로, 학생회관, 지저분한 총학생회실. 웃음이 난다.

옥중 서한을 완성했다. 이상하리만치 글이 잘 안 된다. 연구가 부족해서일까? 다음부터는 세밀히 준비해야지. 내일부터 투쟁에 돌입한다. 피로하다. 잠을 청해야겠다. 시를 쓰고 싶다.

1987. 11. 22.

오늘 어머니가 면회 오셨다. 바깥쪽 탄압이 심해지는 것 같다. …중략… 내일이 어머니 생신이다. "무슨 날인지 알지?" 하실 때 가슴이 막막했다. 왜 모르겠는가? 하지만 그 이야기가 안 나오길 바랐다. 마음속으로 축하 드려야지. 감기에 걸렸다. 춥다. 겨울이다. 이젠. …하략…

1987. 11. 24.

단식 3일째다. 힘든 것도 없으련만 안에 가만히 들어앉아 있으니 상념이 정리되지 않는다. 자꾸 구수한 된장찌개와 생굴 빈대떡이 생각난다. 12월 3일 재판을 받았다. 들어서는 순간 아이들이 우상호를 외쳤다. 당황했던 것 같다. 너무 반갑다. 오랜 헤어짐이다. …중략… 지금도 밖은 혼돈이다. 후보 단일화가 쟁점이다. 모든 것이 예상한 대로 흐르고 있다. 어쩌면 우리의 투쟁이 매우 힘들어질지도 모른다. …하략…

1987. 12. 8.

잠이 오지 않는다. 계속해서 비행기가 지나가는 소리를 듣고 있다. 지금쯤 개표가 진행되고 있겠지. 어떻게 되었을까? …중략… 이곳 양심수 모두가 잠을 이루지 못하고 있다.

1987. 12. 16.

감옥의 일기도 여기서 끝났다. 새로운 대통령으로 그토록 원치 않았던 노태우가 당선되고 말았다. 그러니 더 무엇을 써 내려갈 수 있었겠는가? 1987년 겨울 대통령 선거에서 패배한 후, 감옥 안은 무거운 정적만이 감돌았다. 그것은 충격이었으며 분노였다. 하루하루가 더 힘들고 괴로웠다.

'한열아, 결국 너의 죽음이 헛된 것이었느냐!' 하는 생각에 나는 잠을 이루지 못했다. 그 뜨거웠던 6월 항쟁의 성과물이 이토록 허망하게 사라질 수 있는가 하는 절망감이 엄습했다.

감옥 안의 동료들은 앞으로 어떤 현실이 다가올 것인지 막막해하면서 모두들 그렇게 하루를 보냈다. 어떤 친구는 집행유예로 나가기도 했고, 어떤 친구는 실형을 선고 받아 다른 교도소로 가기도 하는, 어수선한 기간이었다.

나는 구치소 담을 비추는 붉은색 탐조등을 물끄러미 쳐다보았다. 몇 시인지도 모른다. 복도에 앉아 있는 교도관의 기침 소리가 가끔 들려오고, 다른 죄수들은 모두 깊은 잠에 빠져 있다. 가위눌린 사형수의 잠꼬대 소리도 가끔 들린다. 그 소리들 끝에 더해지는 나의 깊은 한숨 소리.

어떻게 해서 여기까지 온 것일까 생각에 잠긴다. 어쨌든 인생의 한 시기를 열정적으로 살았다. 우유부단한 적도 있었고, 용기가 없어서 돌아선 적도 많았다. 그러나 굳은 결심을 하고 나서는 돌아보지도 않고 결단하면서 밀고 올라왔다. 감동도 있었고, 기쁨도 있었고, 보람도 있었다.

이제 어디로 가야 하나? 어느 길을 걸어야 하나? 어머니의 얼굴이 떠오른다. 혼란스러운 영상들을 털어 버리기 위해 머리를 가볍게 흔들어 본다. 내 출발이 어디였는가를 다시 더듬어 본다. 희미하게 잡힌다. 숨을 깊이 들이마시고는 다시 내쉰다. 아직 끝난 것이 아니다. 아직 끝난 것이 아니다. 몇 번이나 이 말을 되된다. 자리에 앉아 몇 가지 단상을 정리하기 위해 노력했다.

지금까지 그래 왔듯이 멀고먼 길을 또다시 떠나야 할 것이다. 언제 이 길이 끝날지 모르지만, 그리고 이 길이 어디로 향하는 것인지도 모르지만 계속 걸어야 한다. 발톱이 빠지고 굳은살이 박혀도 계속 걸어야 한다. 들꽃이 피어 있는 들판 사이로, 이슬이 묻어 있는 산길을 지나, 희미한 불빛이 멀리 깜박거리는 민가를 향해서, 한 걸음 한 걸음 내디뎌야 한다. 감옥의 밤은 그렇게 계속되었다.

386 세대로 산다는 것

그 시절을 떠올릴 때마다 나는 왜 그렇게 쓸쓸했던 순간들만 떠오르는지 모르겠다. 1960년대의 목가적인 농촌이 분명 더 고통스러웠을 텐데, 그리고 1970년대 달동네에서 보낸 사춘기가 더욱 외로웠을 텐데, 이상하게 1980년대 대학 시절이 훨씬 더 스산하게 기억되곤 한다.

어쨌든 서울의 변두리 달동네에서 가난한 사춘기를 보냈던 시골 출신의 촌놈이 대학에 입학해서 학생 운동에 참여하고, 6월 항쟁을 경험하게 된 이 과정은 어떻게 보면 개인적인 체험에 불과하다.

그러나 동세대 선후배들과 이야기하다 보면 사례는 다르지만 상당히 유사한 점들을 발견할 수 있다. 시골에서의 놀이, 도시에서 중고등학교를 다니게 된 배경, 대학에 다닐 때 느낀 심정 등 서로 공감할 수 있는 내용이 많다. 그런 점에서 우리 세대의 선후배들은 끈끈한 동질감을 느낀다. 이런 동질감은 마치 우연히 고향 사람을 만난 것 같은 친밀감을 준다.

70% 이상이 도시에서 태어난 최근 젊은 세대와 달리 386이라 불리는 세대는 70% 이상이 농촌에서 태어나서 성장했다. 농촌 출신

으로서 어려운 사춘기를 보냈던 이들은 사실 나름대로 강한 성취동기를 지니고 있었다.

"너라도 대학을 나와서 잘 돼야 한다. 네게 농사를 대물림할 수는 없다. 그러니까 열심히 공부해라. 알겠지?"

일제 강점기와 한국전쟁을 거치면서 제대로 된 교육을 받을 수 없었던 부모 세대, 그들의 한을 대신 풀어야 했던 이들에게 대학 진학은 더욱더 절실한 근거를 갖고 있었다. 농촌의 부모들이 볼 때 유일한 신분 상승의 통로는 대학을 나오는 것이었기 때문이다.

또한 386 세대는 성취동기가 강할 수밖에 없는 성장 과정을 지니고 있지만, 농촌 출신인 이들은 삶의 원형질이랄까, 그런 것에 대한 체험적 이해가 있었다. 아름다운 자연과 하나가 되었던 기억들, 그리고 들과 산, 논과 밭 등에서 온갖 생명체와 만났던 체험들은 이들에게 남다른 감수성을 선물했다.

나는 이들 세대에서 유별나게 문화 분야에 종사하는 사람이 많은 점, 그리고 문화 산업이 발전할 수 있는 저변이 넓어진 것이 우연이라고 보지 않는다.

이들이 남다른 집단성을 획득하고 있는 것도 성장 과정에서 훈련된 것이라고 해석할 수 있다. 농촌의 공동체적 질서에서 성장한 배경, 그리고 군사 정권 아래에서의 규범적인 교육이 적지 않은 영향을 미쳤으며, 대학 시절의 조직적, 집단적인 실천 운동을 통해 이 공동체 문화는 훨씬 더 강화되어 이들 세대를 규정하는 중요한 특징으로 떠올랐다.

이러한 성장 과정의 특수성은 이들 세대를 이전 세대 혹은 이후 세대와 구별 짓는 기준이 되었는데, 특이한 것은 이러한 특징들이 그 경향상 그 이전 세대에 가까운 측면이 있다는 점이다. 정치사회적 판단은 진보적인 반면, 여성관 같은 도덕적 가치 부분에서는 제법 보수적인 측면이 있다.

그러나 아무래도 386세대의 대표적 특징은 그들의 역사적 사회인식과 실천적 태도일 것이다. 이들은 대학에 진학해서 억압적인 사회 현실에 눈뜨면서 빠르게 변모해 갔다. 이들의 이러한 현실 비판적 태도는 현실에 순응하던 부모 세대와의 갈등으로 나타나곤 했다.

이들은 한마디로 '왜?'라는 질문을 집단적으로 사회에 던진 세대이다. 누구나 젊은 시절에는 혁명가가 된다고 한다. 부조리한 현실에 눈뜨면서 분노하기 때문이다. 그러나 그 분노가 뒷골목에 있는 깡통을 걷어차고, 술 한잔 하며 고래고래 욕하고 토하는 데서 끝날 때 실천적 의미는 없다.

386이라고 불리는 6월 항쟁 세대는 기존의 가치관과 권위에 도전했다. 왜 쿠데타로 집권한 군부가 이 나라를 다스려야 하는가? 왜 미국은 군사 독재 정권을 지원하고 있는가? 왜 늘 사회적 약자들이 피해를 입어야 하며, 그들은 왜 인간다운 대접을 받지 못하는가? 우리는 기성세대가 이미 익숙하게 적응해 있고 인정하고 있던 무수한 문제들에 '왜?'라는 질문을 던졌다. 우리의 질문 앞에서 기존의 허위와 기만, 기회주의는 그 꺼풀을 벗으며 본질을 드러내야 했다. 이 세대는 이처럼 권위주의와 허위의식에 대한 도전에서 출발했다.

하지만 기성세대는 이 도전을 불온한 것으로 간주했다. 그래서 때로는 협박했고, 때로는 회유했다. 그 권위에 도전하면 불이익이 크므로. 그것은 불온한 사상이므로.

"네가 전쟁을 알아? 어디서 감히?"

"집안을 위해서, 너를 키우느라 고생했던 어머니와 아버지를 봐서라도, 제발!"

우리는 고통스러워하면서도 세상의 그 무엇이라도 되기 위해 이를 극복했다. 우리의 끊임없는 회의와 질문은 급기야 자기 존재에 대한 부정으로까지 이어졌다.

'우리 대학생은 수많은 사회 계층 중에서 비교적 선택 받은 사람들이다. 우리는 새로운 기득권층으로 성장하도록 훈련 받았고, 또 그렇게 성장할 것이다. 그러므로 진정으로 사회의 변화를 바라는 자라면, 사회의 소외된 사람들을 위해 기득권을 포기하고 그들 속으로 들어가야 한다.'

우리는 밤마다 고민했다. 시위에 참여하면서, 어쩌면 오늘 구속될지도 모른다고 각오하면서, 시골에 계신 부모님의 얼굴이 자꾸 떠올라서. 우리는 우리를 괴롭히는 고민을 떨쳐 버리기 위해 더 큰 소리로 노래를 부르고, 더 큰 소리로 구호를 외치면서, 한 걸음 한 걸음 역사 속으로 걸어 들어갔다.

기존 권위에 대한 부정과 새로운 세계에 대한 열망, 기득권을 포기하는 자기부정을 통해 우리는 저항의 근거를 만들었다. 기득권을 버리고 역사적 대의를 위해 헌신할 것인가라는 사회의 요구에 부응한 사람들은 놀라운 실천의 무기를 얻을 수 있었다. 그들은 정말로 필요한 일을 위해 모든 것을 다 던지는 희생정신, 그리고 일의 성취를 위해 무섭게 파고드는 집중력을 얻었다.

실천하지 않는 지성을 기회주의 혹은 소시민으로 매도하는 극단적인 측면도 있었지만, 행동하는 양심에 대한 숭상과 존중은 나약

한 인텔리들을 강한 투사로, 잘 조직된 정치 집단으로 변화시켰다.

결론적으로 6월 항쟁 세대의 특징은 비판적 문제 인식, 자기희생적 결단, 공동체적 집단 문화, 관념보다 실천을 우선시하는 태도 등으로 규정할 수 있을 것이다.

한 가지 빼놓을 수 없는 것은 대학을 졸업한 이들이 정보화라는 새로운 문명을 경험했다는 점이다. 어떤 이론가는 그래서 이들을 마지막 농경 세대로 규정하면서, 산업화의 혜택을 누리며 성장하고, 정보화의 첫 세대가 된 특이한 세대라는 정의를 내리기도 했다.

386세대의 상당수는 지금 정보 산업 혹은 벤처 산업에 종사하고 있다. 이들 중에는 실패한 사람도 많고 왜곡된 길을 걸은 경우도 있다. 그러나 맨주먹으로 시작해서 일정한 성과들을 만들고 있는 사람들을 지켜보고 있노라면, 이들이 사회의 발전에 기여하고 있는 또 다른 측면을 발견하는 것 같아 경이롭기까지 하다.

앞서 소개했던 그 이론가는 변화하는 문명의 경계에 서본 이 체험이 예사롭지 않은 역사적 혜택이라고 규정했다. 나는 전적으로 그러한 해석에 동의한다. 일찍이 유럽과 미국, 그리고 일본에서도 그 사회의 기득권층과 맞서 저항했던 세대들이 존재했다. 그들 중에는 유명한 정치인으로, 혹은 학자로 열심히 활동하는 분들도 있다. 그러나 개인과 소집단으로서의 활약은 있다 하더라도 집단으로서의 정체성, 그리고 현실적 유의미성은 상당히 상실한 것이 아닌가 싶다.

반면, 386이라고 불리는 우리나라의 6월 항쟁 세대는 과거에 의미 있는 역할을 했던 것에서 그치지 않고, 현존하는 세력으로서, 그리고 미래지향적 역할을 해낼 수 있는 집단으로서의 가능성을 지니고 있다.

아직 꿈과 열정이 남아 있는 세대로서 나는 우리가 앞으로 훌륭한 역할을 담당할 수 있다고 믿는다. 왜냐하면 우리는 세상의 그 무엇이 되기 위해 끊임없이 노력할 것이므로.

그것은 노래가 아니었다.

그러나 나는 그것을 노래로 불렀다.

06

시, 그리고 세상을 향한 외침

래군이네 어둠

더는 아파하지 말자
돌아서버리면
그것은 어두운 고개를 넘어간 완행버스
밤하늘을 떠도는 눈동자에겐
아무도 오지 않았다고 이야기하며
그러나 더는 흔들리지 말자
막차시간마다 숲을 비워둔 채
썰물의 갯벌처럼 갈라진 몸으로 다가오는
안개, 해일을 가장하여 밀려드는
밤안개, 그의 노래소리
슬픔처럼 들린다 해도

그것은 고개를 넘어가버린 바퀴자국
길이 아니면 가지 않는 평행곡선일 뿐
보내고 돌아서면 문득
숲 속에서 벌레가 운다
그러나 벌레여 더는 두려워 말자
앞이 안 보여도 앞으로 걷는 영혼들은
나무껍질 속에 숨어있어
다음날 껍질을 벗긴다 해도
함께 벗겨지지 않느니

밤길을 걸어간 것은 잘한 일이었다
보이지 않는 곳에서
손 있는 자들은 살아나는 불씨를 향해 지휘하고
부르고 싶은 노래를 스스로 지닌 채
하늘로 가는 동안
별이 없어도 별 노래를 부르는
아아, 래군이네 어둠

1.
사내들 속에서
그 여자는 몸을 비틀며 웃어댔고
어둠 이 편에 앉아
나는 성냥을 부러트리고 있었다
어쩔 것인가, 살아있기 위해서
돈이 좀 필요할 뿐인 것을

빚더미 속에 벗어던진 농부의 꿈 대신
공장생활 몇 년
다리병신 별명만 늘고
절뚝거리고 걷게 된 후로
세상은 그 만큼씩 기우뚱거렸다. 결코
계집에게 빌붙는 그런
못난 사내가 되고 싶진 않았건만

2.
어두운 방구석 늦게,
잠든 그녀가 눈물을 흘리고 있다
무엇을 두려워하느냐 우리에겐
깨어 있는 것이 오히려
무서운 꿈과 같은 것을

그녀의 눈물을 닦아 내다가
고개를 돌린다, 아아
무엇처럼 살아야 옳느냐
꿈을 부러트린 채로는
불붙을 수 없다고 되뇌이곤 했지만
찌꺼기를 모아
몇 번이고 다시 끓여내야 하는 것이
인생이라면

내일은, 머리채를 휘어잡아서라도
그녀를 끌어내 보여줘야겠다
새 세상을 향해
절뚝거리면서도 똑바로 걷는
나의 몸짓, 나의 숨찬 노래를

나무뿌리

한때 허탈과 슬픔을 못 이겨
저무는 들판의 끝으로 나아갔을 때
나는 보았네, 거기
허물어져가는 흙둑을 부둥켜안고
넘치는 개천을 바라보고 선
밑둥 잘린 나무뿌리들

그것이 쓰러져가는 마지막 모습인 것이냐
뿌리마다 온통 힘줄을 뻗치고
가늘게 떨고 있는 뒷모습으로 너는
잘리고 그슬렸던 악몽에 참을 수 없어, 이제
어두워진 마음을 닫으려 하느냐

그러나
돌에 긁히고 곤두박질하며
우당탕 쫓기는 황톳물의 아우성에
우우 함께 몸 비트는 낮은 울부짖음, 낮은
흐느낌, 그것이 너의 대답
황혼녘 홍수져 무너진 돌 틈에
찢긴 비닐 너풀너풀 비스듬히 걸친 채
수심 가득 차 고개 숙이고 선 모습, 여린 흔들림
너의 대답 소리 없는 그것은
꺾인 가지에서 더욱 푸르게 싹트는 잎사귀

갈라지면서
갈라지면서 더욱 견고해지는 주름진 껍질

아아, 부끄럽게 돌아와 누운 어둠 속에서도
나는 잊을 수 없네, 거기
아픔과 아픔 어우러진 곳에
깊게 뿌리박고 선
너 저무는 들판의 가시나무 뿌리

탈영병(脫營兵)
- 오월 계엄군

작은 별빛 하나 끄덕거리며 사라진다
무엇을 본 것일까
나는 풀숲에 숨어 있는데
풀숲에 숨어 울고 있는데.

잘못을 비는 내 얼굴에
웃으면서, 그들은 침을 뱉었다
잘못도 없이 무릎을 꿇고
생각했다, 복종과 인내
어두워지는 고개를 꺾고

어젯밤
달아나는 나에게 그들이 총구를 겨누었을 때
나는 알았다
두려웠지만
밤마다 내가 하고 싶었던 것이
바로 그것이었음을
자고 있는 우리들의 가슴에
검붉은 피가 흐르도록
피 흘리며 깨어나 울부짖도록
한발의, 단 한발의 총성을
밤하늘에 울리는
그 일

풀 쓰러뜨리는 군화소리들 가까워진다
잡힌다 해도
이젠 자유로운 몸
아아, 그들의 총탄에 쓰러진다 해도
눈물을 닦고 일어서야지

학관(學館)

팔다리 긁히며 뛰어넘던 나무들
너무 자라 있고
소리내어 시를 읽던 시원한 그늘이
아무리 앉아 있어도 다만
어두운 그늘일 때, 그 때
어스름의 깊은 심호흡
산들바람 속 상념에 잠기며
부드럽게 매만지던 나무의자들의 촉감은 어디 가고
주차한 자동차들 사이에 앉을 자리를 잃은 곳,
어디에 숨어 있느냐 그래
소변보면서 마주치던 웃음과
매운 눈물로 지켜보던 낙엽연기
비오는 날의 어두운 강의실
창 밖에선 풀잎이 서로를 흔들고
강의 노트마다 실없는 낙서를 채우던
그런 날들의 기억으로 찾아왔건만
그런 날들의 노래는 간데없고, 이제
벽마다 담쟁이 넝쿨 더욱 높이 오르며
저마다 손벌려 뻗쳐대고 있는 너,
허름한 옷차림 밀어내며
조용히, 조용히를 강요하는 너는
다만 오오랜 전통 속에 누워 있는
유형문화재

동쪽

해가 저물 땐 동쪽으로 가야지
노을을 등지고
희미해져가는 내 그림자를 바라보며,
동쪽으로 걷는다는 것은
조금씩 세상에서 사라진다는 것,
조금씩
세상이 가벼워진다는 것

송충이

친구가 되고 싶어 다가갈 때도
소리를 지른다, 너는
욕을 하고, 침을 뱉고, 이유 없이
발을 쳐든다

짓이겨진 하반신으로
고통을 참지 못해 나는
꿈틀거린다, 격렬하게
신음을 한다

다르게 생겼다는 이유만으로
손쉽게 죽여버릴 수 있는 거라면
분하구나, 내게는
너희들이 흉칙하건만

나는 다만 앞으로 가고 있을 뿐인데도
너는 소리를 지른다
욕을 하고, 침을 뱉고, 이유 없이
돌을 던진다, 그리하여
나는 안다
너희들 중에도
약하고 가진 것 없다는 이유만으로
어느 모진 발밑에 사정없이 짓이겨지는

그런 부류가 있을 것임을
손잡고 급히 떠나가는 너희들 뒷모습을 보며
고통을 참지 못해, 나는
꿈틀거린다, 슬프게
신음을 한다

1.
잊을 수 없구나, 그
뒤척이던 잠자리 속에서
더듬거리며 내 손 잡아보던
네 손바닥의 축축함과
섬뜩하게 잠을 깨우던
네 심호흡 속의 짧은 떨림, 그 때
알았어야 했다. 네 속에서
무엇이 시작되고
무엇이 끝났는지를

풀어놓고 간 네 시계를 만지작거리다 나는
어금니에 힘을 준다, 아아
흰 종이 하나 펄럭거리며
어디로 날아갔느냐
새처럼 깨끗하던 작은 흰 종이

2.
그래도 살아남으면
뭔가 해야 할 일이 있을 거라고 믿었던
그 오월, 흩어지는 군중 속으로
손 흔들며 네가 뛰어간 후
생각했다

조금씩 물러날수록 두려움은 커지고
한 걸음 나아갈수록 자신감이 생긴다던
그 웃음 띤 눈동자

3.
뜯지 않은 달력 몇 장 어둡게
펄럭거리고 있다, 일어나 불 켜고 앉아
오랜 수첩을 뒤져
너의 이름을 꺼낸다
술 취해 받아쓸 때 고쳐주며 웃던 이름
네가 끌려갈 때 두려워 속으로 부르던 이름
돌아온 네 가루를 뿌리며 목메어 부르다 지치던
변함없는 그 이름 위에, 이제
붉은 줄을 긋는다

줄을 그으며
한 번 더 힘주어 너를 부른다

이별
-문준호 박래군 同志에게

헤어짐은 짧게
그리고 아무 일도 없었던 것처럼,
몇 마디 인사를 위하여 머물 시간도 없이
서로의 눈빛으로 일으켜 세우며
헤어짐은 짧게
그리고 마치 헤어짐이 아닌 것처럼

싸움터로 날아간 새들은
상처 입은 채 돌아오지 않아야 하느니
반갑다 하여도 그것은
남아 있는 새들에게 아픔이 되어
오랜 기다림을 상심케 하는 법

그러므로 또한 돌아올 때는
깃발 들고 춤추는 저 구름의 모습처럼
가장 먼저 달려와
긴 부르짖음으로 말해주게
그대들 넘어온 산 능선길로
어떤 세상이 뒤따라오고 있는지

그날을 위하여 지금
헤어짐은 뜨겁게
그리고 마치
조금도 슬프지 않은 것처럼

중년

성냥갑을 흔들어본다
텅 빈 것을 알면서도, 혹시
무슨 소리가 남아 있지는 않을까
귀 기울여 흔든다, 혹시
무슨 불타는 소리가 조금쯤
남아 있지는 않을까

문단속을 안 하면
악몽(惡夢)을 꾸는 나이
죽어가는 나를 사람들이 지나치고
소리 없는 고함지르다 잠이 깨면
베개 젖어 있는
여기는 또 다른 늪

그런 밤, 서성거리다 가끔
책상에 앉는다
텅 빈 것을 알면서도 혹시
무슨 낙서가 남아 있지는 않을까
색 바랜 원고지
글씨 번진 편지봉투와 감춰둔 유인물
한때의 것으로 돌리던 모든 것들을
자리를 바꿔보다가
고개를 꺾는다

이젠 돌이킬 수 없는 것을 알면서도, 혹시

무슨 눈뜨는 소리가 남아 있지는 않을까
무슨 꿈틀거리는 기억이 남아 있지는 않을까

나무들도 제 그림자를 따뜻하게 바라본다

거기
어두운 구석 웅크리고 앉아
바닥을 쓰다듬고 있는
너의 무릎은 온통 상처투성이
홀로
어둠 속으로 떠났다가 돌아오는
어린 산짐승의 눈빛처럼

거리엔 눈물 넘치고
가지고 싶은 것들은 모두
네 것이 아니니, 이젠
눈길을 끄는 제 향기마저
돌보지 않는구나

아아, 헛된 집착들아
그리움들아
무엇을 두려워하느냐
빛나는 모든 것들은
어둠을 건너왔느니,
젖은 들판 더듬어보면
잃어버린 줄 알았던
그것들이 아직
네 안에 남아 있다

무릎을 펴고 일어나
창밖을 보라
불빛 희미한 거리
나무들도 제 그림자를
따뜻하게 바라본다

가을 거리에서

바람 부는 거리
남루한 나뭇잎
이제 몇 남지 않았는데
아침에 떨어진 것들은 벌써
부서져 버렸다네

언제였던가
따스한 빗물 맞으며
푸르게 몸 만들던 시절
살랑거리며 감탄하더니
매정하구나, 바람이여

세월이 지나면 포기해야 하는 것
모르는 바 아니고
이렇게 매달리는 것도 부끄러운 일
그래도 한때는
내 그늘 아래서
사람들 경건했건만
거리를 구르다 발끝에 채여
저녁햇살처럼 끝내야 하는 걸까

어두워지는 거리
부서진 유리조각처럼

사람들 흩어지는데
세상이 또 누군가의 손을
놓아버릴 것 같아
우우, 마지막 힘 다해
파닥거리네

모기 1

불이 꺼지고, 나는
침실 커튼에 붙어
누워 있는 그녀를 훔쳐본다
땀에 젖은 살결과
달콤한 호흡, 향기로운
물감처럼 온몸으로 번져가는
아, 그녀의 붉은 피는
얼마나 치명적인 유혹인가
단 한 번의 실수로 목숨을 잃는다 해도
날아갈 수밖에 없는
이 혁명적 운명이여

이 세상의 불이 꺼질 때마다, 나는
천천히 움직인다
무너져 내린다

모기 2

인간은 기껏해야
몇 씨씨의 피를 손해 볼 뿐인데
그 대가로
모기의 생명을 빼앗는 게 정당한가
고민한 적이 있었지
20여 년이 지난 지금
신기하게도 아들 녀석이
똑같은 이야기를 하며 긁적거리는데
열 몇 군데 벌겋게 물린 것을 보니
에잇, 답답한 녀석아 참을 수 없어
온통 모기약을 뿌려버렸네
역사상 인간이 가장 많이 죽인 것이
모기이고
인간을 가장 많이 죽게 한 생명체가
모기인지라
지금도 인간과 모기는
눈을 붉히며 싸우는데
이 피비린내 나는 살육전이 끝날 수 있을까?
방바닥에 쓰러져
바르르 떠는 모기 다리를 보다
에잇, 모기약통을 던져버렸네

아들에게

나뭇가지에 쌓인 눈 녹아흘러
뿌리로 스며든다
놀랍구나
한겨울 시린 고통이
푸른 새 순을 틔우는 봄물이 되는
신비로움

오늘 너는
작은 바람에도 흔들리는
어린 풀꽃이지만
어느 여름날, 폭풍우를 품는
우람한 나무가 되리니
아들아
네가 선 들판을 돌아보아라
가장 먼 곳을 꿈꾸는 새만이
가장 힘차게 박차고 오른다

마을에 이른 어둠이 찾아오면
오늘도 불 꺼진 빈 방에 앉아
허전해지겠지만
돌아올 새끼새를 위해
어미는 밤마다 둥지를 덥힌다

푸른색 비닐 우산

바람에 너풀거리는 비닐 우산
비 그치면 쓰레기통에 버려졌지
잠깐 펼쳐졌다 사라지는 꿈일지라도
젖어 있을 때가 행복한 법

작은 빗방울
아득히 높은 곳에서 내려와
푸른색 비닐 위로 구른다
단 한번 쓰이기 위해 태어난 운명들이
너무 짧게 만나는구나
다시는 돌아오지 않을
이 비오는 봄날

격렬하고 황홀한
단 한 번의 만남

평생 시를 쓰며 살겠다고 결심했으면서

학생운동에 전념하기 위해

시 원고를 한 장 한 장 태워버렸던 86년 그날 밤

연희동 자취방에서 훌쩍거리면서 밤을 새웠다.

이제 와 남은 시를 뒤져보니

두 번의 문학상을 받느라고 5편씩 제출한 10여 편의 시와

국회의원 돼서 끄적거린 대여섯 편의 시가 있을 따름이다.

시를 꺼내놓는다는 것은

자신의 치부를 드러내는 일

수만 명 앞에서 연설할 때도 떨지 않던 사람이

지금 갓 태어난 강아지처럼

바들바들 떨고 있다.

어둠의 미학
　빛나는 모든 것들은 / 어둠을 건너왔느니

도종환

　우상호 원내대표는 연세문학회 회장 출신이다. 대학시절 문학
청년이었다. 기형도의 후배였으며, 공지영, 박래군의 친구이자 나희
덕의 선배이다. 문학청년 시절 캠퍼스다방 백마 화사랑으로 몰려다
니던 이야기가 자전에세이 『세상의 그 무엇이라도 될 수 있다면』 앞
부분에 뜨겁고 리얼하게 나와 있다. 오월문학상 윤동주문학상을 받
으며 동료 선후배들이 부러워 할 문청시절을 보냈다. 시대가 제대
복학한 그를 학생운동의 전위로 끌고 가지 않았다면, 우상호는 기형
도를 따라다니다 시인이나 기자가 되었거나 여고에서 국어를 가르
치는 선생님이 되었을지 모른다.
　〈시 읽는 의원 모임〉에서 만나는 우상호 의원은 아직도 문학청
년이다. 작품을 읽어내는 눈이 예리하다. 좋은 구절을 읽는 동안 그
의 눈은 반짝인다. 한눈에 좋은 시인지 아닌지를 알아내는 감각이
여전히 살아 있다. 그런 그가 며칠 전 시 원고를 가지고 왔다.

성냥갑을 흔들어본다
텅 빈 것을 알면서도, 혹시
무슨 소리가 남아 있지는 않을까
귀 기울여 흔든다, 혹시
무슨 불타는 소리가 조금쯤
남아 있지는 않을까

문단속을 안 하면
악몽(惡夢)을 꾸는 나이
죽어가는 나를 사람들이 지나치고
소리 없는 고함지르다 잠이 깨면
베개 젖어 있는
여기는 또 다른 늪

그런 밤, 서성거리다 가끔
책상에 앉는다
텅 빈 것을 알면서도 혹시
무슨 낙서가 남아 있지는 않을까
색 바랜 원고지
글씨 번진 편지봉투와 감춰둔 유인물
한 때의 것으로 돌리던 모든 것들을
자리를 바꿔보다가
고개를 꺾는다
이젠 돌이킬 수 없는 것을 알면서도, 혹시

무슨 눈뜨는 소리가 남아 있지는 않을까
무슨 꿈틀거리는 기억이 남아 있지는 않을까

「중년」

화자는 성냥갑을 흔들면서 불타는 소리가 남아 있지 않을까 하고 귀를 기울인다. 지난시절 화자는 불을 지르던 기억이 있다. 어떤 불의 기억이었을까? 어둠을 향해 던지던 불이었을 것이다. 견고한 독재의 성채를 향해 던져 올리던 불이었을 것이다. 예수님도 이 세상에 불을 지르러 왔다고 하신 바 있다. 물론 성령의 불이다. 영혼이 죽어 있는 이들을 일깨우는 불, 낡은 세계를 태우는 불, 무지와 몽매를 밝히는 불이다. 화자가 젊은 시절 던진 불도 예수님이 던진 불과 성격이 같은 곳이 여러 군데 있다.

그 불은 낡은 세계를 태우는 불이었으며, 거짓을 드러내고 진실을 알리는 불이었다. 변혁의 불. 잘못된 인식을 버리고 새로운 세계관으로 거듭나게 하는 불. 독재와 독점으로 쌓은 부패와 유착과 착취와 권력의 한복판을 향해 온몸으로 던지던 불이었다.

조금씩 물러날수록 두려움은 커지고
한 걸음 나아갈수록 자신감이 생긴다던

「너의 이름에 붉은 줄을 그으며」 중에서

그런 싸움의 한복판에서 타오르던 불이었다.

"돌아온 네 가루를 뿌리며 목메어 부르다 지치던"(위의 시) 죽음으로 태우는 불, 통곡하며 태우던 불이었다. 그런 불타는 시절의 맨 앞에 총학생회장 우상호가 있었던 것이다.

그래서 지금도 악몽을 꾼다. 꿈속에서 나는 죽어가고 있는데 사람들이 지나치고 나는 소리 없는 고함을 지른다. 죽은 것은 너고 나는 살아남아 중년이 되어 있는데 꿈속에서 왜 나는 죽어가고 있는 것일까. 늪에서 벗어나려고 그렇게 몸부림쳤는데 왜 나는 또 다른 늪에서 살고 있는 것일까.

그런 고뇌가 화자를 책상에 다시 앉게 하는 때가 있다. 원고지는 색이 바래고 편지봉투와 감춰둔 유인물은 한때의 것이었다고 치부하고 돌아선지 오랜데 왜 책상에 앉아 있는 것일까. 돌이킬 수 없는 걸 알면서 왜 '눈 뜨는 소리'와 '꿈틀거리는 기억'이 남아 있지 않을까 하고 찾는 걸까.

> 빛나는 모든 것들은
> 어둠을 건너왔느니
> 젖은 들판 더듬어보면
> 잃어버린 줄 알았던
> 그것들이 아직
> 네 안에 남아 있다
>
> 「나무들도 제 그림자를 따뜻하게 바라본다」 중에서

"잃어버린 줄 알았던 / 그것들이 아직 / 네 안에 남아" 있는 것이다. 어둠을 건너온 그 험준한 시간은 사라지지 않고 내 생애와 함께 내 안에 있는 것이다.

어둠.
래군이네 어둠.
여기 실린 시 중에 가장 앞에 있는 시가 「래군이네 어둠」이다.
쓰여진 순서대로 실려 있다는 걸 전제한다면 문학청년 우상호가 제일 먼저 쓴 시가 말하자면 어둠에 대한 시인 것이다.

화자는 "밤길을 걸어간 것은 잘한 일이었다"고 말한다. 그들은 "별이 없어도 별 노래를 부르는" 청춘이었다. "앞이 안 보여도 앞으로 걷는 영혼들"이었다. "더는 아파하지 말자"고, "두려워 말자"고 서로를 다독이며 어둠속을 걸어갔다. 그 어둠을 화자는 "래군이네 어둠"이라 부른다. 이 어둠은 자연상태의 어둠이다. 그러면서 동시에 시대의 어둠을 내포한 어둠이었다. 그때 그 초창기의 어둠 속에서 그들은 아직 불씨가 없었던 듯하다. 별조차 없었다고 했으니 깜깜한 길이었을 것이다. 그 어둠 속에서 래군이네를 향해 가고 있었을 것이다. 아니 래군이와 어둠 속에서 함께 있었다고 해야 할 것이다.

박래군은 우상호의 문학회 동료가운데 가장 가까운 친구 중의 하나였으며, 1학년 가을에 일찍이 박영준문학상을 수상한 소설가 지망생이었다. 그러나 이미 운동권에 합류해 우상호를 운동권 세미나 모임으로 합류시킨 친구였다.

그러나 그들은 이별한다.

그날을 위하며 지금
헤어짐은 뜨겁게
그리고 마치
조금도 슬프지 않은 것처럼
「이별-문준호 박래군 동지에게」 중에서

뜨겁게 이별하면서 박래군은 현장에 남았고, '조금도 슬프지 않은 것처럼' 우상호는 현실정치의 안으로 들어왔다. 박래군은 지금도 공장에서 쫓겨나는 사람, 자식 잃고 절규하는 사람, 용역들에게 두들겨 맞는 사람이 있으면 그리로 달려간다. 지금도 수시로 단식을 하고, 새까맣게 탄 얼굴로 농성을 밥 먹듯하고, 감옥에 끌려가고 있다.

우상호는 삼선 국회의원이 되었고 원내대표가 되었다. 우상호는 어둠을 잊어버린 것일까. 어둠과 거리를 두고 있는 것일까.

옛날 우상호와 박래군이 처음으로 직면했던 어둠은 삼십여 년이 지나는 동안 더욱 견고해졌다. 더 규모가 커졌고 더 간교해졌다. 어둠의 세력은 이 나라의 오랜 주류라는 자신감이 넘치고 목소리가 더 높아졌으며, 이제는 쉽게 깨지지 않는 칠흑의 막강한 카르텔이 되었다. 빛의 무리를 무시하는 정도가 아니라 조롱하거나 혐오한다. 빛과는 별로 상대를 하고 싶어 하지 않으며 더 노골적으로 어두워지고 있다. 어두워지면서 썩을 대로 썩어가고 있다.

그래서 더 지혜로워야 한다. 어둠을 다룰 줄 아는 기술이 더 정교해야 하고, 더 설득력 있어야 한다. 우상호는 그 길을 가고 있는 것이다. 어둠의 세력보다 더 실력 있어야 하고, 크고 작은 세상의 많은 빛들이 모일 수 있는 구심력이 있어야 하며, 더 많은 지지를 끌어낼 수 있는 능력이 있어야 한다. 민주주의는 그래서 더 어려운 싸움의 기술을 요구한다. 그 어려운 현실정치의 길을 우상호는 가고 있는 것이다.

우상호와 박래군은 이별한 것이 아니라 어둠의 안과 밖에서 아직도 어둠과 맞서 싸우고 있는 것이다. 싸움의 방식과 역할이 다를 뿐인 것이다. 성 밖에서는 성 밖의 방식으로 싸우고 성 안에서는 성 안에서 유용한 방식으로 싸우고 있는 것이다.

한겨울 시린 고통이
푸른 새 순을 틔우는 봄물이 되는
신비로움

　「아들에게」 중에서

그런 신비로움을 만날 때까지 쉼 없이 가는 것이다.
우리 아들들이 오늘은 어린 풀꽃이지만,

어느 여름날, 폭풍우를 품는
우람한 나무가 되리니

　「아들에게」 중에서

　그때까지 어둠과 맞서 싸우며 포기하지 않고 가는 것이다. 배반
하지 않고 가는 것이다. 두 사람 다 각자의 인생을 걸고 싸우고 있는
것이다. 반드시 하나가 되어 만나는 날이 있을 것이다. 그날 다시 만
날 때까지 조금 다른 방식으로 어둠과 맞서 싸우는 것이다.
　"젖어 있을 때가 행복한 법"이라고 시인은 말한다. 우리가 빗속
을 선택해서 가고 있을 때는 젖어 있어도 기쁘게 우리 길을 갔다. 우
리는 "단 한번 쓰이기 위해 태어난 운명들"이 아니다. 우리는 비닐우
산 같은 운명이 아니라 "격렬하고 황홀한 만남"(「푸른 색 비닐 우산」
중에서)이어야 하는 것이다.

　우상호 원내대표가 운명처럼 주어진 시대적 과제를 끌어안고
최선을 다해 일하고 난 뒤 다시 시집 한 권 분량을 갖고 내게 오는 날

을 기다리겠다. 희미해져가는 자기 그림자를 바라보며 저무는 해를
등에 지고 동쪽으로 오면 거기서 기다리겠다. 세상일에 조금 가벼워
도 될 때쯤 다시 연세문학회에서 날리던 문학청년 우상호, 윤동주문
학상을 받았던 시인 우상호로 오는 날을 기다리겠다.

그래서…우리는…희망을 말합니다

영화 '박하사탕'은 순수했던 한 젊은이가 자신의 의지와 상관없이 진행되는 굴곡의 현대사에 끌려들어 가는 과정을 묘사하고 있습니다. 전두환 정권 시절, 그는 입대해서 광주 학살의 현장에 차출되어 부상당하고, 그 후에 경찰이 되어 현실과 타협하면서 시국 사범을 연행하는 등 점차 폭력적이며 부조리한 인간이 되어 갑니다.

그러다 첫사랑이었던 여자가 보고 싶어 한다는 연락을 받고 병원으로 찾아간 그는 자신의 가장 순수했던 시절을 떠올립니다. 결국 그는 열차에 몸을 던지면서 돌아가고 싶다고 절규하는데요. 그는 어디로 돌아가고 싶었던 것일까요?

'박하사탕'에서 주인공을 맡았던 설경구 씨의 연락을 받고 제가 시사회장을 찾았던 때는 막 4·13 총선을 앞둔 2000년 3월 중순이었던 걸로 기억합니다. 영화가 진행되는 시간 내내 눈물을 흘렸는데, 아마도 주인공과 비슷한 심정이었기 때문이었나 봅니다.

'박하사탕'의 주인공은 제가 걸어온 길과는 전혀 반대의 길을 걸어왔지만, 폭압적인 현대사의 희생자라는 점에서는 시대를 공유했다고 할 수 있습니다.

현실세계의 어두운 관행과 무기력하게 타협하면서 살아가다가, 가장 순수했던 시절의 아름다웠던 장면이 떠오를 때마다 그렇게 살고 있지 못한 자신 때문에 고통을 느끼게 되는데요. '내게도 그런 시절이 있었지' 하고 넘어가는 사람이 있는가 하면, 현재의 자신을 변화시키려고 노력하는 사람도 있습니다. 그러나 그런 노력은 대개 자족적으로 끝나고 말 가능성이 높은데요. 결국 나를 변화시키는 것은 과거에 대한 회상이 아니라, 미래에 대한 재설계이기 때문입니다.

우리에게는 꿈이 있었습니다. 현실을 변화시켜 보겠다는 그 원대한 꿈은 부분적으로 실현이 되었지만, 꿈을 포기할 정도로 완성된 것은 결코 아닙니다. 누구에게나 버릴 수 없는 꿈이 있는 법인데요. 꿈을 버린 순간부터 우리는 사실상 죽어 가고 있는 것입니다.

저는 정의롭고 깨끗한 사회를 늘 꿈꾸어 왔습니다. 그때 버릇처럼 '우리 아이들에게만은 이런 사회를 물려주지 말자.'라고 말했었는데요. '어두운 골방에서 경찰의 눈을 피해 시위 계획을 짜야 하는 세상, 최루탄 연기가 뿌연 거리에서 짐승처럼 울부짖어야 하는 세상, 감옥에 끌려가 법정에서 부모님을 울게 만드는 그런 세상은 물려주지 말자. 나는 오직 맑고 깨끗한 세상을 만들고 싶다.'라고 마음속으로 외쳤습니다.

우리가 진실로 고통스러운 것은 현실의 어려움 때문만은 아닙니다. 청소년 시절, 달동네에서 살았던 시절조차도 가족 간에 사랑을 나누고 살았을 때 우리는 행복했습니다. 절망은 가난한 현실 때문이 아니라, 미래가 나아질 수 있다는 가능성을 찾을 수 없을 때 찾아옵니다. 버림받았다는 절망감, 좋아질 수 없다는 좌절감 속에서 많은 사람들이 스스로 목숨을 끊고 있습니다.

국가는, 그리고 사회는 이들 어려운 사람들, 가난한 사람들에게 답해야 합니다. '우리는 당신들을 기억하며 결코 포기하지 않을 것이다.'라고 말해 줘야 합니다. 그때 비로소 사람들은 희망을 말할 수 있습니다.

'우리에게 관심을 가져 주는 사람들과 공동체가 있는 한 삶은 살아 볼만한 가치가 있다.'고 말이죠. 저는 빈부 격차가 극심해지고 있는 이 자본주의 사회에서 진실로 사람의 온기가 느껴지는 따뜻한 공동체를 꿈꾸고 있습니다.

사람들은 흔히 문화에 대해 이야기하면서, 21세기는 문화의 시대라고 말합니다. 그렇습니다. 문화는 공동체를 통합하는 힘을 갖고 있습니다. 지역과 지역, 국가와 국가를 통합하는 것이 인류의 이상입니다. 여기에 문화의 가능성이 있습니다. 우리 민족에게 있는 강렬한 문화적 잠재력을 발현시켜 사대주의에 찌든 우리 문화를 다시 일으켜 세워야 합니다. 국가를 문화적으로 개조하는 일, 전쟁과 폭력의 정글로 변해 가는 세계를 평화적으로 통합하는 일, 이것은 결코 제가 버릴 수 없는 꿈입니다.

세계에서 유일한 분단국가에 살면서 우리는 늘 그 현실을 잊곤 합니다. 우리의 또 다른 반쪽이 나뉘어서 고통을 받고 있습니다. 그 현실은 그들이 선택한 것이라 해도 그 결과를 고스란히 그들에게 책임지라고 하는 것은 너무도 가혹합니다. 분단의 책임은 우리 모두에게 있기 때문입니다.

통일은 우리 세대가 이루어야 할 가장 큰 과제입니다. 저는 이 일에 앞장서고 싶습니다. 대학 시절에 외친 통일이 감성적 구호였다면, 지금부터 제가 외칠 구호는 훨씬 더 현실적인 구호가 될 것입니다. 벽을 뚫기 위한 활동에서 이제 길을 놓고 다리를 놓는 일에 이르기까지 통일이 현실화되어야 합니다.

서로의 마음속에 응어리진 대결 의식을 녹여 버리고, 무엇이 민족의 앞날을 위해 소중한가를 토론하면서 소주잔을 기울이고 싶습니다. 서로 양보하고 손을 굳게 맞잡으면서 분단의 장애물들을 하나씩 제거해야 합니다. 이제는 제법 점잖을 떨어야 하는 나이가 되긴 했지만, 통일의 그날이 오기만 한다면 저는 남북 해외 동포의 어깨를 부둥켜안고 큰 소리로 목 놓아 울고 싶습니다.

젊은 시절의 소망과 꿈은 참으로 질깁니다. 길을 가다가도 떠오르고 꿈속에서도 나타납니다. 학생 운동에 전념하기 위해 포기했던 시인의 꿈은 저를 가장 고통스럽게 만듭니다.

이제 여고 국어 교사의 꿈은 실현할 수 없겠지만, 언젠가 시집 한 권을 내놓고 싶습니다. 대형 서점에서 한나절을 서성거리며 누가 내 시집을 읽는지 흘낏 쳐다보고, 괜히 다른 책을 고르는 척하며 누군가 그 시집을 사 가기를 초조하게 기다리는 일, 이것이 개인적으로 꼭 해보고 싶은 일입니다. 아아, 주변에서 한심하다고 웃는 소리가 들리는 것 같은데요. 얼굴은 화끈거리지만 그래도 버릴 수 없는 꿈인데 어찌하겠습니까!